A COLÔNIA

EZEKIEL BOONE

A COLÔNIA

TRADUÇÃO
Leonardo Alves

SUMA
de letras

Copyright © 2016 by Ezekiel Boone, Inc.

Grafia atualizada segundo o Acordo Ortográfico da Língua Portuguesa de 1990, que entrou em vigor no Brasil em 2009.

Título original
The Hatching

Capa
Desenho Editorial

Preparação
Carolina Vaz

Revisão
Renato Potenza Rodrigues e Larissa Lino Barbosa

Dados Internacionais de Catalogação na Publicação (CIP)
(Câmara Brasileira do Livro, SP, Brasil)

Boone, Ezekiel
   A colônia / Ezekiel Boone ; tradução Leonardo Alves. —
1ª ed. — São Paulo : Suma de Letras, 2016.

   Título original: The Hatching.
   ISBN 978-85-5651-017-4

   1. Ficção indiana (Inglês) I. Título.

16-04902   CDD-813.6

Índice para catálogo sistemático:
1. Ficção : Literatura indiana em inglês 813.6

[2016]
Todos os direitos desta edição reservados à
EDITORA SCHWARCZ S.A.
Rua Cosme Velho, 103
22241-090 — Rio de Janeiro — RJ
Telefone: (21) 2199-7824
Fax: (21) 2199-7825
www.objetiva.com.br

A COLÔNIA

PRÓLOGO
Arredores do Parque Nacional de Manu, Peru

O guia queria muito que o grupo de americanos calasse a boca. Óbvio que eles não viam nenhum animal: as reclamações constantes estavam espantando todos. Só os pássaros ficaram para trás, e até eles pareciam assustados. Mas ele era só um guia, então não falou nada.

Eram cinco americanos. Três mulheres e dois homens. O guia achou curioso o jeito como eles estavam divididos. Não parecia provável que as três mulheres estivessem com o homem gordo, Henderson. Por mais rico que fosse, duas mulheres ao mesmo tempo já seria suficiente, não? Talvez uma estivesse acompanhando o homem alto? Talvez não. Pelo que o guia podia ver, o homem alto estava lá apenas como guarda-costas e criado de Henderson. Os dois não se comportavam como amigos. O homem alto levava a água e a comida do gordo e tomava cuidado para não olhar muito tempo para nenhuma das mulheres. Sem dúvida o sujeito trabalhava para Henderson. Assim como o guia.

O guia suspirou. Ele veria como as mulheres se dividiriam no acampamento. Até lá, faria o trabalho pelo qual tinha sido pago: guiá-los pela mata e mostrar coisas que pudessem impressioná-los. É claro que o grupo já havia ido a Machu Picchu, e isso sempre deixava os turistas com a impressão de que aquilo era tudo o que o Peru tinha a oferecer. E agora os animais haviam sumido. O guia olhou para Henderson e decidiu que era hora de descansar de novo. Eles precisavam parar de vinte em vinte minutos para o ricaço se aliviar no mato, e agora o guia estava com medo de a atividade ser pesada demais para Henderson.

O ricaço não era obeso, mas era bem gordo e, claramente, estava se esforçando muito para acompanhar o ritmo do resto do grupo. O homem alto e as três mulheres, por sua vez, estavam em forma. As mulheres, em especial, pareciam todas ridiculamente atléticas e jovens, vinte ou trinta anos mais novas do que Henderson. Era óbvio que o calor o incomodava. Ele estava com o rosto vermelho e ficava o tempo todo enxugando a testa com um lenço encharcado de suor. Henderson era bem mais velho que as mulheres, mas ainda jovem demais para ter um ataque cardíaco. Ainda assim, o guia achou que seria melhor mantê-lo hidratado. Afinal, tinham deixado bastante claro para ele que, se tudo corresse bem, Henderson talvez pudesse ser persuadido a fazer uma doação considerável para o parque e os cientistas que trabalhavam lá.

O dia não estava mais quente do que o normal, mas, apesar de o grupo ter vindo direto de Machu Picchu, parecia que ninguém ali entendia que ainda estavam em altitude elevada. Também tinham dificuldade de entender que não estavam dentro do Parque Nacional de Manu. O guia poderia ter explicado que, tecnicamente, eles só tinham permissão para entrar na maior área de biosfera, e que o parque em si era exclusivo para pesquisadores, funcionários e o povo nativo dos machiguengas, mas isso só os faria ficar ainda mais decepcionados.

— Alguma chance de vermos um leão, Miggie? — perguntou uma das mulheres.

A mulher perto dela, que parecia ter saído de uma das revistas que o guia guardava debaixo da cama quando era adolescente, antes do advento da internet, tirou a mochila das costas e a largou no chão.

— Pelo amor de Deus, Tina — disse ela, balançando a cabeça para afastar o cabelo do rosto e dos ombros. Quando ela se abaixou para abrir a mochila e pegar uma garrafa d'água, o guia precisou se esforçar para não ficar encarando o decote da blusa. — Estamos no Peru, não na África. Você vai fazer Miggie achar que americanos são burros. Não existem leões no Peru. Mas talvez a gente veja uma onça.

O guia havia se apresentado como Miguel, mas as três imediatamente passaram a chamá-lo de Miggie, como se Miguel fosse apenas uma sugestão. Embora não achasse que todos os americanos fossem burros — quando não estava guiando turistas em "caminhadas ecológicas", trabalhava com os cientistas do parque, e a maioria vinha de universidades americanas —, ele estava começando a acreditar que, apesar da presença de Henderson, que todo mundo dizia ser um gênio, aquele grupo específico parecia ter uma proporção maior de idiotas do que o normal. Eles não veriam nenhum leão e, apesar do que a mulher dissera, também não veriam nenhuma onça. Miguel trabalhava na empresa de passeios turísticos havia quase três anos e nunca tinha visto uma onça. Não que ele fosse um grande especialista. Nascido e criado em Lima, só havia se mudado da cidade com mais de oito milhões de habitantes para aquele lugar por causa de uma garota. Eles se conheceram na faculdade, e, quando ela conseguiu o emprego dos sonhos como assistente de pesquisa, Miguel deu um jeito de arrumar uns bicos no parque. Porém, as coisas não andavam muito bem ultimamente; sua namorada parecia distraída quando os dois estavam juntos, e Miguel tinha começado a desconfiar que ela vinha dormindo com um colega do trabalho.

Ele viu os americanos tirarem garrafas d'água ou barrinhas de cereal das mochilas e se adiantou um pouco na trilha. Deu uma olhada para trás e viu Tina, a mulher do leão, sorrir para ele de um jeito que o fez pensar que, à noite, quando Henderson se recolhesse em sua barraca, talvez ela estivesse disponível. Miguel já tivera oportunidades com turistas antes, embora fosse menos frequente do que seria de se imaginar, e ele sempre recusara. Mas, naquela noite, se Tina oferecesse, talvez ele não recusasse. Se sua namorada o estava traindo, o mínimo que ele podia fazer era retribuir o favor. Tina continuou sorrindo, e Miguel ficou nervoso.

Mas a mata o deixava ainda mais nervoso. Ele havia detestado os primeiros meses após se mudar de Lima, mas agora já estava acostumado à proximidade de tudo. O chiado constante dos insetos, os movimentos, o calor e a vida que parecia estar em todos os cantos. Isso tudo virou ruído de fundo, e, até aquele momento, fazia muito tempo que ele não sentia medo da floresta. Mas naquele dia era diferente. O ruído de fundo tinha sumido. O silêncio, tirando a conversa fiada do grupo atrás dele, era perturbador. Os americanos tinham reclamado da ausência de animais, e, se tivesse sido sincero — e não foi, porque guias não eram pagos para isso —, Miguel teria respondido que essa ausência também o incomodava. Normalmente, eles teriam visto animais até se fartarem: preguiças, capivaras, veados-mateiros, macacos. Caramba, como eles adoravam os macacos. Os turistas nunca se cansavam de ver macacos. E insetos, claro. Havia insetos para todos os lados, e, se mais nada servisse para entreter os turistas, Miguel, que nunca teve medo de aranhas, pegava uma na ponta de um galho e assustava uma das mulheres do grupo. Ele adorava os gritos que elas davam quando aproximava a aranha e o jeito como os homens tentavam fingir que não se incomodavam.

Atrás de Tina, ele viu Henderson se curvar e apertar a barriga. O homem talvez fosse podre de rico — Miguel não o reconhecera, mas com certeza tinha ouvido falar na empresa; todos os pesquisadores do parque trabalhavam com os pequenos computadores prateados da Henderson Tech —, mas não parecia lá muito especial. Tinha passado a manhã inteira reclamando. Reclamou das estradas, da falta de internet na pousada, da comida. Ah, a comida. Como ele reclamou da comida! E, quando Miguel o viu se curvar e fazer uma careta, parecia que, pelo menos no que dizia respeito à comida, Henderson talvez tivesse razão.

— Tudo bem, chefe?

O guarda-costas ignorava as três mulheres, que continuavam discutindo entre si sobre o hábitat dos leões.

— Minha barriga está me matando — disse Henderson. — Acho que foi a carne de ontem à noite. Preciso cagar. De novo.

Ele levantou a cabeça e olhou para Miguel, que fez um gesto com o polegar para Henderson sair da trilha.

Miguel o viu se embrenhar na mata e então se virou para a frente de novo. A empresa turística fazia a manutenção da trilha periodicamente, de modo que fosse fácil conduzir turistas por ali quando não havia alguém como Henderson, que precisava parar o tempo todo. Eles usaram uma escavadeira para criar a trilha, e os guias foram instruídos a permanecer nela para que ninguém se perdesse. Como em qualquer incursão humana em uma floresta tropical, a natureza tentava retomar o terreno, então a empresa passava a máquina de tantas em tantas semanas. De modo geral, a trilha facilitava muito o trabalho de Miguel. Ele tinha como olhar adiante e ver com clareza o caminho por quase cem metros. Fazia também um recorte nas copas das árvores, e Miguel via o céu azul quando olhava para cima. Não havia nuvem alguma, e por um instante Miguel desejou estar em uma praia em vez de conduzindo aquele grupo de americanos.

Um pássaro passou voando pelo vão entre a copa das árvores. O guia o observou por um segundo e estava prestes a ir até o grupo e ver se Henderson tinha voltado da pausa para o banheiro quando percebeu que havia algo errado com a ave. Ela batia as asas freneticamente, voando de um jeito errático. O pássaro parecia estar se esforçando para continuar no ar. Mas havia outra coisa. O guia desejou ter um binóculo, porque tinha algo de errado com as penas do animal. Pareciam ondular, como se...

O pássaro caiu do céu. Parou de se debater e despencou.

Miguel estremeceu. As mulheres ainda tagarelavam às suas costas, mas não era possível ouvir nenhum outro barulho de animal na mata. Até os pássaros estavam quietos. Ele tentou prestar mais atenção, e então ouviu alguma coisa. Sons ritmados. Folhas esmagadas. Quando se deu conta do que era, um homem apareceu de repente no ponto onde a trilha desaparecia em uma curva. Até mesmo a cem metros de distância, estava nítido que havia algo errado. O homem viu Miguel e gritou, mas Miguel não entendeu as palavras. O homem então olhou para trás e, ao virar a cabeça, tropeçou e tombou com força.

Algo que parecia um rio preto surgiu de repente atrás dele. O homem só conseguiu ficar de joelhos antes de a massa escura o cercar e cobrir.

Miguel deu alguns passos para trás, mas percebeu que não queria se virar. O rio preto continuou em cima do homem, agitando-se e se acumulando, como se contido por uma barragem. Havia movimento, pois o homem submerso continuava se debatendo. Então o caroço se desfez. A água preta se espalhou para cobrir a trilha. De onde Miguel estava, parecia que o homem tinha desaparecido.

E então a escuridão começou a avançar na direção dele, seguindo pela trilha e se aproximando com rapidez, quase tão veloz quanto uma pessoa seria capaz de correr. Miguel sabia que deveria fugir, mas o silêncio da água era quase hipnótico. Ela não rugia como um rio. Na verdade, parecia absorver o som. Só dava para escutar um sussurro, um farfalhar, como o ruído de uma garoa. O movimento do rio tinha uma beleza própria, pulsante, e, em alguns pontos, dividia-se e formava correntes distintas até se reagrupar um pouco depois. Conforme se aproximava, Miguel deu mais um passo para trás, mas, quando se deu conta de que não era um rio de verdade, de que aquilo não se assemelhava em nada com água, já era tarde demais.

Minneapolis, Minnesota

O agente Mike Rich odiava ter que ligar para a ex-esposa. Era uma merda, especialmente quando sabia que o marido dela — e ele odiava que aquele cara fosse a porra do *marido* dela agora — talvez atendesse o telefone, mas ele não podia fazer nada. Ia se atrasar, e se havia algo que irritava sua ex-esposa mais do que seus atrasos para buscar a filha deles era quando ele sabia que ia se atrasar, mas não avisava. Cacete, se ele tivesse sido melhor nesses dois aspectos, talvez Fanny ainda fosse sua esposa. Ficou encarando o telefone.

— Resolva isso de uma vez, Mike.

Seu parceiro, Leshaun DeMilo, também era divorciado, mas não tinha filhos. Leshaun sempre dizia que havia cortado todos os laços. Não que ele apreciasse muito a vida de solteiro. Saía em encontros com uma determinação ferrenha. Mike também achava que o parceiro vinha pegando um pouco pesado demais na bebida ultimamente, e em mais de uma ocasião depois do divórcio ele chegara para trabalhar com uma cara péssima.

— Você sabe que, quanto mais esperar, pior vai ser — avisou Leshaun.

— Vá se foder, Leshaun — respondeu Mike, mas pegou o telefone e digitou o número da ex-esposa.

Claro que o novo marido dela atendeu.

— Presumo que esteja ligando para avisar que vai se atrasar de novo.

— Acertou na mosca, Dawson — disse Mike.

— Você pode me chamar de Rich, Mike. Sabe disso.

— É, desculpe. É que, sabe, quando eu escuto Rich, acho que é comigo.

Agente Rich e tal. É estranho chamar você pelo meu sobrenome. Que tal Richard?

— Desde que não seja Ricardão, ou pelo menos não na minha cara, vou sobreviver.

Essa era outra característica irritante do novo marido de Fanny. Rich Dawson era advogado de defesa — o que já era suficiente —, mas também era um ótimo sujeito. Se Dawson não tivesse feito fortuna livrando da cadeia os babacas que Mike se dedicava a prender, e se Dawson não estivesse comendo sua ex-esposa, Mike conseguia se imaginar tomando uma cerveja com o cara. Teria sido muito mais fácil se Dawson fosse um babaca completo, porque aí ele teria motivo para odiá-lo, mas Mike sabia que só podia ficar puto consigo mesmo. Ainda não havia decidido se devia ver pelo lado positivo o fato de Dawson ser ótimo para Annie ou se isso fazia com que o novo marido de sua ex-esposa fosse ainda pior. Era uma agonia para Mike saber que sua filha tinha aceitado Dawson daquele jeito, mas fora bom para ela. Durante pouco mais de um ano, entre ele e Fanny se separarem e Fanny começar a namorar Dawson, Annie tinha ficado calada. Não ficara triste, ou pelo menos não admitira, mas não falava muito. Porém, no ano e meio desde que Dawson entrou em sua vida, Annie voltou a parecer ela mesma.

— Pode passar o telefone para Fanny?

— Claro.

Mike se remexeu no assento. Ele nunca reclamava de ter que passar horas a fio sentado no carro, bebendo café velho e sentindo o cheiro fétido e denso de meias e suor que preenchia o veículo quando eles precisavam ficar cozinhando debaixo do sol. Estava fazendo quase trinta graus. Calor fora de época para o mês de abril em Minneapolis. Ele se lembrava dos anos em que ainda havia neve no chão no fim de abril. Fora do verão, trinta graus era *quente* para Minneapolis. Mike e Leshaun costumavam deixar o motor em ponto morto e ligar o ar-condicionado — ou, nos invernos de Minnesota, o aquecimento —, mas a filha de Mike tinha sido convertida pela escola em uma daquelas jovens ambientalistas militantes. Fizera ele e o parceiro prometerem não ligar o motor se só fossem ficar parados. Se estivesse sozinho, Mike provavelmente teria cedido e ligado o ar-condicionado, mas Leshaun não deixava.

"Promessa é promessa, cara, especialmente para sua filha", dissera Leshaun.

Ele até havia comprado copos reutilizáveis de metal para o café, para deixar no carro. Pelo menos não chegara a obrigar Mike a lavar e reaproveitar a garrafa de mijo nos dias em que montavam tocaia em algum lugar que não tivesse um McDonald's ou uma Starbucks por perto para usarem o banheiro. Já não era mais tão comum eles montarem tocaia. Mike meio que sentia falta de dias como aquele, quando *havia* tocaias. Era um tanto romântico o ato de ficar sentado, esperando. E esperando. E esperando. Mas naquele dia as costas de Mike estavam de matar. Já fazia nove horas que eles estavam no carro, e passara o dia anterior no clube com Annie, nadando com a filha, jogando-a para o alto e correndo atrás dela. Com nove anos, Annie estava começando a dar trabalho, mas o que ele deveria fazer? Não brincar na piscina?

Mike endireitou as costas e se alongou um pouco, tentando se acomodar. Leshaun estendeu uma caixa de Advil, mas Mike balançou a cabeça. Seu estômago também estava incomodando — café, rosquinhas, hambúrgueres e batatas fritas cheias de óleo e todas as porcarias que faziam com que fosse cada vez mais difícil manter a forma, correr os quilômetros e fazer as flexões necessárias para ele continuar passando nas avaliações físicas —, e engolir um punhado de comprimidos para aliviar a dor nas costas não parecia uma boa ideia. *Merda*, pensou Mike. Ele tinha só quarenta e três anos. Jovem demais para já se sentir velho.

— Quanto tempo, Mike? — Fanny apareceu do outro lado da linha já com todas as pedras nas mãos.

Mike fechou os olhos e tentou fazer uma respiração purificadora. Era assim que o terapeuta dele chamava: respiração purificadora. Quando abriu os olhos, Leshaun o encarava. Ele ergueu uma sobrancelha e gesticulou com a boca: "Peça desculpas".

— Sinto muito, Fanny. De verdade. Estamos de tocaia, e o pessoal que vem nos render se atrasou. Vou demorar só mais meia hora. Quarenta e cinco minutos, no máximo.

— Você ia levá-la para o futebol, Mike. Agora eu é que preciso ir.

Mike fez mais uma respiração purificadora.

— Não sei o que mais posso dizer, Fanny. Sinto muito mesmo. Encontro vocês no campo.

Ele queria estar lá. O cheiro da grama recém-aparada e a imagem de sua filhinha correndo atrás de uma bola tinham algo de especial. As arquibancadas fajutas de madeira o lembravam a sensação de ser criança, de ficar olhando para a lateral do campo durante uma partida de beisebol ou futebol e ver o pai dele sentado, assistindo, solene. Ver Annie brincar com as outras crianças, ou fazer uma careta, ou se concentrar enquanto tentava aprender um drible ou alguma técnica nova, era um dos melhores momentos da semana. Mike nunca pensava no trabalho, na ex-esposa ou em mais nada. O campo de futebol era um mundo à parte: a gritaria das crianças e os apitos dos técnicos funcionavam como um botão de reinicialização. A maioria dos pais ficava batendo papo uns com os outros, lia livros, tentava adiantar o trabalho, falava ao celular, mas Mike só assistia. Só isso. Ele via Annie correr, chutar a bola e rir, e, durante aquela hora de treino, o mundo se resumia àquilo.

— É claro que eu posso levá-la, mas a questão não é essa. A questão é que você continua fazendo isso. Quer dizer, eu posso me separar de você. Posso me divorciar. Mas ela não tem escolha, Mike. Por mais que ame Rich, *você* é o pai dela.

Mike olhou de relance para Leshaun, mas o parceiro estava se fazendo de surdo. Leshaun estava cumprindo sua obrigação: vigiar o beco. Era pouco provável que o verme que eles estavam esperando, Dois-Dois O'Leary, aparecesse, mas, levando em conta que ele tomava tanta metanfetamina quanto vendia, e que ele tinha deixado um agente ferido em uma batida policial na semana anterior, talvez não fosse a pior coisa do mundo que um dos dois prestasse atenção.

— Só posso pedir desculpas.

Mike olhou para Leshaun de novo e decidiu que não ligava se ele ouvisse. Até parecia que não havia conversado com o parceiro sobre seu relacionamento com Fanny — ou sobre o relacionamento de Leshaun com a ex-esposa dele — mais do que com o terapeuta, ou até do que com a própria Fanny. Talvez, se ele tivesse conversado com Fanny tanto quanto havia conversado com Leshaun, eles ainda estivessem casados.

— Você sabe que eu lamento. Por tudo. Sinto muito por tudo. Não só pelos atrasos. — Mike esperou Fanny dizer algo, mas só ouviu silêncio. Continuou: — Venho conversando com meu terapeuta sobre isso, e sei que é tarde demais. Quer dizer, acho que me atraso com tudo, mas estou tentando dizer que eu deveria ter pedido desculpas para você há muito tempo. Nunca quis estragar nosso casamento, e, embora eu não fique muito feliz com a situação, *estou* feliz por você estar feliz. E, sabe, Dawson... Rich... parece fazer você feliz, e eu sei que Annie o ama. Então, sabe, sinto muito. Estou fazendo o possível para ser um cara diferente, um homem melhor, mas sempre vai ter uma parte minha que não vai mudar. E isso vale para o meu trabalho também.

— Mike. — A voz de Fanny parecia fraca, e Mike se remexeu no banco de novo. Não dava para saber se era o celular bosta que estava falhando a ligação ou se ela estava falando mais baixo. — Mike — repetiu ela. — Eu preciso conversar com você sobre uma coisa.

— O quê? Quer se divorciar de mim de novo?

Leshaun se aprumou no banco e inclinou a cabeça um pouco para fora da janela aberta. Mike endireitou as costas. Um carro estava entrando no beco. Um Honda, que não era bem o tipo de veículo de Dois-Dois, mas foi o primeiro sinal de atividade que eles viam fazia algum tempo. O carro parou, com a traseira em cima da calçada, e então um adolescente negro, de quinze ou dezesseis anos, saiu pela porta do carona. Mike relaxou, e Leshaun se recostou no banco. Dois-Dois vendia armas e anfetaminas, mas também era membro do grupo Nação Ariana. Era pouco provável que ele fosse visto por aí com um garoto negro.

— Quero mudar o nome de Annie — afirmou Fanny.

— O quê?

— Quero que ela tenha o mesmo sobrenome que eu.

— Só um minuto.

Mike apoiou o celular na perna e esfregou o rosto com a mão livre. Queria ainda ser fumante, embora Leshaun não fosse deixá-lo acender um cigarro dentro do carro. O carro. O desgraçado parecia tão claustrofóbico e quente. Mike estava suando devido ao colete à prova de balas por cima da camiseta. Será que não podiam ligar o motor só por alguns minutos, para usar um pouco do maldito ar-condicionado? Ele precisava sair um instante, mexer as pernas, respirar um pouco de ar fresco. Abriu a porta. Precisava sentir uma lufada de ar frio, como naqueles comerciais de chiclete, mas do lado de fora do carro não estava mais fresco.

— Mike? — Leshaun olhava para ele. — O que você está fazendo?

— Nada, cara. Não vou a lugar nenhum. Só vou ficar aqui fora, está bem? Só quero continuar esta conversa fora do carro por um minuto. Tudo bem para você? Você se incomoda?

Mike percebeu que tinha começado a falar em um tom alto e agressivo e sabia que, quando desligasse o telefone, teria que pedir desculpas para

Leshaun. Ele era um bom parceiro, um bom amigo, e compreenderia, mas, ainda assim, Mike ficou se sentindo um babaca. Pior que um babaca. Leshaun assentiu, e Mike saiu do carro. Ele bateu a porta atrás de si, não que fizesse diferença, já que as janelas estavam abertas.

Voltou a levantar o telefone.

— Do que você está falando, Fanny?

— Ora, Mike. Você já deveria ter percebido que isso ia acontecer.

— Não, Fanny. Nem de longe.

— Ah, Mike. Você nunca percebe nada.

Ele ouviu o som do telefone roçando no rosto de Fanny e o murmúrio baixo de quando ela falou algo para Dawson. Mike apertou o celular com mais força na orelha.

— Você não vai trocar o nome de Annie. Ela é minha filha, porra, e vai se chamar Annie Rich, não Annie Dawson.

— Mike — interrompeu ela. — Annie é minha filha também. É esquisito ela ter o sobrenome diferente do meu.

— Você não precisava ter trocado o seu nome para Dawson — rebateu Mike.

Assim que falou isso, soube que era a resposta errada, mas não conseguiu se segurar.

Fanny suspirou.

— Podemos conversar sobre isso mais tarde, mas vai acontecer. Sinto muito, Mike, mas as coisas mudaram.

— Estou tentando mudar também — afirmou Mike.

— Acho isso ótimo. De verdade — respondeu ela, e então os dois ficaram em silêncio por um momento. Mike podia ouvir a respiração de Fanny. Por fim, ela disse: — Você quer conversar com Annie?

Mike se recostou no carro, de frente para o beco. Ele se acomodou, relaxou os ombros e puxou a barra da camiseta por baixo do colete. Estava úmida de suor. Mas era melhor estar desconfortável do que morto. O agente em que Dois-Dois tinha atirado em Eau Claire provavelmente teria morrido se não fosse o colete: três balas ficaram no colete e uma atravessou direto pelo bíceps. Só que Eau Claire ficava a mais de cento e cinquenta quilômetros de Minnesota, e ninguém achava que Dois-Dois — nem se ele estivesse doidão de rebite nazista — voltaria para seu bar depois da briga em Wisconsin. Mike afrouxou o colete. Normalmente, usava a camisa por cima, mas, como só iam passar o dia inteiro dentro do carro, achou que não fazia muito sentido tentar disfarçar. E, claro, ele estava com o distintivo pendurado em uma corrente no pescoço. Mike adorava usá-lo assim, adorava o jeito como as pessoas o tratavam quando ele se apresentava como Agente Especial Rich, mas, ao tocar a corrente, pensou que precisava tirá-la do pescoço com mais frequência.

— Oi, papai.

— Oi, linda. Vou ter que encontrar você lá no campo, tudo bem?

— Tudo bem.

— Como foi na escola?

— Bem.

— Aconteceu alguma coisa legal?

— Não.

Conversar com ela pelo telefone era assim. Quando estava com a filha, era impossível fazê-la parar de falar, mas alguma coisa na invisibilidade da conversa pelo telefone fazia com que Annie raramente dissesse mais do que uma ou duas palavras. Era como se achasse que havia alguma magia maligna em ação e que, se revelasse muita informação ao telefone, ele roubaria sua alma. Essa ideia fez Mike sorrir. Parecia uma história de Stephen King.

Ele estava prestes a perguntar o que Annie tinha almoçado quando viu o carro. Era uma picape vermelha da Ford, pneus grandes, janelas com vidros escurecidos, e estava entrando no beco.

— Linda, preciso desligar.

— Tudo bem. Amo você, papai.

— Também amo você, amor. — Ele sentiu o estômago se revirar. A mão livre apalpou o distintivo pendurado no pescoço. — Também amo você, muito mesmo. Não esqueça, viu? Haja o que houver, não esqueça.

A picape parou. Mike guardou o celular no bolso. Sentiu o carro se mexer quando Leshaun abriu a porta e saiu. Levou a mão do distintivo à cintura, até pôr os dedos em volta do cabo da arma. O metal estava frio ao toque. Em um instante, ele deu uma olhada em Leshaun. O parceiro estava começando a se endireitar, e Mike voltou a olhar para a picape vermelha. Percebeu, tarde demais, que Dois-Dois tinha visto ele fora do carro, tinha visto o colete à prova de balas, tinha visto seu distintivo pendurado no pescoço. Mike não deveria ter ficado do lado de fora do carro, falando ao celular. Não deveria ter olhado para Leshaun. Deveria ter ficado dentro do carro com o parceiro, deveria ter prestado atenção, deveria ter feito um monte de coisa.

O cara no banco do carona, um vagabundo de camiseta regata e cabeça raspada que parecia ter no máximo vinte anos, saiu disparando uma pistola. Mike nem sabia se tinha ouvido o barulho do tiro, mas ouviu o *pim* da bala atingindo a porta do carro, e ouviu o vidro do para-brisa quebrar. Escutou um grunhido e, depois, o barulho alto do corpo de Leshaun ao cair no chão. Tudo isso antes que Dois-Dois sequer saísse da picape.

Mike não conseguiu pensar em nada e ficou vendo o homem do lado do carona retirar o pente vazio, enfiar a mão no bolso da calça folgada e pegar mais munição. Enquanto isso, a porta de Dois-Dois se abriu, e Mike viu que ele também estava com uma pistola. Dois homens, duas armas, Leshaun atingido — embora Mike não soubesse com que gravidade —, e ele ainda não tinha nem sacado a arma. Sabia que devia fazer alguma coisa, mas ficou parado ali como se não tivesse nem ideia do que fazer, nem ideia do que fazer, nem ideia do que fazer.

E então ele teve.

Derrubou primeiro o cara do lado do carona. Três tiros concentrados no peito. Dois-Dois e o amigo não estavam usando colete. Mike tinha ouvido alguns agentes metidos a especialistas reclamarem do poder de fogo da Glock 22 usada pela polícia, mas, a julgar pelo jeito como o cara tombou como um saco de batatas, os cartuchos .40 pareciam bastante razoáveis. Ele nunca tinha atirado em ninguém antes, e só disparara a arma uma vez no cumprimento do dever — tinha sido uma bala, uma vez, com praticamente um ano na força, e Mike havia errado —, mas foi surpreendente como pareceu fácil e natural. As três balas acertaram o alvo, e, enquanto o cara caía no chão, Mike se virou para mirar em Dois-Dois.

Mas Dois-Dois pensou a mesma coisa e apontou para ele.

Mike não soube quem atirou primeiro, ou se eles atiraram ao mesmo tempo, porque o coice da pistola coincidiu com um puxão na manga da camiseta. Mas tinha certeza de quem possuía a melhor mira. A cabeça de Dois-Dois quicou para trás em meio a um esguicho de sangue. Quando Mike olhou para o braço, viu um furo na manga da camiseta, mas não na pele.

O cara do lado do carona não se mexia, nem Dois-Dois. Mike guardou a pistola no coldre e deu a volta no carro para checar o parceiro. Havia dois buracos na camisa de Leshaun: um todo ensanguentado no braço dele e outro no tórax, limpo, o bom trabalho de um colete. Leshaun estava com os olhos abertos, e Mike nunca ficou tão feliz de ver o olhar daquele negão filho da puta, mas, enquanto pedia reforços, percebeu que também precisaria ligar para a ex-esposa de novo.

Ia chegar muito, muito atrasado.

Centro Nacional de Informações de Engenharia Sísmica, Kanpur, Índia

Independentemente do que fizesse, os números continuavam estranhos. A dra. Basu tinha reiniciado o computador duas vezes, e até ligou para Nadal, em Nova Déli, e pediu para ele conferir manualmente o sensor no porão do prédio, mas os resultados eram sempre os mesmos: algo estava sacudindo Nova Déli com uma regularidade intrigante. O que quer que fosse, não era um terremoto. Ou, pelo menos, não se comportava como um terremoto.

— Faiz — disse ela. — Por favor, pode conferir isto para mim?

Faiz não reagiu com muita prontidão. Ele tinha ido para um congresso na Alemanha, no mês anterior e, aparentemente, passara a maior do tempo em Düsseldorf no quarto de hotel de uma sismóloga italiana. E, desde que voltou, o colega dedicava toda a sua atenção a trocar e-mails com fotos sacanas com a namorada e tentar arrumar um emprego na Itália.

A dra. Basu suspirou. Não estava acostumada a esse tipo de comportamento vindo de Faiz. Ele era engraçado e carismático, mas também preguiçoso, inconveniente e, em muitos aspectos, um homem horrível — tinha mostrado a ela algumas das fotos que a italiana havia mandado, fotos que a dra. Basu sabia que não eram para ser compartilhadas —, mas também era ótimo no que fazia.

— Faiz — disse ela de novo. — Tem alguma coisa esquisita acontecendo.

Ele bateu no teclado com um floreio e empurrou a cadeira de rodinhas para trás, deslizando pelo piso de concreto.

— Pode falar, chefa.

Ele sabia que a dra. Basu detestava quando a chamava assim. Faiz olhou para a tela e passou os dedos pelo monitor, embora soubesse que ela também detestava isso.

— É — disse ele. — Parece esquisito. Regular demais. Tente reiniciar.

— Já fiz isso. Duas vezes.

— Ligue para Nova Déli e peça para alguém conferir os sensores. Talvez reiniciar eles também.

— Já fiz isso — insistiu a dra. Basu. — Os dados estão corretos, mas não faz nenhum sentido.

Faiz pegou uma bala da vasilha que ficava ao lado do computador dela. Começou a desembrulhar o papel.

— Inês disse que talvez possa vir me visitar na última semana de maio. Vou precisar tirar essa semana de folga, tudo bem?

— Faiz — respondeu ela. — Concentre-se.

— É difícil me concentrar quando sei que Inês pode estar aqui no mês que vem. Não vamos sair do apartamento. Ela é italiana, o que significa que é extrassensual, sabia?

— Sim, Faiz, eu sei. E sabe por que sei disso? Porque você insiste em me contar como ela é "sensual". Será que já passou pela sua cabeça que eu talvez prefira passar o tempo analisando dados, em vez de ouvir o que sua namorada nova gosta de...

— Ela nunca veio para a Índia — interrompeu Faiz. — Mas não vamos fazer nenhum programa de turista. Uma semana no quarto, se é que você me entende.

— É impossível não entender, Faiz. Você é um homem que nunca ouviu falar de sutilezas e, se eu não fosse uma pessoa tão maravilhosa e compreensiva, teria sido demitido e, quem sabe, preso. Agora, por favor, concentre-se.

Ele olhou para os números mais uma vez.

— Está baixo e forte, mas, o que quer que seja, não é um terremoto. É regular demais.

— Eu sei que não é um terremoto — disparou a dra. Basu.

Ela estava tentando não perder a paciência. Sabia que estava deixando passar algum detalhe, e, embora Faiz estivesse agindo como um idiota apaixonado, ele era um cientista excelente.

— Mas vamos nos concentrar no que isso é, e não no que não é.

— O que quer que seja, está crescendo — disse Faiz.

— O quê? — A dra. Basu olhou para o monitor, mas nada lhe saltou aos olhos. Todos os tremores eram leves. Nada realmente preocupante, se fosse algo singular. Mas era a regularidade, o padrão, que passava a sensação de que havia algo errado.

— Aqui. — Faiz encostou o dedo na tela e deixou uma marca. — E aqui, e aqui. Veja como tem um ritmo, mas de dez em dez fica um pouco mais forte.

A dra. Basu voltou ao início do padrão e contou. Franziu a testa, rabiscou alguns números e então mordeu a ponta da caneta. Era um hábito que ela havia adquirido na pós-graduação e que, apesar de já ter quebrado várias canetas na boca, ainda não tinha abandonado.

— Eles continuam mais fortes.

— Não, é só no décimo tremor que eles aumentam.

— Não, Faiz, olhe. — A dra. Basu entregou o bloco de papel e apontou para a tela do computador. — Viu?

Faiz balançou a cabeça.

— Não.

— É por isso que eu estou no comando e você busca o café — respondeu ela, um pouco satisfeita com a risada suave de Faiz. Clicou com o mouse e isolou os pontos, e então traçou uma linha para marcar as mudanças. — Aqui. A cada dez eventos, ele se amplifica, e, ainda que o aumento não seja totalmente preservado, cada conjunto de nove é ligeiramente mais forte do que o conjunto anterior até um novo salto no décimo.

Faiz se recostou na cadeira.

— Tem razão. Não notei isso. Mas, se continuar desse jeito, vamos começar a ouvir reclamações em Nova Déli. Eles não estão sentindo nada ainda, mas cedo ou tarde alguém vai ligar para cá e perguntar o que está acontecendo.

Ele levantou os óculos e os apoiou no topo da cabeça. Faiz achava que isso o fazia parecer mais inteligente. Assim como esfregar a barba, o que ele fez enquanto murmurava:

— Hum... de dez em dez.

A dra. Basu tirou a caneta da boca.

— Mas o que isso quer dizer? — Ela bateu a ponta da caneta na mesa e a fez rodopiar para longe. — Perfuração?

— Não. Padrão errado.

— Eu sei, mas às vezes é bom confirmar que sou tão esperta quanto acho que sou.

Faiz pegou a caneta dela da mesa e começou a girá-la. Uma volta. Duas voltas. Três voltas. Na quarta, ele a derrubou e precisou se abaixar e esticar o braço para pegá-la embaixo da cadeira. Quando falou, a voz soou um pouco abafada.

— Talvez os militares?

— Talvez — respondeu a dra. Basu, mas nitidamente ela também não acreditava nisso. — Mais alguma ideia? — perguntou a Faiz, porque ela mesma não tinha nenhuma.

American University, Washington, D.C.

— Aranhas — disse a professora Melanie Guyer. Ela bateu as palmas, na esperança de que o barulho alcançasse a última fileira do auditório onde pelo menos um aluno parecia estar dormindo. — Vamos lá, gente. Nesta aula, a resposta sempre vai ser aranhas. E sim, elas passam pela ecdise — acrescentou, apontando para a jovem que havia feito a pergunta. — Mas não, elas não são tão parecidas com as cigarras. Em primeiro lugar, aranhas não hibernam. Bom, as cigarras também não hibernam propriamente.

    Melanie olhou pela janela. Não ia confessar à turma que tinha pavor de cigarras. Uma vez, um morcego ficara preso em seu cabelo quando ela estava procurando um besouro raro em uma caverna na Tanzânia, e, em outra ocasião, em Gana, pisara sem querer em um ninho de víboras-das-árvores. Fora picada por uma vespa-caçadora no Sudeste Asiático, o que pareceu a pior dor do mundo até ela ser mordida por uma formiga-cabo-verde na Costa Rica (foi como se alguém enfiasse um prego em seu cotovelo e depois o mergulhasse em ácido), mas nada disso lhe dava tanto medo quanto cigarras. Ah, cigarras. O estalar do órgão cimbálico, as espécies com olhos vermelhos, o jeito como elas se aglomeravam, caíam das árvores e enchiam as calçadas. E o barulho. Jesus. O barulho. As esmagadas no chão, os exoesqueletos descartados. Pior, a quantidade maciça. A saciação dos predadores era uma ideia genial do ponto de vista evolucionário: as cigarras só precisavam se reproduzir em quantidade suficiente para empanturrar qualquer coisa que se alimentasse delas. As sobreviventes iam tocando a vida. E depois, passadas algumas semanas, morriam e deixavam um cemitério de cascas, que também era pavoroso. Era uma puta bênção o fato de que faltavam uns dez anos até Washington receber mais uma grande infestação de cigarras. Ela precisaria tirar umas férias. Uma bióloga especialista no uso medicinal de venenos de aranhas nunca admitiria que sentia tanto medo de cigarras que não conseguia sair na rua durante um período de infestação.

— Mas não estamos falando de cigarras — continuou Melanie, percebendo que tinha se distraído. — Estamos falando de aranhas. Embora as pessoas morram de medo de aranhas, não há quase nenhum motivo para isso. Pelo menos, não na América do Norte. A Austrália é outra história. Tudo é perigoso na Austrália, não só os crocodilos.

A turma deu uma risadinha. Para Melanie, uma risadinha no final de uma aula matinal de duas horas, faltando menos de três semanas para acabar o período, era uma vitória. Ela olhou o relógio.

— Certo, então, para quarta-feira, páginas duzentos e doze até duzentos e quarenta e cinco. Repetindo: por favor, lembrem-se de que é uma mudança em relação à ementa. E, com isso, dizemos — Melanie levantou os braços e conduziu a turma conforme todos falavam junto com ela — se correr o bicho pega, se ficar o bicho come.

A professora observou enquanto a turma de graduação saía do auditório. Alguns alunos pareciam um pouco atordoados, e ela não sabia se era porque a aula começava cedo ou porque ela havia sido monótona de novo. Melanie era uma pesquisadora de renome internacional, talvez uma das melhores em sua área, mas, embora estivesse tentando melhorar, dar aulas não era seu forte. Ela vinha tentando fazer com que as aulas fossem mais dinâmicas, contando piadas como aquela da Austrália, mas não dava para fazer muita coisa com uma disciplina especializada. Na maior parte do tempo, ela ficava entocada no laboratório e lidava com alunos de pós-graduação, mas o acordo que havia firmado com a American University exigia que ela ministrasse uma disciplina teórica de graduação a cada dois anos. Melanie odiava ter que se afastar da pesquisa, mas, se a condição para ter acesso a um laboratório completo, assistentes e uma equipe de pós-graduandos bolsistas era que a cada dois anos ela explicasse a jovens de dezenove e vinte anos que as aranhas que vinham junto das bananas do mercado quase nunca eram perigosas, paciência.

Ela baixou a cabeça para olhar o tablet, que exibia as mesmas fotos do telão no outro lado do auditório. Melanie tinha um carinho especial pela

Heteropoda venatoria, a aranha-caranguejo. Em parte, porque tinha sido com a *Heteropoda venatoria* que ela havia realizado sua primeira grande descoberta científica — o que a deixou famosa em seu campo e lhe rendeu aquela vaga na universidade e os fundos subsequentes para que a pesquisa pudesse continuar sem problemas —, mas, para ser sincera, era também porque na primeira vez em que ela tinha visto uma aranha-caranguejo, no primeiro ano da faculdade, o professor dissera, com um sotaque forte, que a aranha tinha "bigo-dgi". Melanie gostou do fato de que havia aranhas com bigode pelo mundo. Na pós-graduação, ela usou uma fantasia de *Heteropoda venatoria* no Halloween, e seus colegas de doutorado adoraram. Só que ninguém mais entendeu a piada. A maioria das pessoas achou que ela estava tentando se fantasiar de tarântula ou algo do tipo e não entendeu o bigode. Ela havia parado de usar fantasias de aranha fazia dois anos, quando ouvira alguém em uma festa de Halloween se referir a ela como "a viúva-negra". A brincadeira, se é que foi brincadeira, a incomodou, porque a verdade era que, apesar do trabalho de seu marido — de seu ex-marido —, fora ela a se distanciar de Manny, a passar tanto tempo no laboratório que o casamento naufragara.

Melanie desligou o projetor, guardou o tablet na bolsa e se preparou para deixar a sala de aula. Quando abriu a porta, decidiu comprar uma salada a caminho do laboratório. Algo mais fresco do que os sanduíches que costumava pegar nas máquinas de lanches do porão do edifício. Dava para sentir o gosto dos conservantes a cada mordida. Na verdade, era até bom que os sanduíches fossem cheios de conservantes, porque Melanie achava que ninguém além dela os comia. Eles precisavam durar bastante tempo na máquina. Até seus bolsistas mais aplicados traziam marmitas de casa ou gastavam cinco minutos para ir comprar algo que custasse mais que um punhado de moedas. E por falar em bolsistas aplicados... Ela parou quando a porta se fechou atrás de si.

Três deles estavam parados do lado de fora, esperando.

— Professora Guyer?

Melanie ergueu as sobrancelhas, tentando demonstrar a Tronco algo próximo a irritação. O nome verdadeiro dele era algo complicado e ucraniano, então todo mundo, Melanie inclusive, o chamava de Tronco. Apesar da genialidade óbvia, ele deixava Melanie completamente maluca. Era alguma habilidade estranha que só ele, e mais nenhum dos outros pós-graduandos, possuía. Parecia que Tronco passava o tempo livre pensando em formas de irritá-la. Por exemplo: "Professora Guyer?". Só o fato de que ele a chamava de professora Guyer quando todo mundo no laboratório a chamava de Melanie já a deixava com vontade de socá-lo. Ela havia pedido, falado, exigido que ele a chamasse de Melanie, mas Tronco não só continuava a chamá-la de professora Guyer, como também sempre dava uma entonação de pergunta, subindo o tom no final, como se não tivesse muita certeza de que o nome estava certo, como se talvez ela fosse outra pessoa que não Melanie, mesmo depois de trabalhar no laboratório por três anos.

Além disso, desde fevereiro, os dois vinham dormindo juntos.

E isso era o que mais a enlouquecia. Ele não só a irritava; era também seu amante. Não. Não amante. Melanie odiava esse termo. Mas também não gostava de "pau amigo". Parceiro sexual? Algo assim. Fosse o que fosse, dormir com ele não tinha sido uma de suas melhores decisões. Na opinião de Melanie, o problema era que, embora tivesse vontade de quebrar um béquer e usar o vidro para cortar a garganta de Tronco sempre que ele abria a boca, quando ele ficava de boca fechada — ou, melhor ainda, colada no corpo dela —, Melanie só conseguia pensar nele. Melanie nunca se achou superficial, mas, depois do divórcio, decidiu se divertir um pouco. E, apesar de todas as maneiras com que Tronco a deixava louca de raiva, ele não era desinteressante na cama. Para falar a verdade, era muito divertido. Quando transava com Manny, ela se sentia acolhida e protegida; após a dissolução do casamento, o estilo intenso e agitado de Tronco era uma boa mudança.

Em defesa de Melanie, apesar de a decisão de dormir com Tronco não ser uma das melhores que ela já havia tomado na vida, pelo menos tinha sido uma decisão auxiliada por vários copos de algo que os pós-graduandos tinham preparado na festa do Dia dos Namorados à qual eles a convenceram a ir. Tinham chamado a bebida de "veneno", e era forte. Quando Melanie acordara no dia seguinte ao lado de Tronco na cama, levara alguns minutos até entender *quem* ela era, que dirá *onde* estava, o que estava fazendo na cama com Tronco e por que os dois estavam nus. Ela entrara no banheiro sem acordá-lo. Enquanto alisava o cabelo no espelho e bochechava um pouco do enxaguante bucal dele, Melanie se deu conta de que já havia tomado uma das decisões práticas que tinham dado muito errado no seu casamento com Manny: tinha resolvido dormir com Tronco, então era melhor cair dentro de vez. Várias vezes.

A festa do Dia dos Namorados ainda era uma memória vaga, mas ela se lembrava da manhã seguinte com uma nitidez incrível. Tronco era genial, mas, fora isso, não tinha nada a ver com o que se imagina de um cientista. Vestia-se bem, mas, mesmo se andasse com uma caneta e uma régua no bolso, ainda ia atrair olhares. Tinha vindo para a American University direto da Cal Tech, de uma costa à outra, e talvez na Califórnia ele se encaixasse, mas no laboratório de Melanie, e em todo o edifício de entomologia, ele chamava atenção. Era de uma espécie completamente distinta. Melanie tinha quase um metro e oitenta e, apesar de fazer quase duas décadas desde os tempos de esportista na graduação em Yale, ela ainda jogava basquete três vezes por semana e nadava quatro. Mas Tronco era quinze centímetros mais alto que ela, e o apelido combinava, porque parecia forte como uma tora. Melanie sabia que ele não malhava e, pelo que havia percebido, sequer pisava em uma academia ou praticava qualquer esporte, mas mesmo vestido ele parecia escultural. Se não estivesse interessado em concluir o doutorado, poderia ter ganhado a vida como modelo de cuecas.

Quando voltara do banheiro, Melanie ignorara suas roupas, que estavam emboladas no chão, voltara para cama e esperara. E esperara. E esperara. Tronco dormia como uma pedra, mas, quando enfim começara a se mexer, quando os dois continuaram o que evidentemente haviam começado na noite anterior, valera a pena. Mesmo após dois meses se encontrando três ou quatro vezes por semana, ela ainda adorava quando ele tirava a camisa. Melanie não conseguia se conter e precisava passar a mão no peito dele, nos braços, nos músculos das costas. Tão diferente de seu ex-marido. Manny não era baixo, mas era menor que ela, e até podia ser incrivelmente intimidador, mas não era o que se podia considerar um homem musculoso. Não, Manny era duro por dentro, cruel e mesquinho quando achava que alguém estava tentando passá-lo para trás no trabalho ou na política — o que, devido ao fato de que ele era o chefe de gabinete da Casa Branca, eram a mesma coisa — e agressivo como uma aranha-teia-de-funil de Sydney quando era atacado. No entanto, por mais agressivo que fosse na vida profissional, Manny era um pouco respeitoso demais na cama. Não era nem um pouco tesudo.

O tesudo em questão, Tronco, estava olhando para ela.

— Professora Guyer? — tentou de novo.

— Tronco.

Melanie olhou para seus outros dois alunos. Julie Yoo, que era rica demais para passar o tempo estudando aranhas, e Patrick Mordy, que estava no primeiro ano da pós-graduação, mas não era nem de perto tão inteligente quanto seu histórico escolar e o material fornecido na matrícula tinham indicado e, Melanie desconfiava, provavelmente não terminaria o curso.

— O quê? — disse ela. — O que é tão importante que vocês não podiam esperar até eu voltar ao laboratório?

Tronco e Patrick encararam Julie, que baixou a cabeça e olhou para o chão. Melanie suspirou e tentou manter a calma. Ela gostava de Julie, de verdade, mas, para alguém tão privilegiada, a garota podia ser um pouco mais confiante. Seus pais tinham muito dinheiro. Uma quantidade absurda de dinheiro. Nível jatinho particular. Nível edifício no campus da American University com o nome deles. Nível por que mesmo que Julie estava em um laboratório estudando aranhas? Julie era bonita, e não só o tipo de beleza em que o ramo das ciências não oferecia muita concorrência. Melanie achava que Julie seria bonita em uma faculdade de administração ou direito. Isso era ser bonita de verdade. Melanie sorriu ao pensar nisso. Ela podia pensar assim porque sabia que tinha a mesma aparência. Não aparentava ser mais nova do que sua idade indicava, mas era bonita, uma mulher de quarenta anos que fazia os homens olharem para suas esposas e se perguntarem por que não haviam escolhido alguém melhor. Ela flagrou Patrick olhando para ela e começando a sorrir também, então fechou a cara. Eles não tomavam muito cuidado com o trabalho no laboratório se ela não fosse rigorosa.

— Vocês podem me contar no caminho — avisou ela, passando pelos três. — Vou parar para comprar uma salada e, se o que vocês me disserem for interessante, pago o almoço dos três. Senão, juro por Deus, se vieram até aqui porque mais um idiota acha que encontrou uma aranha venenosa em uma caixa de bananas, vou fazer vocês brincarem de batata quente com uma aranha-marrom.

Melanie pendurou a bolsa no ombro e se preparou para o calor que ela sabia que a aguardava do lado de fora do edifício climatizado. Levava só cinco minutos para ir dali até o laboratório, e ela ia parar na lanchonete para comprar o almoço, mas ia ficar suada e com o rosto vermelho. O calor de Washington não era algo que apreciasse, e tinha começado cedo naquele ano.

— As aranhas-marrons só mordem quando...

Melanie se virou, e Patrick fechou a boca. Ela assentiu.

— Imaginei. Agora, o que vocês querem?

Foi Julie quem se colocou ao lado de Melanie, enquanto Patrick e Tronco a seguiam de perto escada abaixo e pelo descampado da universidade. Havia nuvens fofas pairando acima dos edifícios do campus, mas nenhuma esperança de fato de que o calor seria aplacado por uma chuva. Talvez Melanie fosse embora mais cedo, ligasse o ar-condicionado no apartamento, pedisse alguma comida e assistisse a uma ou duas comédias românticas ruins sozinha. Ou talvez ela chamasse Tronco para realizar atividades noturnas que dispensassem qualquer tipo de falatório. Mas, no fundo, ela sabia que não ia sair do laboratório antes do horário de sempre. Se fosse o tipo de mulher que ia embora mais cedo, ela provavelmente ainda teria um marido para quem voltar. Melanie sabia que não era bem assim, já que Manny nunca chegava da Casa Branca antes dela. A diferença era que, quando Manny estava em casa com ela, ele de fato estava em casa com ela; quando ela estava em casa com ele, grande parte de Melanie continuava no laboratório.

— Você tinha razão — disse Julie, enfim.

— É claro que eu tinha razão — respondeu Melanie. — Sobre o quê?

Ela andava rápido, sem se dar ao trabalho de olhar para trás para ver se os rapazes estavam conseguindo acompanhá-la. E não se preocupou com Julie. A jovem podia ser insegura, mas devia ser uma das cientistas mais esforçadas que Melanie já conhecera, e nem mesmo um par de sapatos de salto agulha — ótimos para uma noite na balada, mas nada prático em um laboratório — ia impedir que Julie continuasse ao lado de sua orientadora acadêmica.

— Nazca — respondeu Julie.

— Nazca?

— Nazca — repetiu Julie, como se isso devesse ter algum significado para Melanie.

Ela não parou de andar, mas olhou para a aluna. Faltavam cem metros até eles entrarem em um lugar fresco de novo, pelo menos durante os dois minutos que levaria para comprar o almoço e esperar embalarem para ela terminar o trajeto até o laboratório.

— Nazca? Que porra é essa, Julie? Nazca? Era isso o que vocês queriam me dizer? Os três parados do lado de fora da minha sala de aula como um bando de calouros, esperando para dar o bote, e é isso o que vocês têm para me oferecer? Era isso que não dava para esperar até voltarmos ao laboratório? Nazca?

Ela apertou o passo.

— Nazca — repetiu Julie, de novo. — No Peru?

Melanie parou.

— Isso é uma pergunta ou uma afirmação?

Ela lançou um olhar irritado para Tronco, que pareceu não entender o motivo da irritação, mas teve o bom senso de se esconder atrás de Patrick. Melanie queria socá-lo. O péssimo hábito de terminar todas as frases com uma interrogação tinha passado para Julie.

— Nazca. Peru.

Melanie olhou para os três bolsistas, e eles a encararam de volta, como se esperassem um elogio. Suspirou.

— Certo. Desisto. Vocês estão falando das Linhas de Nazca. E daí? Poderiam, por favor, me dizer de que merda vocês estão falando para que eu possa pegar minha salada e voltar ao laboratório?

— Você não se lembra da festa do Dia dos Namorados? — perguntou Tronco. Melanie não sabia dizer se o rosto dele já estava vermelho por causa do calor ou se ele ficou daquele jeito ao se dar conta do que tinha falado, mas ele quase se atropelou para continuar: — Você não parou de falar de Nazca? Das linhas? Da aranha?

Patrick saiu em resgate de Tronco.

— Você disse que elas tinham motivo. As marcas no chão. São marcas de vários tipos. Linhas, animais e tal. Eu nunca tinha ouvido falar daquilo antes, mas você não estava muito interessada nos animais. Estava falando da marca em forma de aranha. Disse que dava para ver as linhas de um avião, e que elas não eram tão profundas, mas devem ter dado muito trabalho, e que você achava que a aranha tinha que ter algum significado.

Melanie não se lembrava de ter conversado com eles sobre as Linhas de Nazca — embora não tivesse de fato nenhuma razão para duvidar de seus alunos —, mas, para falar a verdade, tinha ficado fascinada desde que ouvira falar delas. E ficar tagarelando sobre uma ou outra teoria parecia o tipo de coisa que ela faria quando bêbada. E era por isso que ela não bebia com frequência.

Tinha ido ao Peru apenas uma vez, com Manny, nos estertores do casamento, um último esforço de férias na esperança de recompor os cacos destroçados do relacionamento. Manny havia sugerido Havaí, Costa Rica, Belize, praias de areias brancas e chalés particulares, mas fazia anos que ela queria ver as Linhas de Nazca, embora ele não quisesse. Na verdade, se era para ser sincera, parte do motivo para ela ter insistido tanto era simplesmente que Manny não queria visitar o Peru.

Vistas do alto, eram impressionantes. Linhas brancas na terra avermelhada. Glifos, animais, pássaros. Formas que Melanie não entendia. E ali, a que ela mais queria ver: a aranha.

Alguns pesquisadores — doidos varridos, na opinião de Melanie — alegavam que as linhas eram pistas de pouso para astronautas ancestrais, ou que o povo nazca tinha feito os desenhos com a ajuda de balões de ar quente, mas o consenso geral era de que os nazcas haviam usado meios convencionais. Arqueólogos encontraram estacas na extremidade de algumas das linhas, indicando as técnicas básicas que haviam sido usadas para fazer os traçados. Os nazcas as haviam delineado e, em seguida, removido as pedras escuras até uma profundidade de menos de vinte centímetros, formando um contraste nítido com a terra mais clara embaixo.

Embora já tivesse visto fotos e ilustrações, a imagem da aranha a deixou sem fôlego. Vista de um avião monomotor, a aranha parecia pequena, mas Melanie sabia que o desenho tinha cerca de quarenta e cinco metros de comprimento, talvez mais. Ela ouviu o piloto berrar alguma coisa e o viu girar o dedo no ar, perguntando se ela queria sobrevoar a aranha algumas vezes, algo que eles haviam combinado com o péssimo espanhol de Melanie antes de decolar. Melanie assentiu e sentiu Manny pôr a mão em seu ombro. Cobriu os dedos dele com os seus e percebeu que estava chorando. A vontade de visitar a aranha não se devia ao desejo de ver ao vivo algo sobre o qual ela apenas lera. Não, era mais do que isso, e a cientista dentro dela se retorceu com a ideia. Não havia contado a Manny porque ele teria suspirado e os dois começariam mais uma das muitas discussões intermináveis sobre os limites da ciência e da biologia e a questão da adoção.

Foi só naquele momento que ela percebeu por que exatamente tinha insistido em ir ao Peru. Insistido apesar das objeções de Manny. Insistido que, se era para os dois irem a algum lugar, tinha que ser para ver as Linhas de Nazca. Melanie sabia que era loucura. A parte científica e racional dela, a mulher que havia batalhado durante a pesquisa do doutorado, que dormia no laboratório duas ou três vezes por semana e dispensava bolsistas de pós-graduação que não estivessem dispostos a se dedicar tanto quanto ela, sabia que o desejo de arrastar Manny até o Peru era a última tentativa desesperada de uma mulher de quase quarenta anos que achava que podia adiar ter filhos até estar pronta e então descobrira que isso talvez nunca tivesse sido uma opção. A viagem fora um completo tiro no escuro, mas, depois de ler a teoria de um acadêmico especializado em Nazca de que as linhas eram imagens ritualísticas, que os pássaros, as plantas e a aranha eram símbolos de fertilidade, Melanie não conseguia parar de pensar que talvez o motivo de sempre ter sentido atração pela imagem fosse porque, ali, no sopé das montanhas peruanas, a aranha estivesse à sua espera.

No avião, ela desejou Manny com uma urgência que o relacionamento deles não via havia muito tempo. Por mais que quisesse continuar voando, rodando em círculos sobre a imagem da aranha, também mal podia esperar para voltar ao solo, à privacidade da barraca deles, e fazer o que poderia finalmente levar ao bebê que ela achava que talvez pudesse salvar seu casamento.

Ela estava enganada tanto em relação ao bebê quanto à manutenção do casamento.

Após o divórcio, Melanie ainda se lembrava com carinho daquela viagem. Enquanto voavam em círculos, havia rabiscado às pressas sua própria versão da aranha de Nazca:

Quando o divórcio foi formalizado, ela arrancou a folha do caderno, cortou as beiradas com cuidado e mandou enquadrar o desenho. Estava na parede perto de sua mesa no laboratório. Não era de tirar o fôlego como as linhas de verdade escavadas no chão. A dimensão, a permanência, o fato de a falta de chuva e vento terem preservado as linhas por mais de dois mil anos... Melanie se sentia ao mesmo tempo abalada e cheia de felicidade. Gostava de acreditar que talvez tivesse havido uma mulher como ela, desesperada para ter um filho, tirando pedras do chão quase dois mil e quinhentos anos antes.

Ou mais.

— Dez mil anos — afirmou Julie. — Não dois e quinhentos.

Melanie puxou a gola da blusa, mas não estava mais pensando no calor. Reconheceu os primeiros sinais de envolvimento intelectual, de quando sua curiosidade era atiçada. O fato de que estavam falando sobre as Linhas de

Nazca facilitava, mas a verdade era que nunca tinha sido difícil despertar o interesse de Melanie. Ela já se lembrava com mais regularidade de comer, tomar banho e trocar de roupa — ter um banheiro privativo no trabalho ajudava —, mas, no fundo, ainda era a mesma rata de laboratório que adorava tentar descobrir a resposta para alguma pergunta.

— Quem? — perguntou ela. — Quem falou para você que as linhas foram feitas há dez mil anos?

— Não todas — respondeu Julie. — Hum... foi um amigo meu, um cara que fez faculdade comigo. — Normalmente, uma pequena parte de Melanie teria se interessado pela fofoca e insistido até Julie admitir que o sujeito era alguém com quem havia transado aos dezenove ou vinte anos, um cara de quem ainda estava a fim, mas já estava começando a perder a paciência com aqueles três bolsistas. — Ele está fazendo pós no Peru. Em arqueologia.

— Claro.

— Enfim — disse Julie —, a gente troca e-mail com alguma frequência, e comentei com ele sobre a sua teoria.

Melanie começou a andar de novo. Aquilo estava ficando cansativo.

— Que teoria?

— Sobre a aranha — respondeu Tronco.

Ele começou a dizer alguma outra coisa, mas Julie o interrompeu:

— Uma das coisas que eles estão tentando descobrir é se todas as linhas foram feitas no mesmo período, ao longo de alguns anos ou décadas, ou se elas se distribuem por alguns séculos. Quanto tempo elas levaram para ser feitas? Os pesquisadores encontraram algumas estacas de madeira perto da maioria das linhas e acham que podem ter sido usadas pelos nazcas para delinear os traçados. Quando estavam trabalhando no sítio da aranha, também encontraram estacas. E mandaram datar uma.

— E?

— A aranha não é uma Linha de Nazca.

Melanie se deu conta de que estava andando rápido demais, mas a lanchonete estava logo ali, e a perspectiva de trégua temporária do calor a ajudou a manter o ritmo.

— Parece bastante uma Linha de Nazca.

— Não — respondeu Julie. — As Linhas de Nazca se parecem com a aranha. Todas as outras linhas têm mais ou menos dois mil e quinhentos anos, como você disse, mas a aranha é mais antiga. Muito mais antiga. Tem aproximadamente dez mil anos. Já estava lá muito antes das outras linhas.

Melanie reduziu o passo ao chegar à escada.

— E o que isso tem a ver com a gente? — Ela olhou para trás e se deu conta de que os alunos tinham parado de andar. Patrick, Tronco e Julie estavam parados, três degraus abaixo dela, e olhavam para cima com expectativa. — Então?

Julie olhou para os dois rapazes, e eles assentiram.

— Não foram apenas as estacas — disse Julie. — Durante a escavação, ele achou algo embaixo das estacas: uma caixa de madeira. A madeira foi datada, e é da mesma época das estacas. Dez mil anos. Sabe o que havia dentro da caixa?

Julie fez uma pausa, e Melanie começou a ficar frustrada. Achava que pausas dramáticas eram inúteis e, no caso de um bando de bolsistas, irritantes. Mas estava muito curiosa e não conseguiu se conter.

— O quê?

— Uma bolsa de ovos. A princípio, ninguém entendeu o que era aquilo, mas, quando ele se deu conta, sugeriu que o orientador acadêmico a mandasse para o nosso laboratório para ver se conseguiríamos identificá-la. Eles achavam que estava fossilizada, ou petrificada, ou sei lá como se diz quando algo assim está preservado. Como a caixa de madeira tinha dez mil anos e a bolsa de ovos estava dentro dela, a bolsa provavelmente tem a mesma idade.

— Hum... — respondeu Melanie. — Certo. Diga para eles mandarem e vamos dar uma olhada.

— Ele já mandou. Está lá no laboratório. Eu, hum, falei que eles podiam usar nosso código FedEx, então ele mandou no expresso — explicou Julie.

As palavras saíram de sua boca como se esperasse que Melanie fosse gritar com ela.

Melanie conteve a irritação. O orçamento estava apertado, mas não a ponto de impedir que Julie cobrisse os custos de envio de um pacote que era de interesse do laboratório. No entanto, Melanie se perguntou quanto havia custado um envio expresso do Peru.

— Não é só isso — disse Tronco.

Ele a encarava com uma intensidade geralmente reservada aos momentos em que os dois estavam sozinhos.

— Não?

Melanie olhou para Patrick e Julie, e depois voltou para Tronco. Os três pareciam nervosos e empolgados, e estava nítido que não sabiam bem se o motivo de terem vindo atrás dela era mesmo tão importante quanto acreditavam.

— Bem — disse Melanie, notando que seu tom de voz estava um pouco mais ríspido do que o necessário. — Desembuchem.

Tronco olhou para os colegas, e então de volta para Melanie.

— A bolsa de ovos está eclodindo.

Casa Branca

— Explodam tudo — disse a presidente. — Lancem as ogivas e resolvam logo o problema.

 Ela se recostou na cadeira e olhou para o rapaz de pé a seu lado. Um dos novos estagiários. Manny sorriu. Ele não se lembrava do nome do rapaz, mas a presidente Stephanie Pilgrim gostava que fossem jovens e bonitos. Uma espécie de enfeite. Ela nunca os tratava de forma inadequada — felizmente, essa não era uma das muitas preocupações de Manny como chefe de gabinete da Casa Branca —, mas sem dúvida gostava de tê-los por perto. A presidente tocou o antebraço do estagiário.

 — Que tal você ir nos arranjar uma tigela grande de pipoca ou algo do tipo, ou quem sabe nachos e molho? Esse papo de guerra está me dando um pouco de fome.

 — Ora, Steph — disse Manny. — Você não está levando isto a sério.

 — Sou a presidente dos Estados Unidos da América, Manny, e você deve se dirigir a mim da forma apropriada — disse ela, sorridente. — É presidente Steph para você. E como é que posso levar isto a sério? É um exercício. O outro time está lá na loucura das eleições primárias. Logo, logo eles vão resolver qual daqueles palhaços vai ser indicado como candidato e aí começarão a me atacar, em vez de brigarem entre si. Enquanto isso, ficamos enfiados na Sala de Situação, fingindo que estamos prestes a entrar em guerra com a China. Não posso só mandar jogarem as bombas e encerrar o dia? Tenho mais o que fazer em vez de ficar brincando de guerra só porque o exército está enchendo o saco.

— Tecnicamente, esta situação é da marinha — comentou Manny.

— Há quanto tempo você me conhece, Manny?

Ele ficou em silêncio. Conhecia Stephanie Pilgrim o suficiente para saber que ela não queria uma resposta. Conhecia-a desde que os dois eram jovens, burros e universitários. Ele era calouro, e ela estava no último ano, atendia por Steph em vez de senhora presidente e gostava de torturá-lo em certos momentos inadequados informando-o de que não estava usando calcinha por baixo da saia. Ela não era especialmente promíscua. Já naquela época, tomava cuidado com a reputação. Já pretendia ser o centro das atenções. Mas eles se deram bem logo de cara, e Stephanie não sentia apenas atração por ele, mas também um forte senso de confiança. Eles nunca chegaram a namorar, mas, antes de conhecer e se casar com Melanie, Manny tinha uma relação com Stephanie que ia muito além da profissional. Os dois tinham retomado essa relação desde que a situação com Melanie implodira. Bom, não implodiu. *Dissolveu-se* era uma expressão melhor. Mas, quando se viu livre e sem pretensões românticas, junto com o fato de que Steph precisava tomar o cuidado de manter a ilusão de que seu casamento era feliz, tinha sido fácil retomar o antigo esquema de transas ocasionais. Manny sentia-se um pouco culpado. Não em relação a Steph. Os dois estavam interessados um no outro, se entendiam razoavelmente bem na cama e se amavam, embora não estivessem *apaixonados*. Eles se respeitavam, se gostavam e não escondiam nada um do outro. Nenhum dos dois ia ficar magoado. Não, Manny se sentia culpado por causa de George. Ele realmente gostava do marido de Steph. O dr. George Hitchens era um cara legal. Sem dúvida, era um trunfo no que dizia respeito a elegibilidade. Bonito e cheio de desenvoltura, tranquilo com a atuação de Steph na arena política, tranquilo com sua condição de marido de uma política profissional. Tinha sangue azul, da aristocracia do Texas, e era inteligente o bastante para entrar em uma universidade de elite e se formar em medicina sem precisar mexer nenhum pauzinho, ou pelo menos sem precisar mexer nenhum que acabasse causando algum constrangimento. Tinha atuado como dermatologista até a grande vitória de Steph. Depois que se mudaram para a Casa Branca, George mergulhou de cabeça na função de "Primeiro Maridão", o apelido favorito da imprensa. Tirava de letra qualquer cerimônia oficial. Era praticamente o marido dos sonhos para uma mulher na política.

Mas esse era o problema. Stephanie amava George, mas só como alguém ama uma pessoa decente e boa, uma pessoa que ela conhecia havia quinze anos, uma pessoa com quem tinha dois filhos. Steph o amava, mas não estava *apaixonada*. Nunca estivera. Quem se casou com ele foi a política, não a mulher. Se ela tivesse seguido outra carreira, se tivesse escolhido uma carreira diferente em vez de se jogar na faculdade de direito com a intenção de começar o quanto antes a carreira política e, depois, chegar à presidência, já teria se divorciado de George. Mas essa já não era uma opção.

Manny não era modesto quanto aos próprios talentos: era um puta gênio na esfera política. E, embora Stephanie Pilgrim fosse uma máquina — bonita e simpática, uma mulher esperta e de pensamento ágil, com um histórico impecável, uma sorte melhor ainda, tenaz e determinada —, até Manny sabia que havia limites. Ninguém levara muito a sério quando ela anunciou a candidatura, mas Manny tinha se empenhado, e ali estava como chefe de gabinete da Casa Branca. Porém, se quisessem continuar no poder, Stephanie precisaria fazer aquilo que ela aprendera muito bem: atravessar a corda bamba entre a condição de mulher e a de presidente dos Estados Unidos. O país talvez estivesse pronto para uma mulher na presidência, talvez estivesse pronto para eleger uma mulher de quarenta e dois anos — tornando-a a comandante-chefe mais jovem da história, míseros quatro dias mais nova que Teddy Roosevelt —, talvez até estivesse pronto para reeleger essa mulher após três anos de crescimento econômico, paz e estabilidade, mas com certeza não estava pronto para reeleger uma mulher no meio de um processo de divórcio.

Stephanie empurrou a cadeira para trás e esfregou os olhos.

— Vocês sabem tanto quanto eu que essas merdas são uma perda de tempo. Deixem os militares com seus exercícios e jogos de guerra, deixem eles fazerem suas simulações, e da próxima vez que algo acontecer nós faremos o que sempre fazemos: avaliar a situação, que com certeza vai ser diferente dessa zona imaginada com a China, e tomar providências. Pelo que entendi, só estamos fazendo isso porque as forças armadas querem ver se eu tenho colhões para dar uma ordem de ataque. Então vamos satisfazê-los. Me deixem ordenar um bombardeio. Explodam a porra do país inteiro. E aí encerramos a brincadeira e poderemos voltar ao trabalho. Além do mais, a duração prevista é de quanto, três horas? Se acabarmos agora, vão sobrar duas horas no dia.

Ela não falou, nem poderia no meio de uma sala cheia de engravatados e militares, mas Manny sabia que ela estava insinuando que eles poderiam aproveitar uma meia hora desse tempo extra a sós. Ele se lembrava de como era na faculdade. Quando se conheceram, Steph era três anos mais velha, e ele ainda era virgem. Aos dezoito anos, sempre ficava muito feliz de passar uma tarde inteira à toa na cama com ela. Agora, com quarenta e poucos anos, ainda ficaria muito feliz de passar a tarde à toa na cama com ela, mas não ia rolar. O recurso mais importante da presidente dos Estados Unidos era o tempo.

— Senhora presidente, se me permite — interrompeu Ben Broussard, chefe do Estado-Maior Conjunto.

Ben era o único homem na sala que era sempre motivo de irritação para Stephanie. Manny tentou reprimir uma careta ao ouvir a voz dele, mas era difícil. A situação tinha ido de mal a pior desde o instante em que Ben fora indicado ao cargo, e mais cedo ou mais tarde — e quanto mais cedo, melhor — ele seria aposentado discretamente.

— Eu sei que pode parecer que estamos perdendo tempo com esses exercícios de rotina — continuou ele —, mas é importante analisar situações plausíveis para que possamos reagir de forma rápida em uma circunstância que exija uma resposta militar.

Stephanie olhou para Manny, e ele soube que a presidente não ia falar mais nada sobre o assunto. Era a vez dele de falar. Esse era um dos motivos por que os dois trabalhavam tão bem juntos. Por mais absurdo que fosse, eles sabiam a verdade: uma mulher, mesmo a presidente dos Estados Unidos da América, era vista com outros olhos. A percepção era a realidade, e Steph não podia ser vista como reclamona. Claro que Manny não tinha o mesmo problema.

— Ora, Ben — disse Manny. — A simulação realmente parece um pouco antiquada. Será que não faria mais sentido fazer isto em resposta a um ataque terrorista simulado, ou a uma conflagração em algum lugar mais turbulento? É óbvio que tivemos alguns momentos de tensão com os chineses, mas todo mundo sabe que não estamos nem perto de entrar em uma guerra com eles. Não em comparação a um país como...

— A Somália. — Billy Cannon, o secretário de Defesa, nunca se importara com interromper Manny. Em geral, porque tinha razão. — Devíamos promover exercícios com a Somália, porque vamos ter que lidar com a realidade em algum momento. A probabilidade de entrarmos em guerra com a China parece, na melhor das hipóteses, remota. É tão útil quanto simular um ataque de zumbis.

O estagiário voltou com uma bandeja e a deixou no aparador atrás da presidente. Pegou as tigelas de pipoca, nachos e molho e as colocou na mesa diante dela. Manny reparou na discrição do rapaz, na forma como ele esperou até que todas as atenções estivessem em Billy para só então pôr a comida diante da presidente, no fato de que ele havia lembrado que Steph gostava de beber refrigerante na lata, apesar da insistência da equipe da Casa Branca em servir tudo em copos de cristal. Manny pensou que isso exigia uma habilidade especial, a capacidade de manter as pessoas à sua volta felizes e, ao mesmo tempo, não chamar a atenção. O nome do estagiário era Tim, Thomas ou algo do tipo, e Manny fez uma nota mental para manter o rapaz após o fim do período de estágio.

Manny apoiou a mão no ombro de Steph, uma familiaridade permitida tanto pelo cargo quanto pela extensão do relacionamento dos dois, e se inclinou para pegar um punhado de pipoca.

Billy Cannon e Ben Broussard continuavam discutindo, pois o chefe do Estado-Maior Conjunto insistia que a simulação com a China era útil e Billy se recusava a ceder. Manny sabia que deveria interromper, fazendo todo mundo esquecer o exercício e sair da sala ou obrigar Steph a entrar na dança, mas ele gostava de ver Billy Cannon argumentar. Cannon viera de uma família rica, mas tinha o aspecto de quem nascera para usar a farda. Ao contrário de alguns generais que relaxavam no treinamento depois de passar para a condição de dar ordens em vez de recebê-las, Billy continuava esbelto, forte e bonito; possuía certo ar de perigo, com o cabelo grisalho e a cicatriz na têmpora resultante de um combate corpo a corpo nos tempos de guerra. A esposa de Billy havia morrido quatro ou cinco anos antes, de câncer de mama, e fazia pouco tempo que ele voltara a namorar. Manny entendia por que as mulheres da capital estavam loucas para cair em seus braços. Dizia-se até que a revista *People* o estava considerando para aquela tal lista do homem mais sexy. Mais cedo ou mais tarde, Billy decidiria se aposentar, e então se candidataria para algum cargo e venceria fácil.

— Apreciando o espetáculo?

Alexandra Harris, a conselheira de segurança nacional, esticou-se um pouco e pegou uns nachos. Ela dispensou o molho. Manny gostava de Alex e, apesar de muitas vezes os dois discordarem quanto ao que fazer com as informações que ela trazia à presidente, acreditava que ela era uma das melhores nomeações de Steph. Alex era inteligente, intensa e leal, e, qualquer que fosse sua opinião durante uma discussão, assim que a presidente tomava sua decisão ela vestia a camisa completamente. Para estar ali, naquele patamar, só sendo alguém com tino apurado para sobrevivência política e uma ambição que pudesse ser vista do espaço, mas, pelo que Manny notava, Alex estava exatamente onde queria. Ela nunca tentava passar por cima da presidente. Além do mais, Alex tinha setenta e três anos. Tarde demais para se candidatar à presidência. Se Steph fosse reeleita, Alex serviria durante o primeiro ano do segundo mandato e então se aposentaria e se mudaria para o interior.

Steph enfim falou, e sua voz possuía um tom firme. Manny e Alex podiam estar se divertindo enquanto o secretário de Defesa e o chefe do Estado-Maior Conjunto discutiam se a simulação valia ou não a pena, mas estava nítido que a presidente não apreciava nada daquilo.

— Cavalheiros — disse ela a Ben e Billy —, garanto que compreendo a importância destes exercícios. Podem confiar quando falo que, durante um momento de crise, levarei tudo mais a sério. Da próxima vez que realizarmos uma dessas simulações, vou colaborar mais, especialmente se o exercício for pertinente, mas, no momento, não estamos em crise.

Ela se levantou da cadeira, e todo mundo que estava sentado ficou de pé na hora.

Manny havia feito a transição de amante para amigo, e depois de volta para amante, sem dificuldade, e a mudança do comitê de campanha para a Casa Branca correu de forma tranquila. Mas não tinha sido fácil se acostumar com toda a cerimônia de quando uma de suas amigas mais antigas passou de "Steph, a vizinha de alojamento" para Stephanie Pilgrim, a primeira mulher eleita presidente. Manny nunca fora fã de formalidades, mas, desde a eleição, com alguma frequência ele acabava precisando cumprir com elas.

— Senhora presidente? — falou um dos oficiais na mesa de computadores e telas em um canto da sala.

Em uma das paredes, havia um conjunto grande de monitores para que a presidente e seus conselheiros pudessem acompanhar todos os detalhes, mas esse oficial estava olhando para outro lugar. Ele falou com uma voz alta o bastante para atravessar a sala e interromper a presidente. Normalmente, um oficial da patente dele só se dirigiria à presidente se ela lhe fizesse uma pergunta direta.

— Senhora presidente — repetiu o homem, dessa vez tirando os headphones. — São os chineses.

Steph suspirou, e Manny deu um passo à frente.

— Acho que já encerramos esse assunto por hoje — disse ele. — Cancele a simulação.

— Não é isso — respondeu o oficial, e foi com um tom de urgência e certa agressividade que interrompeu toda a movimentação na sala, um tom que chamou a atenção da presidente e deixou Manny esperando para ouvir mais. — Não faz parte do exercício. Eles, hum... vai aparecer na tela daqui a alguns segundos. Senhora?

— Desembuche.

Stephanie havia se silenciado, mas parecia entediada. A maioria dos homens e mulheres na sala já havia recomeçado a juntar suas coisas, e Manny percebeu que fora o único que tinha reparado no olhar de medo do oficial. Notou também que Alex continuava sentada, com uma expressão alarmada no rosto conforme um militar murmurava algo urgente em seu ouvido.

Manny observou o amontoado de monitores na parede. A maior parte das informações tinha a ver com a simulação, mas duas telas grandes na ponta exibiam imagens de satélite quase em tempo real da China, com um *delay* de apenas trinta ou quarenta segundos. O país estava dividido quase ao meio nas telas: uma mostrava as partes mais populosas da região oriental da China, com o emaranhado de estradas em Pequim, e a outra incluía a porção ocidental do país, com uma linha para indicar as fronteiras ao norte com o Cazaquistão e a Mongólia.

E então, de repente, apareceu um brilho. Um ponto de luz intensa no canto superior esquerdo da tela.

— Jesus Cristo — disse alguém, e passado um instante Manny percebeu que tinha sido ele mesmo.

— Que merda foi essa? — A presidente também estava olhando para a tela.

Todo mundo na sala encarava o mapa da China, vendo a luz se intensificar e então se dissipar a noroeste do país. Quer dizer, todo mundo menos a conselheira de segurança nacional. Ela estava olhando para o militar que havia murmurado algo em seu ouvido.

— Acabou? — perguntou Alex, se virando para o oficial perto do monitor. — Foi um míssil? De quem? Tem mais algum no ar? Foi só aquele?

O oficial, com um dos lados do headphone pressionado na orelha, levantou a mão para Alex, olhou para a tela e confirmou com a cabeça.

— Acabou — respondeu ele. — Mas não foi um míssil.

Manny se deu conta de que tinha começado a se alternar entre encarar Alex e o oficial e olhar o brilho repentino sumir aos poucos.

— Se não foi um míssil, que porra foi essa?

Um silêncio esquisito tomou conta da sala, um vazio súbito de som após a pergunta de Manny, e ele soube que não foi o único a levar um susto quando o telefone às costas deles tocou. Não era *um* telefone qualquer. Era *o* telefone. Ele se lembrava de quando era pequeno e via o presidente atender a linha direta com os russos nos filmes, que geralmente era um telefone vermelho e sinistro, e que aquele era o último recurso antes de um inverno nuclear, mas foi só depois de passar algum tempo na Casa Branca que Manny descobriu que o telefone existia de verdade. E estava tocando. Não havia dúvida de que a pessoa do outro lado da linha seria o secretário-geral da China, e ele tocou só duas vezes antes de Steph se aproximar e colocar a mão no gancho.

— Alguém pode — disse ela, gritando as palavras para a sala enquanto se preparava para atender ao telefone — me dizer que porra foi essa que eu vi na tela?

— Isso — respondeu Manny, olhando de novo para o monitor, onde o clarão já havia se dissipado quase por completo — foi uma bomba atômica.

Província Xinjiang, China

Por um instante, ele achou que fosse vomitar, mas não diminuiu a velocidade. O caminhão mal tinha passado pelo bloqueio, e ele precisara atropelar dois soldados para conseguir fazer isso. A lembrança do solavanco e dos gritos bastava para a ânsia voltar, mas em nenhuma circunstância ele iria parar de dirigir. Tentara alcançar a irmã e a família dela.
Mas tinha chegado tarde demais.
Não, ele não ia parar por causa dos soldados e não ia parar para vomitar. Só ia parar quando a gasolina acabasse, quando tivesse se afastado o máximo possível daquela área. As autoridades alegavam que a situação estava sob controle, mas o perímetro em que eles garantiram que o problema tinha sido contido parecia crescer dia após dia. Sem contar que as transmissões originais, com repórteres locais e autoridades do partido que ele reconhecia, tinham sido substituídas por um pessoal novo, gente de fora da província. Havia boatos na fábrica e no mercado. Ele sabia que pelo menos dois homens que trabalhavam nas minas não tinham recebido permissão para voltar para casa. O pior de tudo, e o motivo que enfim o levara a roubar as chaves do caminhão e enfiar uma garrafa d'água e um pouco de comida nos bolsos do casaco — o máximo que pôde pegar sem chamar muita atenção —, foi que três dias antes todos os meios de comunicação com o mundo exterior tinham sido cortados. Telefones fixos, celulares, internet. Nada chegava nem saía. Só as transmissões oficiais na televisão e no rádio.
Tinham se passado apenas cinco dias desde o primeiro incidente na mina. Ele havia imaginado que fosse só mais um acidente, mas não demo-

rou muito até os boatos começarem a circular. Um vírus. Uma experiência do exército com armas químicas ou biológicas. A idosa que servia sopa no restaurante perto do apartamento dele insistia que eram fantasmas, que os mineradores tinham despertado alguma força sobrenatural. A irmã de um de seus amigos, uma garota que passava a maior parte do tempo livre lendo exemplares piratas de ficção adolescente americana, garantia que eram vampiros ou zumbis, e que era por isso que o exército tinha chegado tão rápido.

A princípio, ele não deu muita importância. As pessoas morriam nas minas. Acontecia. Pelo menos ele não precisava trabalhar lá. Embora não adorasse o emprego na fábrica, com dezenove anos ele já ganhava mais dinheiro em um mês do que seus pais estavam dispostos a acreditar. Quando ouviram o salário, insistiram que ele estava exagerando. Ele morava sozinho em um apartamento pequeno. Tinha a própria televisão, um celular, um computador e até passava algumas noites a sós com aquela mesma irmã de seu amigo. A própria irmã e os dois filhos dela moravam perto, e ele ia jantar na casa dela algumas vezes por semana. Então, embora não visse os pais com a frequência que gostaria, já que era bem cansativo ficar cinco horas dentro de um ônibus, não podia reclamar.

Cinco noites atrás, quando a maioria das pessoas achava que aquele havia sido apenas mais um acidente, ele tinha jantado na casa da irmã, e, enquanto brincava com o sobrinho, o marido metido a besta dela ficou falando sem parar sobre os furos de segurança na mina, dizendo que aquilo estava fadado a acontecer por causa de todas as medidas que eles ignoravam. Quatro noites atrás, ele soube sobre as histórias que estavam circulando, mas fora uma das noites em que sua namorada — ou o que quer que ela fosse — tinha dormido em seu apartamento, e os dois não conversaram muito.

Mas tinha sido apenas três noites atrás que notara algo estranho. Ele tinha preparado o jantar e tentado entrar na internet. O computador não quis colaborar. Ele não se preocupou, pois, embora a cidade tivesse uma conexão relativamente rápida, era esporádica. Então pegou o celular para ligar para os pais e viu que estava sem sinal. E, na televisão, o único canal que pegava era o oficial da região, que repetia uma programação fixa de hora em hora. Ele suspirou, leu um pouco e foi para a cama.

Foi só na manhã seguinte, a caminho da fábrica, que reparou na quantidade de soldados que tinham chegado à cidade. E então viu os rolos de arame farpado sendo instalados e percebeu que os rapazes fardados, rapazes da mesma idade dele, estavam segurando os fuzis com um pouco de força demais. No trabalho, ele costumava ficar na dele, mas, durante o almoço, foi se sentar com um grupo de homens mais velhos. Ficou chocado ao ouvir que a mina tinha sido isolada e que nenhum dos homens que estavam trabalhando na hora do incidente tivera permissão para voltar para casa. Depois, mais tarde, no fim do turno, o supervisor anunciou pelo alto-falante que todo mundo deveria continuar trabalhando, que não havia nada de errado e que eles eram esperados no dia seguinte.

O celular ainda não funcionava, e ninguém conseguia achar sinal também, mas ele sabia que quando soldados começavam a chegar e o arame farpado, a ser instalado, quando as autoridades tentavam tranquilizá-lo dizendo que não havia nenhum problema mesmo quando estava nítido que algo estava acontecendo, era hora de se preocupar.

Foi aí que ele roubou a chave de um dos caminhões. Foi aí que ele encheu uma garrafa com água e enfiou uma maçã e alguns biscoitos nos bolsos do casaco. Ele pensou em preparar uma mala, mas, quando estava indo para o trabalho no dia anterior, viu um homem ser espancado pelos soldados. O homem estava em um carro com a família, o porta-malas amarrado para evitar que as malas caíssem, e tinha parado no novo portão instalado depois que o exército isolou a cidade. O portão agora era a única saída. Ele havia ouvido o homem e os soldados discutirem e então, tentando olhar sem parecer muito óbvio, viu o homem ser arrancado do carro e espancado com a coronha dos fuzis. Mesmo de longe, ficou claro que os soldados bateram no homem bem além do que era necessário.

Foi por tudo isso que ele tinha passado direto com o caminhão pelo portão, sem diminuir a velocidade. Atravessou o metal sem parar. Ele passara a noite inteira ouvindo o barulho de tiros. A certa altura, algo que pareceu uma explosão veio da direção da mina. Ele não conseguiu dormir, então, por fim, pouco depois das quatro da manhã, saiu do apartamento e se embrenhou na noite. As ruas e os becos estavam vazios e escuros, e a fábrica estava sem atividade. Não havia cerca em volta do estacionamento onde ficavam os caminhões, e ele estava com a chave na mão antes mesmo de perceber que havia algo errado.

Havia uma única luz acesa no canto do edifício, e, embora a lâmpada amarela fosse forte, só conseguia lançar sombras no estacionamento. De repente, ele quis que estivesse mais claro, mas tentou reprimir o pensamento.

Sabia que só estava assustado por causa das histórias, dos boatos, da chegada dos soldados e da cerca, do barulho de tiros e de explosões durante a noite. Precisava se acalmar, e então soltou uma risada. Por que ele deveria ficar calmo? Isso tudo parecia motivo para ficar bem assustado. Ele andou até o caminhão e, quando estava com a mão na maçaneta, ouviu o barulho. Era um som de algo raspando. Não. Era mais baixo do que algo raspando. Parecia o som de uma folha sendo soprada no asfalto. Ou várias folhas. Ele olhou em volta, mas não viu ninguém. Foi quando percebeu que tinha alguma coisa errada com a luz. Não, não com a luz; com as sombras. Logo ali, talvez a uns vinte passos de distância, uma das sombras parecia se deslocar, pulsando. Ele ficou olhando, fascinado, e foi só quando um fio preto pareceu brotar da sombra e se desenrolar em sua direção que ele despertou do transe.

Não sabia o que era aquilo e não dava a mínima. Embora tivesse hesitado, percebeu que tinha se decidido no instante em que roubara a chave do caminhão e que não havia nenhuma utilidade em esperar para descobrir do que exatamente decidira fugir. Subiu na boleia e, enquanto estava entrando, sentiu algo roçar sua nuca e seu pescoço gelar. Ele deu um tapa, e acertou algo pequeno e sólido com a mão. Depois, estava dentro do caminhão, com a chave na ignição e o pé no acelerador, deixando para trás o que quer que fosse aquela sombra.

Dirigiu com cuidado pela cidade, na direção do apartamento da irmã. Não havia contado para ela sobre o plano. Ele sabia que ela teria contado para o marido, e o marido dela não era o tipo de homem que guardava segredos. Mas sabia também que, se chegasse ao apartamento com o caminhão, a irmã conseguiria convencer o marido a fugir. Ele não gostava muito do cunhado, mas o sujeito não era um idiota completo.

Porém, quando entrou na rua da irmã, viu que a situação estava pior do que havia imaginado. Ele se preocupara tanto que não percebeu a luz dos refletores portáteis até virar a esquina, o brilho deles iluminando a rua com muita claridade. Havia cinco ou seis caminhões do exército estacionados e dezenas de soldados carregando fuzis. Viu alguém caído no chão, mas, devido à luz artificial dos refletores, ele demorou alguns segundos para perceber que a poça escura em volta do corpo era sangue. E mais adiante, aquilo era um tanque? Meu deus. *Era* um tanque.

Sem nem pensar, ele girou o volante e entrou no beco com o caminhão, girou o volante de novo até estar de frente para a saída da cidade, pisou fundo no acelerador e arrebentou o portão. Sorte a dele que os soldados haviam esperado que ele fosse parar. Tinham atirado — o vidro traseiro estava quebrado —, mas o veículo parecia estar funcionando bem e ele não tinha sido atingido. Estava bem.

Já havia se passado uma ou duas horas. Ele perdera a noção do tempo. Mas, pelo menos, agora que estava longe da cidade, estava mais do que bem. Ótimo, na verdade. A nuca o incomodava no ponto onde alguma coisa o havia acertado no estacionamento, mas não conseguia ver o que era pelo retrovisor. Dava para sentir um calombo pequeno com os dedos, talvez um corte, mas a sensação era mais de dormência do que de dor. O problema mesmo era a barriga. Seu estômago estava embrulhado. Talvez estivesse gripado, mas o mais provável era que fosse apenas ansiedade. Ele não fazia ideia do que tinha fugido, mas tinha certeza de que nunca mais veria a irmã ou abraçaria os sobrinhos. Precisou segurar o choro, e depois mais uma ânsia de vômito.

Não estava bem.

Mas estava vivo.

Tirou a garrafa d'água do bolso do casaco, se atrapalhou para abrir a tampa e tomou um gole. Foi agradável e pareceu aliviar um pouco a náusea, mas aí aconteceu de novo, outra ânsia de vômito.

Talvez fosse bom dar uma parada, só por uns minutos. Tentar botar para fora no acostamento. Depois ia se sentir melhor.

De repente, uma luz forte surgiu atrás dele. Como o flash de uma câmera. Ele olhou pelo retrovisor, mas a luz machucou seus olhos. Ele olhou para a frente de novo e percebeu que só conseguia enxergar o eco da luz. Diminuiu a velocidade do caminhão e então parou para esfregar os olhos. A luz do lado de fora já estava diminuindo e, o que quer que tivesse sido, não havia prejudicado sua visão. Seus olhos estavam marcados com resquícios da paisagem, mas já estavam começando a sumir. E aí, mais uma vez, sentiu a onda de ânsia. Agora, ele achou que não ia conseguir segurar, então saiu correndo do caminhão.

Quando pôs os pés no chão, se virou para olhar na direção da cidade, na direção de onde tinha vindo o clarão. Mas não havia mais clarão algum. Apenas uma labareda de fogo iluminava o céu.

Base de Combate Aéreo e em Solo do Corpo de Fuzileiros Navais, 29 Palms, Califórnia

A cabo Kim Bock checou o fuzil. De novo. Ela sabia que não adiantava nada, mas era a primeira vez que lideraria sua unidade em um exercício de tiro real, e conferir o M16 a acalmava. Ela havia usado o M16A2 durante o treinamento básico, mas recebera um M16A4 quando foi enviada à Califórnia. Não via muita diferença entre os dois fuzis, pelos menos não no estande de tiro. Mas gostava de poder tirar a alça de transporte quando estavam no meio de um exercício.

Estava agachada, tentando relaxar. O sol estava forte pra cacete, mas na sombra estava fresco. Ela havia jogado como receptora no time de softbol da escola e conseguia ficar agachada por muito tempo sem se cansar, mas os três homens em sua unidade estavam sentados na laje de concreto. O soldado Elroy Trotter estava com os olhos fechados e, para Kim, era bem possível que estivesse dormindo. Ele nunca parecia ficar animado com nada, na verdade. Diziam que Elroy ficava entediado até quando transava. A pessoa que inventou essa piada, o soldado Duran Edwards, era um garoto negro do Brooklyn muito mais esperto do que todos os oficiais queriam admitir, e Kim estava feliz de tê-lo em sua unidade. A princípio, ela tivera uma quedinha pelo terceiro homem, o soldado Hamitt "Punhos" Frank, mas a presença dele na unidade era como jogar água em uma fogueira. Só saía fumaça. Ela conseguia imaginar os dois como um casal de civis, mas, como parte de uma unidade, a situação era diferente. Eles eram uma equipe. Kim tinha sorte. O grupo inteiro era bom; nenhum deles parecia se incomodar com o fato de que a esquadra de tiro era liderada por uma mulher. Kim sabia que, no início, quando as forças armadas começaram a incluir mulheres em unidades de combate, houve algumas reações negativas. Alguns incidentes notórios haviam acontecido no exército, mas com os fuzileiros navais também não foi tudo flores. Kim estava no ensino fundamental quando as mulheres ganharam igualdade de status, mas era uma conquista recente a ponto de alguns membros da geração mais velha claramente não terem se adaptado ao conceito de fuzileiros navais com seios na linha de tiro. Só que Elroy, Duran e Punhos tinham a mesma idade de Kim e fizeram o treinamento junto com ela. Talvez, por dentro, não adorassem a ideia de receber ordens de uma mulher, mas, como era ela, não tinha problema. Eles conheciam Kim, e isso fazia toda a diferença. Sabiam que ela estava em forma e podia competir com a maioria dos homens, também sabiam que ela era inteligente e boa em tomar decisões no calor do momento. Eles provavelmente teriam aceitado outra mulher como cabo da unidade, mas ajudava que a conhecessem. Os três acreditavam que ela os manteria em segurança.

Kim ouviu seu nome nos alto-falantes.

— Certo — disse à sua unidade. — De pé, pessoal. Lembrem-se, rajadas curtas. Tiro real, então cuidado em dobro. Tomem boas decisões e não se afobem. Ação rápida não adianta nada se não for a ação certa.

Os três homens ficaram de pé às pressas quando Kim se levantou, e os quatro estenderam a mão para a frente, formando um montinho de tons variados de pele.

— Sejam espertos — disse Kim —, sejam fortes, sejam fuzileiros.

Ela adorava o som de quando os quatro gritavam "Urra!" e colocavam as mãos para baixo e para o alto. Adorava a sensação do M16 em suas mãos, o clique de quando ela destravava a arma. Adorava a imagem de si mesma com a farda de combate, cercada por outros fuzileiros, e, conforme a primeira onda de adrenalina se espalhava pelo corpo, adorava a sensação de ser uma fuzileira naval. Seus pais nunca entenderam o fascínio por aquilo, e ainda não entendiam por que ela estava de farda quando todas as suas amigas tinham ido para a faculdade e estavam bebendo cerveja nos alojamentos e sendo estupradas em festas de fraternidades. Bom, Kim tinha certeza de que não era assim que seus pais imaginavam que teria sido sua experiência na faculdade, mas ela só queria passar por isso como parte dos fuzileiros navais. Kim queria entrar para o grupo desde que começaram a incluir mulheres em unidades de combate e, assim que vestiu a farda e amarrou os coturnos pela primeira vez, entendeu a frase "Uma vez fuzileiro, sempre fuzileiro".

Eles receberam a ordem de prosseguir e desceram pela vala. Duran e Elroy seguiram para a esquerda e se abrigaram atrás de uma barreira de concreto, enquanto Kim e Punhos foram para a direita, abrigando-se atrás de um prédio. Aquilo era para ser um ambiente urbano, e ela precisava dar os parabéns para quem havia construído o cenário. Era como estar em uma cidade. A Base de Combate Aéreo e em Solo do Corpo de Fuzileiros Navais podia ser no meio do nada — o apelido de 29 Palms, a cidade vizinha ao BCASCFN, era 29 Cotocos, pela maravilhosa falta de opções de diversão —, mas o treinamento era ótimo. Os outros fuzileiros diziam que o treinamento tinha se intensificado por um motivo: eles seriam enviados para a Somália em algum momento nos próximos meses. Kim acreditava nos boatos. Talvez os tivesse ignorado se a agenda de treinamento tivesse mudado só para ela e para os outros recrutas novatos, mas não eram só os fuzileiros novos. Todo mundo estava se preparando.

Kim indicou para que Duran e Elroy se abrigassem, e ela e Punhos correram para a barreira seguinte. Duas silhuetas de civis pipocaram, e ela pressionou o gatilho, mas depois relaxou o dedo. E então, enquanto Duran e Elroy passavam por eles, um alvo apareceu na janela de um edifício mais à frente. Punhos não viu — ele estava olhando para o solo —, mas Kim se virou e atirou. Travado em "rajadas curtas", o fuzil disparou três balas em um único tiro, e ela viu o alvo quebrar e cair. Mais adiante, Duran e Elroy já estavam agachados e levantando as armas. Porém, quando Kim e Punhos começaram a se preparar para avançar, uma voz começou a soar nos alto-falantes.

— Cessar fogo. Todos os fuzileiros, cessar fogo. Abaixar armas. Exercício encerrado. Cessar fogo.

Kim hesitou. Aquilo fazia parte do exercício? Ela sabia que às vezes o pessoal gostava de acrescentar algumas surpresas para simular o aspecto imprevisível da vida real, mas aquilo parecia um pouco artificial demais para os fuzileiros. Além do mais, os caras da unidade dela já estavam se levantando e travando seus M16.

Kim se levantou, travou o fuzil e encarou Punhos.

— Que porra é essa?

Punhos deu de ombros.

— Sei lá. Eu achei que estávamos indo bem. Avançando direitinho. Bom tiro, por sinal. Estava tudo ótimo. Talvez alguém ainda estivesse aqui, um dos técnicos que ainda não tivesse saído do cenário quando começamos o exercício?

Elroy e Duran se aproximaram, e, embora Duran parecesse mal-humorado, Elroy estava tranquilo como sempre.

— Acho que vamos ter que começar de novo — disse ele.

Kim suspirou, porque Punhos tinha razão, eles estavam indo bem, e seria difícil se preparar psicologicamente para mais uma rodada. Ela começou a dizer à unidade para voltar à vala quando os alto-falantes soaram de novo. Dessa vez, foi uma sirene longa e aguda. Não foi só no cenário. Foi na base inteira. Então uma voz anunciou que todas as unidades deveriam se apresentar imediatamente, e quando disseram "isto não é um exercício", Kim ficou preocupada. Não por causa de qual poderia ser o significado de "isto não é um exercício", mas porque, até aquele momento, ela nunca havia visto o soldado Elroy Trotter parecer preocupado.

Cordilheira do Hindu Kush, fronteira entre Afeganistão e Tadjiquistão

Já estava cansada dos garimpeiros. De vez em quando, eles vinham visitá-la para pedir informações sobre a região, embora ela não soubesse o que exatamente pretendiam encontrar. Em outras ocasiões, compravam uma de suas ovelhas, e certa vez a convidaram para comer com eles. Mas, no geral, deixavam-na em paz. Isso havia mudado depois que ela mostrou as pedras que havia trazido da antiga caverna onde às vezes se abrigava quando ficava presa na montanha.

Antes de verem as pedras, os garimpeiros também não pareciam querer estar ali. Pelo pouco que entendia da língua deles, concluiu que achavam o lugar frio e inóspito. O que não estava longe da verdade. Ela trabalhava bem com as ovelhas e era mais próspera que algumas pessoas, mas, mesmo quando seu marido e a filha ainda estavam vivos, era difícil viver ali. Os garimpeiros tinham trazido algumas facilidades — eles lhe deram uma faca e um casaco novo que a deixou bastante satisfeita —, mas, de modo geral, eram inconvenientes. Gostavam de ouvir música alta no acampamento e usavam explosivos em algumas das tentativas para encontrar o que quer que estivessem procurando. Eram amistosos, mas incomodavam, e ela não ficaria triste quando fossem embora.

Mas, nesse dia, estavam pagando. Pareciam não ter noção de quanto oferecer, e, pelo que estavam dispostos a pagar, ela os guiaria de muito bom grado até onde quisessem ir, pelo tempo que desejassem. Portanto, ela os levaria pela montanha até a antiga caverna, para lhes mostrar onde havia achado as pedras. Não sabia por que eles ficaram tão empolgados com as rochas. Não havia ouro ou prata ali. Mas ela não se importava. Só se importava com o fato de que estava sendo muito bem paga.

Apesar de ser mais velha do que a maior parte dos homens — tinha quase quarenta anos, e os garimpeiros pareciam muito mais jovens, embora a maioria fosse mais velha que seu marido era quando morreu —, ela vivia se adiantando. De tempos em tempos, parava e esperava até eles a alcançarem. Os garimpeiros carregavam mochilas pequenas cheias de equipamentos eletrônicos, pás e picaretas, e outras ferramentas, mas ela não achava que as mochilas fossem muito pesadas. Estava carregando uma. Eles explicaram, da melhor forma que puderam, que não estavam conseguindo respirar muito bem naquela altitude, então ela reduziu o ritmo e fez alguns intervalos para todos recuperarem o fôlego.

Quando chegaram à caverna, já era quase meio-dia. O céu ainda estava limpo. O chefe dos garimpeiros, um homem chamado Dennis, garantira a ela que o tempo ficaria bom o dia inteiro, que eles não precisariam se preocupar. Tinha lhe mostrado o computador, com um mapa cheio de cores, e explicado que só nevaria no dia seguinte. Ela não tinha tanta certeza. Havia vivido naquela região tempo suficiente para aprender a respeitar as mudanças repentinas do clima. Se ficassem presos em uma tempestade, a descida seria difícil. Mas eles não teriam escolha. Nenhum dos homens tinha levado equipamentos para passar a noite. Eram uns idiotas.

Ela não teve dificuldade nenhuma de levá-los até a caverna. Às vezes precisava se abrigar ali com suas ovelhas quando o tempo fechava e ela estava ainda longe demais de casa. O espaço era grande o bastante para o rebanho inteiro, e a entrada era estreita, projetada de tal forma que barrava o vento. Normalmente, a caverna era escura, mas isso nunca a incomodou. Ela passava as noites encolhida perto o bastante da entrada para conseguir ver as estrelas, mas afastada o bastante para evitar o vento e a neve.

Com os garimpeiros, era diferente. O teto da caverna era alto — o grupo de seis homens conseguia ficar de pé tranquilamente —, e eles usaram lanternas potentes para iluminar as paredes e o chão. Ela nunca havia visto a caverna cheia de luz daquele jeito. Um dos homens apontou a lanterna para o chão perto da parede e pegou uma pedra parecida com as que ela lhe mostrara no dia anterior. Todos começaram a murmurar, empolgados, e Dennis segurou a pedra e a examinou. Mostrou-a à mulher.

— Você não estava de brincadeira — disse ele, fazendo um gesto com a cabeça na direção dela. — Isso pode ser muito bom. Se acharmos outras, vamos pagar mais.

Ele esfregou os dedos para tentar ser mais claro, mas ela entendeu o que aquilo significava: mais dinheiro, mas também o fato de que os garimpeiros não iriam embora.

Um vento fraco soprou do lado de fora, e ela olhou para o céu outra vez. Ainda parecia limpo, mas, mesmo com as garantias de Dennis, ela não acreditava que as nuvens continuariam longe. Tinha passado muitos apertos por causa do clima, e foi em um dia como aquele que a neve varreu o vale e as montanhas e a deixou viúva e sem a filha. Ela adentrou mais a caverna, se afastando do vento. Agachou-se e se recostou na parede. Não sabia quanto tempo os homens queriam passar na caverna, mas se acomodou para esperar.

Eles pareciam ter pressa, mas, ao mesmo tempo, pareciam não estar fazendo nada. Os homens tiraram aparelhos pequenos de suas mochilas — alguns que ela reconhecia e outros que nunca tinha visto antes — e começaram a colher amostras do chão da caverna. Um deles pegou algo que parecia uma varinha e passou ao longo da parede. A varinha tinha um conjunto de luzes e soltou uma sequência regular de apitos que pareceu ficar mais rápida conforme as luzes mudavam de um tom amarelo neutro para um vermelho intenso. Quando os apitos viraram um silvo contínuo, o homem abaixou a varinha e chamou Dennis. Todos pararam o que estavam fazendo, e a mulher permaneceu agachada junto à parede, observando. Alguns minutos depois, um dos homens revirou a pilha de pás e ferramentas, pegou uma picareta de cabo longo e começou a acertar a parede.

Mas ela não estava mais interessada, porque tinha visto algo na caverna iluminada. Foi até as mochilas no chão e pegou uma lanterna. Ligou-a e procurou o que tinha visto. A luz refletiu na parede, afastando as sombras. Ela demorou um instante até encontrar. Ali. Na parede do lado oposto. Longe o bastante para que ela nunca tivesse conseguido enxergar nas noites de escuridão quase absoluta em que se abrigara ali com suas ovelhas. Estava bem no alto, quase fora do alcance da mão. Uma mancha preta como carvão. *Fuligem*, pensou, mas logo mudou de ideia. Subiu o feixe da lanterna e viu que era outra coisa. Mais antiga. Ela já havia visto pinturas em cavernas antes, mas aquela era diferente. Era simples. A imagem lhe deu arrepios. Uma aranha.

Às suas costas, o barulho da picareta acertando a parede era constante, e o homem fazia tanta força para respirar quanto para bater.

A mulher passou a luz da lanterna pela parede, mas não havia mais nenhuma pintura, nenhuma imagem. Só a aranha. Aquilo a deixou nervosa. Ela não tinha medo de aranhas. Não havia motivo para ter medo de aranhas. Mas, ainda assim.

Ela ouviu uma pequena comemoração e aplausos. Virou o rosto para olhar. O homem da picareta estava sorrindo. Ele havia quebrado a parede. Atrás havia um espaço escuro. Outra caverna. Um túnel. Não dava para enxergar lá dentro. Outro homem pegou a picareta e começou a bater, e o buraco se alargou em pouco tempo. Ela imaginou que demoraria só alguns minutos para ficar grande o bastante para uma pessoa passar.

Ela viu algo flutuar do lado de fora da caverna. Um floco de neve? Olhou para fora, ansiosa. Eles estavam ali dentro havia quanto tempo?

O céu, antes completamente limpo, estava cheio de nuvens. A temperatura havia caído. Dava para sentir o frio úmido de uma tempestade iminente. Atrás dela, o barulho da picareta na parede tinha cessado, mas havia algo mais. Uma batida ritmada. Os homens estavam conversando, e ela se virou para chamar Dennis. Eles precisavam ir embora. Uma tempestade se aproximava.

E então ela já não sabia mais se estava olhando para o céu ou para o teto da caverna. Mas estava escuro. E ela gritava.

Desperation, Califórnia

Sete minutos.
Sete minutos entre ver a notícia da bomba atômica e trancar a entrada do abrigo. Gordon estava suando e precisava ir ao banheiro, mas tinha ligado para Amy da picape, e ela já estava no subterrâneo com Claymore quando ele desceu as escadas a toda. Amy parecia tensa, mas determinada; Claymore, que havia passado muito tempo no abrigo com Gordon — Gordon tinha criado o hábito de ver beisebol ali em vez de assistir na casa, onde podia distrair Amy, e costumava descer com o cachorro —, parecia não ter percebido nada fora do normal. Claymore fez o que sempre fazia quando via Gordon: abanou o rabo e rolou de barriga para cima, esperando um afago.
Gordon conferiu as portas do abrigo pela segunda vez — agora era para valer, e um único erro poderia ser fatal — e então puxou a camiseta para enxugar o suor do rosto. Abaixou-se, coçou a barriga do labrador marrom e olhou para a esposa.
— Pode dizer — falou. — Quero ouvir você dizer.
A boca de Amy formou um sorrisinho tenso. Gordon sabia que uma das coisas que ela amava nele era sua capacidade de fazer graça de qualquer situação. Mesmo em um momento como aquele, menos de vinte minutos antes de as bombas atômicas começarem a cair dos céus, Gordon conseguia fazer Amy se sentir melhor.
— Você tinha razão — disse Amy.
Gordon ajeitou as costas e colocou uma das mãos perto da orelha.
— Como é que é? Acho que ouvi... Não. Não consegui escutar direito.

Ele viu que Amy estava tentando ficar séria, mas não parecia estar dando muito certo, pois o sorrisinho ficou maior. Ela balançou a cabeça.

— Eu falei que você tinha razão.

Gordon foi até a esposa e colocou as mãos na sua cintura. Inclinou a cabeça e apoiou o queixo no espaço entre o ombro e o pescoço dela.

— O placar, querida, está em dezoito milhões, seiscentos e quarenta e oito mil, trezentos e dois para você e onze para mim.

— Gordon — falou Amy, e ele a sentiu relaxar em seus braços —, você é o bobo mais estranho com quem já me casei, mas digo de novo. Você tinha razão.

— E eu tinha razão sobre o quê, minha querida esposinha?

Amy recuou um pouco para colocar as mãos espalmadas no peito dele e dar um empurrão de leve.

— Tinha razão quanto a virmos para esta cidade no meio do nada. Tinha razão quanto a construir um abrigo antibombas. Tinha razão quanto ao fato de que, mais cedo ou mais tarde, o mundo iria para o espaço. — Ela foi até a televisão e a ligou. — Mas se enganou quanto a ser uma invasão zumbi.

— Bom, isso ainda não foi confirmado — respondeu Gordon, mas ele imaginou que provavelmente perderia essa. Nenhum zumbi. Ainda.

Ele tinha ido até a cidade para comprar pizza, o ritual semanal deles. Era mais para ele do que para ela. Para surpresa dos dois, Amy logo se acostumara à mudança de Nova York para Desperation, na Califórnia, ou, como ela chamava às vezes, "Desolation". Ela havia crescido em um haras em Wyoming e feito faculdade na Black Hills State, em Spearfish, Dakota do Sul. Comparada a Desperation, Spearfish era uma cidade de tamanho razoável, com quase vinte mil habitantes durante o período letivo na universidade, mas a criação de Amy a deixou muito mais preparada do que Gordon para a vida em uma cidade pequena. Ele nascera e crescera em Nova York, e, embora tivesse sido sua a iniciativa da mudança, a transição foi mais difícil para ele.

Em termos de trabalho, não fazia muita diferença. Amy era redatora de manuais, o que podia fazer de qualquer lugar, e Gordon negociava ações na bolsa. Ele trabalhava durante o horário de operação das bolsas, encurvado em cima do computador, rodando o programa que havia criado para tirar proveito de pequenas variações nos mercados de moeda corrente. O rendimento era consistente, e Gordon teria ganhado muito mais dinheiro se tivesse continuado investindo, mas ele não botava nenhuma fé na quantidade de zeros digitais no seu extrato quando o apocalipse chegasse. Não, ele preferia manter pelo menos dois terços do dinheiro que possuía em uma forma palpável. Agora estava muito feliz com o cofre no fundo do abrigo: sessenta quilos de ouro. Na cotação atual, de quase sessenta e quatro dólares por grama, aquilo valia cerca de três milhões e oitocentos mil dólares, e ele imaginou que, com a explosão das bombas atômicas e o colapso inevitável do papel-moeda, o preço do ouro subiria às alturas.

Não, o problema não era o trabalho. Era a realidade cotidiana de viver em Desperation. O nome, que significava "desespero", era adequado, e Gordon tinha medo de que Amy percebesse seu alívio com o fato de que o mundo que eles conheciam finalmente estava acabando. Ele havia ficado tão empolgado quando Amy aceitou sair de Nova York que mergulhou de cabeça no planejamento. Primeiro, pesquisou todos os lugares para onde poderiam se mudar, tentando determinar qual seria o melhor para sobreviver ao apocalipse. Felizmente, a internet era de grande ajuda. Foi fácil descartar algumas opções: qualquer lugar perto demais de uma instalação militar certamente seria um alvo no caso de uma guerra nuclear, e qualquer lugar perto demais de uma concentração grande de civis seria tomado no caso de zumbis. O refúgio precisaria ser fácil de defender, razoavelmente perto de alguma cidadezinha e com uma infraestrutura básica que permitisse a construção da casa e do abrigo, e, de preferência, deveria ter pessoas que pensassem como Gordon já instaladas no local, pessoas que poderiam ajudar a estabelecer defesas depois que o mundo sucumbisse, quando as hordas devastadoras estariam mais violentas. Gordon sabia que seria cada um por si, mas também sabia que havia certas situações em que era melhor ter aliados. Se ele e Amy pretendiam reconstruir a humanidade, seria bom ter algum reforço.

Logo de cara dispensou locais de resistência que tivessem sido ocupados conforme alguma filosofia que um dos dois considerasse inadequada, como os complexos de supremacia branca que pareciam se espalhar pelos estados montanhosos, ou pior ainda, os hippies, veganos, pacifistas e ambientalistas que construíam abrigos com materiais sustentáveis e se recusavam a armazenar até mesmo armas básicas para a defesa própria. Porém, quando achou Desperation, um local já em voga em meio a pessoas fissuradas em sobrevivência, Gordon soube que encontrara o lugar certo. Depois, se dedicou a construir a casa e o abrigo. Eles haviam encontrado o terreno com alguma facilidade, a menos de cinco quilômetros da cidade. Ou, como Gordon ainda achava, da "cidade", já que era preciso usar aspas para um lugar que se resumia a quatro bares, o Jimmer's Dollar Spot — um empreendimento que servia ao mesmo tempo de loja de conveniência, armamentos, ferramentas e roupas, posto de gasolina, mercado, correio e cafeteria e, apesar do nome, oferecia muito poucos produtos a um dólar — e, por fim, o LuAnne's Pizza & Beer. O que, conforme Gordon concluiu, era o mesmo que dizer que Desperation tinha cinco bares, em vez de quatro.

Gordon e Amy haviam adquirido um terreno de quatrocentos e cinquenta mil metros quadrados por menos de trinta e cinco mil dólares e começaram a cavar na mesma hora. Um dos motivos para que Desperation fosse tão procurada por sobrevivencialistas era que a região nos arredores da cidade era cheia de minas abandonadas, e com um pouquinho de planejamento era fácil aproveitar a terra já escavada para construir um abrigo. A maior parte do trabalho já estava feita. O acesso à mina era grande o bastante para passar um caminhão-betoneira, e a caverna onde o abrigo deles fora instalado tinha espaço extra para Gordon deixar uma retroescavadeira, "caso a gente precise abrir uma rota de fuga", dissera a Amy.

Daria para ir correndo da casa até o abrigo em menos de três minutos, mas ele nem precisou se apressar: simplesmente dirigiu a picape pelo túnel. A parte mais difícil do projeto inteiro tinha sido instalar a série de portas de acordo com as especificações necessárias para barrar a radiação. Fora isso, foi mais ou menos uma grande onda de compras: alimentos enlatados e água, comprimidos de iodo, comprimidos antirradiação, um contador Geiger, um contador Geiger reserva, livros e manuais para a construção de moinhos, armas básicas e várias outras coisas. Além disso, compraram facas, pás, kits de primeiros socorros, remédios, pistolas, fuzis, munição e, com a ajuda da internet e de parte da reserva de ouro, explosivos de alta potência.

Mas aí, depois que terminaram a construção e a mudança, depois que Gordon planejou tudo o que dava para ser planejado, ele percebeu que agora só faltava esperar o pior acontecer. E esperar. E esperar.

Ele conheceu Amy quando ainda trabalhava no fundo de hedge, e ela, recém-chegada a Nova York, havia sido contratada na mesma empresa como analista-júnior logo após se formar na faculdade. Apesar de serem jovens, eles se casaram um ano depois. Quando Gordon estava com vinte e seis anos, já ganhava muito dinheiro negociando moeda corrente, mas eles gastavam tudo com a mesma rapidez. Amy havia trocado a bolsa de valores pela redação de manuais técnicos, e o apartamento dos dois foi assaltado quatro vezes em um ano. Esse era o preço de morar em Nova York, e, para Gordon, a sensação era de que era alto demais. Quer concordasse ou não, Amy aceitou se mudar da cidade. Antes dos trinta anos de Gordon, o abrigo estava concluído e os dois moravam em Desperation, Califórnia, havia anos. Era uma estrutura perfeita. A casa ficava ao lado da entrada da mina, e eles tinham visão desimpedida em todas as direções. Se fossem bombas atômicas, poderiam se enfiar dentro do túnel, e se fossem zumbis ou armas biológicas, poderiam esperar na casa até virem o problema se aproximar.

Mas a espera. Gordon havia vivido em alerta máximo desde que decidiram fugir da cidade, e depois de sete anos — três para construir o abrigo e quatro aguardando para usá-lo — ele estava exausto de ficar em prontidão a qualquer instante. E Amy, que levava tudo na esportiva, vinha insinuando que eles não poderiam esperar muito mais se quisessem ter filhos. Gordon estava com trinta e quatro anos e, embora não fosse exatamente velho, já não era exatamente jovem, e eles estavam juntos havia bastante tempo. Estava na hora. Gordon queria perguntar: hora de quê? Será que ela não entendia que o único motivo para eles terem se mudado para Desperation era que ele acreditava que *era* hora, que na verdade já havia *passado* bastante da hora de o mundo explodir? Gordon não sabia se queria trazer crianças para um mundo que ele sabia que estava prestes a ser destruído. No entanto, em todos os livros sobre o fim do mundo que ele lera, sempre havia crianças. Às vezes elas estavam na história só para sensibilizar o coração, mas em geral as crianças apareciam por um motivo: repovoar o planeta. Então, Gordon pensou, talvez fosse sua obrigação, talvez ele pudesse deixar Amy feliz e fazer a coisa certa como um dos poucos homens preparados para sobreviver ao fim do mundo.

Além do mais, tentar ter um filho parecia mais divertido do que esperar o fim do mundo.

Ele estava pensando nisso tudo quando foi até Desperation e estacionou na frente do LuAnne's Pizza & Beer. Amy não estava se sentindo muito bem e ficou dormindo em casa, mas ela havia insistido em manter a noite de pizza. Gordon tinha certeza de que Amy sabia quanto ele dependia da desculpa de ir até a cidade e tomar uma ou duas cervejas enquanto esperava o marido de dedos cabeludos de LuAnne preparar a pizza deles. Até podia ter ido a um dos bares, mas tinha medo de que a opção parecesse tentadora demais. Havia uns quarenta ou cinquenta casais e famílias como ele e Amy em Desperation, que tinham ido para lá porque acreditavam que o mundo ia explodir a qualquer momento, gente normal que apenas encarava o estado do planeta de forma realista, mas havia também um monte de homens solteiros com um parafuso a menos, que acreditavam estar sendo perseguidos pelo governo ou alegavam que tinham sido abduzidos por alienígenas, e esses eram os caras que frequentavam os bares. Eles e os motoqueiros. Por algum motivo que Gordon nunca entendeu, Desperation era um ponto de parada comum para motociclistas, e sempre havia um bocado de motos estacionadas na frente dos bares. Havia alguma lógica, certas regras tácitas sobre que motoqueiros iam a que bares, mas Gordon nunca se dera ao trabalho de tentar entender. Ele achava que motos eram perigosas. É, Gordon estava mais do que satisfeito com uma picape boa e forte.

O LuAnne's Pizza & Beer estava mais agitado do que ele esperava. Gordon viu a família Grimsby sentada na mesa retangular comprida: sete meninas, quatro meninos, o pai careca — que sempre parecia ter passado alguns dias sem dormir — e a mãe, bonita demais para alguém que tinha onze filhos que estudavam em casa. Diziam que Ken Grimsby havia feito fortuna com computadores antes de se mudar para Desperation e que tinha ido para lá porque, pelo menos em parte, morria de medo de que outro homem tentasse dormir com sua esposa. Gordon ficou olhando Patty Grimsby por um segundo e se deu conta de que a preocupação de Ken tinha fundamento. Havia algo misteriosamente sensual em Patty. Não era só o fato de que ela havia sido modelo — aos dezenove anos, e com quase isso de diferença de idade em relação a Ken —, mas alguma outra coisa, uma espécie de disponibilidade. Embora ela nunca tivesse feito ou dito nada que sugerisse a Gordon que queria dormir com ele, ele não conseguia afastar a impressão de que ela de fato queria. Feromônios. Achava que era algo assim. Talvez tivesse a ver com as onze crianças na mesa, algo sobre a fertilidade dela que atiçava a luxúria dos homens. Ou a aparência de fertilidade: dois pares de gêmeos, dois partos unitários e cinco filhos adotivos. Mas, qualquer que fosse a origem das crianças, ela parecia muito mais uma ex-modelo de lingerie do que mãe de onze filhos e esposa de um sujeito meio maluco sobrevivencialista. E, ainda que a sensualidade de Patty fosse uma questão interessante, não era bem algo que ele pudesse discutir com Amy. Gordon sabia que muitos homens gostavam de fantasiar sobre pular a cerca, mesmo que não traíssem de fato suas esposas. Ele não era assim. Nunca quis saber de mais ninguém além de Amy desde o instante em que a viu sentada em seu cubículo no escritório de fundo de hedge, no coração de Manhattan. Mas isso não queria dizer que seria uma boa ideia conversar com ela sobre a aparente disponibilidade sexual de Patty Grimsby.

Mas Gordon podia conversar sobre isso com Espingarda. Ele não curtia muito mulheres, mas, apesar de ser gay, seu casamento com Fred Klosnicks era muito parecido com o de Gordon, e os dois casais tinham ficado bastante amigos nos últimos anos. Gordon imaginava que Espingarda tivesse algum nome de verdade, algo inofensivo como Paul ou Michael, ou quem sabe Eugene, mas ninguém em Desperation jamais havia escutado Espingarda ser chamado de qualquer outra coisa. De fato, ao ver Espingarda sentado ao bar, Gordon percebeu pela primeira vez que o apelido era adequado. Espingarda era alto e magro, vários centímetros a mais que Gordon, que não era baixinho. Ele se abaixava de forma instintiva quando passava por alguma porta e vivia batendo a cabeça na lâmpada pendurada em cima da mesa de sinuca. Era esguio e rígido, como o cano de uma espingarda, e até os fios grisalhos prematuros misturados à farta cabeleira negra lembravam a cor do metal de uma arma. Espingarda devia ter quase quarenta anos e, como muitos dos sobrevivencialistas dali, era autodidata. Havia três tipos de gente: os bons e velhos idiotas, que não tinham aprendido muita coisa em lugar nenhum e pareciam se explodir com alguma frequência, pessoas como Gordon, que haviam frequentado boas universidades — no caso dele, Columbia — e se formado como engenheiros ou alguma outra profissão orientada à resolução de problemas, e pessoas como Espingarda, que eram inteligentes pra cacete e aprendiam sozinhos tudo o que precisassem saber. Espingarda estava sempre construindo alguma coisa nova em sua chácara ou trabalhando em algum projeto que parecia impossível e quixotesco, mas sempre dava certo no fim. Muitas famílias e homens em Desperation ou nos arredores da cidade estavam falidos, improvisando casas a partir de pedaços descartados de compensado e plástico, montando abrigos de sobrevivência em escoadouros subterrâneos com entulho, mas alguns tinham dinheiro. Gordon e Amy eram relativamente ricos, e seriam considerados ricos em muitos lugares fora de Nova York, e a família Grimsby devia ter dez ou vinte milhões de dólares no banco, mas, de todos eles, Gordon tinha certeza de que Espingarda era o único definitivamente rico. Tipo, rico mesmo. Nível ira divina. Gordon sabia de pelo menos vinte e sete patentes que Espingarda detinha, e algumas eram para dispositivos de uso comum, o que rendia uma grana alta para Espingarda com alguma regularidade.

Mas ninguém diria isso ao ver o homem. Toda vez que Gordon o encontrava, Espingarda estava usando o mesmo tipo de roupa: tênis, calça cargo escura, camiseta preta e um boné do Chicago Cubs. Ele dirigia uma picape velha, e sua casa, vista de fora, parecia capaz de cair se alguém soltasse um peido forte. Claro, depois de conhecer Espingarda, tudo mudava de perspectiva. Em primeiro lugar, assim que se passava pela entrada da casa dele, dava para ver que o lugar estava construído em cima de uma mina abandonada. O que se via do lado de fora era apenas uma carcaça. Gordon tinha construído um abrigo perto de casa, mas Espingarda foi além e fez a casa *no* abrigo. De fora, parecia uma casa pré-fabricada com uma garagem extragrande, mas no subterrâneo havia uma área construída de aproximadamente mil e oitocentos metros quadrados com acomodações e oficinas. O espaço residencial consistia em quatro quartos, além de uma cozinha americana com sala de jantar e estar integrada que pareceria perfeita em um arranha-céu luxuoso de Nova York, mas era com as oficinas que Gordon ficava babando. Coisas de tecnologia avançada, além de toda ferramenta elétrica imaginável. Se Espingarda não quisesse esperar o frete de alguma coisa — ou se ela ainda não existisse —, podia construí-la por conta própria. E, na garagem, maior do que uma quadra de basquete, Espingarda guardava brinquedos como um Maserati e um Corvette antigo, e ainda alguns equipamentos pesados de construção e, incrivelmente, um avião para seis passageiros.

Claro, nada disso parecia tão impressionante para Gordon quanto o simples fato de que existiam gays sobrevivencialistas. Quando os dois casais se juntavam, Gordon e Espingarda começavam a falar sobre problemas de engenharia ou sobre a qualidade de determinado tipo de faca, enquanto Amy e Fred conversavam sobre filmes, livros e culinária. Em Nova York, Gordon não teria pensado duas vezes quanto a fazer amizade com um casal gay, mas ali, em Desperation, era um pouco estranho. Gordon não conhecia muitos gays sobrevivencialistas. Nem muita gente de outras etnias. A maioria era composta de homens solteiros ou famílias brancas, malucas e heterossexuais. Ele imaginava que se encaixava nessa categoria com Amy. Bem, Gordon se corrigiu: Espingarda e Fred eram casados, o que constituía uma família, eram brancos, e era preciso ser um pouco maluco para se mudar para Desperation. Mas não tinham filhos. Ele havia tocado no assunto com Espingarda uma vez, ao dizer que provavelmente ia repovoar a Terra com Amy enquanto os dois estivessem trancados no bunker, mas que não sabia o que Espingarda pretendia fazer.

Na ocasião, Fred e Amy estavam em um reservado, e Gordon estava sentado ao bar com Espingarda. Espingarda virou a garrafa de cerveja e acabou de beber tudo antes de falar. Ele não ficou irritado, mas demorou para responder. Os dois se conheciam havia bastante tempo e tinham um estoque de boa vontade suficiente para que Gordon soubesse que podia dizer alguma idiotice e que Espingarda se daria ao trabalho de explicar por que aquilo era idiotice. E, naquele mesmo instante, Gordon percebeu que havia falado uma idiotice.

Espingarda voltou a abaixar a garrafa de cerveja, levantou a mão para LuAnne para pedir outra e se virou para Gordon.

— Bom, amigo, o que você acha que eu pretendo fazer? Eu *poderia* dar a mínima para a humanidade como conceito abstrato, para o repovoamento do planeta e tudo o mais. Só que não dou. Não muito. Estou aqui por mim e por Fred. Estou aqui porque, quando as bombas começarem a cair — e Espingarda tinha certeza de que seriam bombas atômicas, não zumbis ou uma pandemia de gripe —, quero morrer de velhice.

Infelizmente, parecia que Espingarda tinha razão quanto às bombas atômicas.

Gordon se sentou ao bar, pediu a pizza e ficou batendo papo com Espingarda enquanto bebia a cerveja. Por acaso, Fred não estava se sentindo muito bem, assim como Amy, e também pediu para Espingarda comprar uma pizza.

— A gente devia colocar Fred e Amy no mesmo sofá para eles fazerem companhia para o sofrimento um do outro e então irmos nos dedicar a coisas de nerd juntos — disse Gordon.

— A propósito, queria mostrar isto para você.

Espingarda estava trabalhando em um novo tipo de filtro de água e pegou um dos desenhos de uma peça que havia inventado para compensar parte da constrição do projeto da bomba. Era uma solução elegante, e Gordon sugerira uma pequena alteração. Os dois se perderam na conversa, ignorando a televisão e a mesa atrás deles, onde Patty e Ken Grimsby tentavam alimentar os onze filhos. Foi só depois de a jovem às costas deles repetir a pergunta duas vezes que os dois interromperam a conversa e olharam para ela.

— Eu perguntei se algum de vocês sabe de alguém que tenha um terreno para alugar por aqui. Somos novos em Desperation — disse ela, como se o fato de que Gordon e Espingarda nunca terem visto nem a moça, nem seu namorado, já não fosse indício suficiente.

Ela era jovem, no máximo vinte anos, e o rapaz atrás dela era só alguns anos mais velho. Gordon não precisou de mais que um segundo para antipatizar com o sujeito. Reconheceu o tipo: hippie raivoso. Fingia estar apaixonado pelo meio ambiente e tudo o mais, mas na verdade só tinha medo de encarar a vida real. Além disso, homens hippies raivosos sempre acabavam com garotas hippies idealistas como aquela. E, claro, qual era o nome dela?

— Flower — disse ela. — E meu namorado é Baywolf. Escreve como se fala.

— Ah — disse Espingarda. — "Os reis que os governavam possuíam coragem e glória..."

— Não — interrompeu o rapaz. — Não é como o poema.

Gordon tentou sorrir, mas sentiu que o rosto tinha ficado com uma expressão desgostosa. Ele havia sido obrigado a ler *Beowulf* durante a graduação em Columbia, o que o fez desistir de literatura inglesa na hora, mas ainda assim: aquele cara parecia indiscutivelmente babaca.

— Então é como lobo da baía em inglês — afirmou Gordon. — Foi você quem inventou?

— Meus pais me chamaram de Flower — disse a garota. — Eles eram hippies.

Ela sorriu e teve o bom senso de ficar constrangida pela situação, embora desse para ver que ela precisara explicar isso a vida inteira.

— Eles não são mais hippies?

Ela balançou a cabeça.

— Não. Minha mãe é banqueira de investimentos, e meu pai é advogado tributarista. Eles não ficaram lá muito empolgados quando eu larguei a faculdade, mas, tipo, os dois largaram e depois voltaram, então não têm muito motivo para reclamar.

Gordon decidiu que Flower parecia gente boa. E então, quando Baywolf abriu a boca, sua opinião sobre o rapaz foi reforçada.

— O velho é um babaca. Não quer nos ajudar com nenhum dinheiro.

— Você já tentou arranjar um emprego? — perguntou Espingarda. — Isso costuma ajudar com a situação do dinheiro.

— Ah, vá se foder — disse Baywolf, pegando a mão de Flower. — Vamos embora.

Ela soltou a mão e olhou de novo para Gordon.

— Então, vocês sabem de algum lugar para alugar?

Gordon terminou a cerveja e olhou para LuAnne. Ela abriu as mãos duas vezes. Ele já estava lá havia vinte minutos, e a pizza ia levar mais vinte para ficar pronta. O marido dela era uma lesma na cozinha, mas, especialmente considerando que aquele era o único restaurante em um raio de oitenta quilômetros, a pizza não era ruim. Ele fez um gesto com a cabeça para pedir mais uma cerveja e olhou para o casal. Baywolf parecia furioso, mas estava nítido que ia fazer o que Flower quisesse. *Tudo bem*, pensou Gordon. *Ela é bonita, e esse jeito avoado parece um pouco encenação.*

— O que trouxe você e o sr. Wolf a Desperation?

Baywolf fechou ainda mais a carranca, mas Flower pareceu não se incomodar com a pergunta.

— Acho que o mesmo que vocês. Só queríamos escapar das cidades populosas e acampar um pouco em algum lugar que parecesse afastado do grosso dos problemas.

Espingarda ergueu uma sobrancelha. Gordon não sabia se ele estava tentando fazer graça ou se a intenção era mesmo demonstrar ceticismo, mas, de qualquer forma, foi divertido. Para alguém que havia escavado praticamente um palácio para o fim do mundo, Espingarda era incrivelmente crítico em relação à maioria dos outros sobrevivencialistas.

— Deixa eu adivinhar — disse ele. — Vampiros?

— Claro que não — respondeu Flower, dando um tapinha no braço de Espingarda. — Vampiros não existem. O que nos preocupa são os zumbis. — Ela fez uma pausa de um segundo e, então, sorriu. — Brincadeirinha. — Ela esperou um minuto até Espingarda sorrir também, e então ficou muito séria: — Eu acredito em vampiros.

Gordon decidiu que gostava da garota. Ela tinha bom humor e, se já estava disposta a debochar de Espingarda, talvez fosse se dar bem em Desperation. O namorado era outra história, mas isso não era problema dele.

— Espingarda prefere a linha do apocalipse nuclear — disse Gordon.

— Espingarda? — perguntou o namorado de Flower em um tom debochado. — Esse é o seu nome?

Gordon conhecia Espingarda havia tempo suficiente para reconhecer que a curva nos lábios dele não era um sorriso.

— Sim, *Lobo da Baía*, meu nome é Espingarda.

Gordon estendeu a mão para Flower.
— Gordon Lightfoot.
— Gordon Lightfoot? Como o cantor?
Flower apertou a mão dele. O aperto dela era forte.
— É, como o cantor — respondeu Gordon. — Mas não temos nenhum grau de parentesco. Você pode perguntar ao Burly, no Lead Saloon, se precisar de um lugar para ficar. A casa do irmão dele está desocupada há algum tempo. Ele provavelmente alugaria para vocês baratinho. É um trailer velho perto da residência dos Grimsby. Não parece grande coisa por fora, mas, pelo que conheço de Burly, deve estar limpo e sem goteiras.

Gordon se virou para pegar a cerveja no balcão e parou. A televisão. Ele bateu no braço de Espingarda.

— Caralho. Você viu aquilo?

Na tela, o programa de auditório tinha sido substituído por um âncora de telejornal. Gordon não reconhecia o homem, mas dava para ver muito bem que ele estava nervoso. Na parte de baixo da tela, as palavras "explosão nuclear".

— Burly? — repetiu a garota atrás dele.
— Só um minuto. Ei, LuAnne, pode aumentar o volume?

LuAnne foi até o aparelho e aumentou, e Gordon percebeu que todo mundo tinha ficado quieto quando os onze filhos dos Grimsby foram silenciados pelos pais.

—... minutos atrás. Segundo a Casa Branca, o primeiro-ministro chinês confirmou que a explosão foi um acidente ocorrido durante exercícios de treinamento. Pedimos desculpas mais uma vez por interromper a programação normal, mas trazemos a notícia urgente de que uma bomba atômica explodiu há menos de vinte minutos no norte da China, na província de Xinjiang. Não se sabe ao certo a extensão da destruição, mas a Casa Branca nos informou de que foi um incidente isolado. O governo chinês anunciou que foi um acidente militar. Até o momento, acreditamos que uma aeronave militar que transportava uma ogiva nuclear ativa caiu durante uma missão de treinamento. Não temos muitas informações, mas iremos agora à Casa Branca, onde...

Gordon não esperou para escutar o que o repórter na Casa Branca sabia ou não. Ele e Espingarda trocaram um olhar e saíram correndo porta afora, seguidos de perto por Patty e Ken Grimsby e sua prole. A última imagem que ele viu do interior do restaurante foi LuAnne largando o pano de prato branco no bar e se virando para a cozinha enquanto Flower e Baywolf olhavam de um lado para outro, confusos.

Qualquer pensamento sobre a garota hippie e o namorado irritado sumiu conforme ele pisava fundo no acelerador da picape. Ele viu a picape de Espingarda dobrar a esquina rápido demais, levantando uma nuvem de poeira, mas estava muito ocupado ligando para Amy para se preocupar com o amigo. Quando entrou no acesso da garagem, passou pela rampa tão rápido que teve certeza de que os quatro pneus do carro chegaram a sair do chão. Estava sentindo o coração pular quando pisou no freio e correu para abrir as portas do abrigo.

E aí, depois de tudo isso, eram só eles três dentro do abrigo, com as portas trancadas: Claymore balançava o rabo, Amy dizia que Gordon tinha razão desde o início, e Gordon sentia um nervosismo agudo no fundo do estômago.

Ele estava pronto para o fim do mundo.

Base de Combate Aéreo e em Solo do Corpo de Fuzileiros Navais, 29 Palms, Califórnia

Uma explosãozinha nuclear e todo mundo perdia a cabeça. Os apresentadores dos telejornais tinham passado a noite inteira papagueando, formadores de opinião opinando um monte de merda, mas ninguém parecia trazer nenhuma informação nova além das iniciais de que um avião militar tinha caído durante um treinamento, a não ser que o governo chinês agora afirmava que a explosão nuclear tinha sido parte de "um assunto doméstico" e que eles estavam "atuando na região afetada". Kim não achou isso muito reconfortante, mas provavelmente não merecia aquele nível de alerta. Eles estavam de prontidão, preparados para partir a qualquer minuto, mas Kim não sabia muito bem o que deveria fazer caso começasse a chover mísseis nucleares. Achar abrigo? Provavelmente seria melhor estar em um avião a caminho de algum lugar quando as nuvens de cogumelo começassem a surgir. Mas aí ela se lembrou de ter lido que bombas atômicas podiam gerar pulsos eletromagnéticos, que fritavam circuitos eletrônicos. Estar dentro de um avião na hora em que os circuitos eletrônicos falhassem não parecia um jeito muito promissor de começar a manhã.

Kim bocejou e se remexeu na cama. O primeiro-sargento McCullogh tinha passado a noite inteira gritando com a companhia até todo mundo estar o mais preparado possível e, depois, fez o que bons líderes faziam, que era permitir que os soldados descansassem um pouco. Esta era uma daquelas máximas comprovadas das forças armadas: durma sempre que puder. Kim sabia que Punhos provavelmente tinha passado a noite em claro, pensando no dia seguinte. Ela não tinha certeza sobre Duran, mas Elroy nunca parecia ter dificuldade para dormir. Embora Kim tivesse tido pesadelos — os de sempre, de tomar alguma decisão que acabasse levando um de seus homens à morte, mais um sonho novo e nada imprevisível em que seu corpo derretia em meio a uma explosão nuclear —, conseguiu boas horas de sono. Mas teria sido bom ficar enrolando por uma hora na cama depois de acordar. Essa era uma das coisas de que Kim sentia falta da vida civil. Ela adorava a ordem, a disciplina, a farda, as armas, a promessa de violência e a sensação de fazer parte de algo maior que ela própria que o corpo de fuzileiros navais proporcionava, mas sentia uma puta saudade de ficar à toa na cama nas manhãs de domingo e de se arrumar com calma para o dia.

Kim coçou a cabeça, sentou-se na cama, tirou o elástico do pulso e prendeu o cabelo em um rabo de cavalo. Por um tempo, ela ficara com medo de que tivesse que raspar o cabelo ao se alistar. Kim sabia que não teria ficado feia. Ela não era vaidosa, só sincera quanto ao fato de que tinha um rosto bonito. Ela sempre tivera um porte atlético, mas, como receptora de softbol, às vezes tendia a uma forma mais sólida que esguia. Três meses como fuzileira naval haviam eliminado todas as gordurinhas extras. A sensação era de que ela havia passado por uma metamorfose e se transformado na mulher que sempre quis ser. Ainda que às vezes ficasse apavorada pela patente de cabo, pela responsabilidade perante sua unidade, ela também nunca se sentira tão confiante. Claro, isso não queria dizer que ela morria de vontade de raspar o cabelo.

Kim correu até o rancho, e Duran se afastou no banco para abrir espaço para ela se sentar.

— Qual é o bizu?

Punhos levantou a cabeça, mas não diminuiu o ritmo com que engolia os ovos mexidos. Kim reparou nas olheiras escuras dele. A parte dela que queria transar com Punhos e imaginava um relacionamento, se as circunstâncias fossem outras, sentiu pena, mas a parte que estava se adaptando à ideia de comandar a unidade pensou que precisava se certificar de que ele estava em excelentes condições. Se ele fizesse merda, pelo menos aos olhos do líder do grupo de combate, seria sinal de que Kim tinha feito merda também.

Elroy balançou a cabeça e tomou um gole de café.

— Ouvi várias coisas. Uma delas é que não foi acidente. Os chineses jogaram a bomba de propósito.

Kim sentiu o queixo cair e fechou a boca.

— É uma das teorias?

— Não — respondeu Elroy. — Foi Joe Branquelo, e, se Joe Branquelo diz que não foi acidente, eu tendo a acreditar que é mais do que uma teoria. Ele falou que viu na internet que os chineses estavam tentando encobrir alguma coisa. Falou que a maior parte parece o tipo de bobagem que seria de se esperar, tipo um ataque zumbi, mas ele acha que parece plausível. Falou que parece que tem algum fundo de verdade nisso tudo. Ele acha que pode ter sido alguma coisa biológica.

Kim remexeu os ovos. Normalmente eles ganhavam ovos de verdade, mas aqueles eram borrachentos e salpicados com um negócio rosado. Kim detestava ovos em pó, mas às vezes eles vinham especialmente fedidos por causa do queijo. As manchas rosadas provavelmente deviam ser alguma carne. Presunto? Ela adiou a garfada e assentiu para Elroy. Joe Branquelo era um cara esquisito, mas inteligente pra cacete. Inteligente demais. Ou ele rodava, ou acabava virando oficial. Apesar do nome, Joe Branquelo na verdade era um garoto negro de Washington, D.C. O pai dele era alguém importante lá no Capitólio — Joe Branquelo não contava qual era o cargo —, e ele disse que, depois que foi flagrado tentando invadir a rede do Pentágono, o pai tinha mexido uns pauzinhos para fazê-lo entrar para os fuzileiros navais em vez de se juntar ao pessoal de bem em uma penitenciária federal. No começo do treinamento básico, Joe Branquelo tinha começado uma roda de apostas em um jóquei da região, e, antes que o esquema fosse desfeito, todo mundo envolvido tinha transformado o investimento inicial de cem dólares em quase duas mil pratas. O garoto era bom assim, e, embora normalmente acabasse quebrando a cara no final, todo mundo achava que valia a pena prestar atenção quando ele resolvia falar.

— Mais alguma coisa?

Elroy balançou a cabeça.

— Nada oficial além do que vocês já sabem, mas, se eu gostasse de apostas, e posso garantir que gosto, eu apostaria vintão que vamos ser enviados para algum lugar até o fim do dia.

Kim ofereceu seu bacon para Duran, que pescou os pedaços gordurosos da bandeja dela.

— Alguma ideia de onde?

— Fora dos Estados Unidos. Podem apostar.

Punhos abaixou o garfo e limpou a boca com o guardanapo. Kim achou que ele realmente estava com um aspecto de merda. Ela torceu para que, se Elroy tivesse razão quanto a eles serem enviados, Punhos tivesse chance de tirar um cochilo antes.

— Acho que todo mundo está pirando a troco de nada — disse Punhos, amassando o guardanapo e o largando na bandeja. — Não que uma explosão nuclear não seja nada, mas ninguém jogou uma na gente. Talvez Joe Branquelo tenha razão, que não foi um acidente durante um treinamento, mas, o que quer que seja, ninguém está falando de um ataque. Aonde quer que a gente acabe indo, vamos passar a maior parte do tempo esperando o comando e os civis pararem de tirar a calça pela cabeça. A merda de sempre, um dia como outro qualquer.

Kim viu o primeiro-sargento McCullogh atravessar o rancho às pressas e ir se juntar aos sargentos da companhia. O que quer que ele tenha dito fez os sargentos se levantarem na hora.

— Talvez você tenha razão, Punhos — disse Kim, indicando com a cabeça para que os três homens olhassem para aquele canto do refeitório. — Mas, pelo jeito que McCullogh e os sargentos estão começando a se mexer, vai ser a mesma merda, só outro dia *e* outro país. Acho que Elroy tem razão. Vamos para o exterior.

Falcon 7X da Henderson Tech, sobrevoando Minneapolis, Minnesota

Henderson não sabia se estava dormindo ou acordado. Desde o momento em que tinha saído da trilha para cagar no mato, tudo parecia meio irreal, como um sonho. Um pesadelo. Nenhum dos pilotos e das comissárias de bordo disse nada que indicasse que ele estava agindo de um jeito esquisito, mas, por outro lado, o dono de um Falcon 7X podia esperar certa dose de discrição da tripulação. No começo, Henderson tinha sentido um peso na consciência por gastar mais de cinquenta milhões de dólares para comprar um jatinho particular, e mais vinte e sete milhões para personalizá-lo. Parecia um desperdício. Mas, na conjuntura daquele momento, não era tanto dinheiro assim, e era muito mais fácil pagar do próprio bolso do que passar por toda a palhaçada de fazer pela empresa. Não importava que ele houvesse fundado a empresa, criado tudo do zero até alcançar uma capitalização de mercado de mais de duzentos e cinquenta bilhões de dólares; quando Henderson abriu o capital da empresa, passou a ter que seguir as regras. Ele não se incomodava. No ano anterior, ocupara o quarto lugar na lista das pessoas mais ricas dos Estados Unidos, e, como não tinha esposa, filhos ou irmãos, o que mais ia fazer com o dinheiro? Até recentemente, Henderson não teria dado a mínima para esse tipo de coisa, mas ele havia começado a empresa aos quinze anos e não parara de trabalhar por mais de três décadas. Agora queria usar parte de seu tempo e dinheiro para *não* trabalhar. Até pouco tempo, Henderson teria usado um dos jatinhos da empresa, já que era tudo trabalho, mas, se a ideia era fazer algo só para si mesmo, uma das coisas que ele podia fazer era comprar o próprio avião. Para falar a verdade, tinha sido extremamente bem-sucedido a maior parte da vida, mas ainda achava legal poder ser dono de um avião. Tinha adorado a fase de personalização da aeronave, embora tivesse exaurido cinco arquitetos no processo, mas o Falcon 7X com certeza valia cada centavo. O interior era lindo. Bom, pelo menos quando não estava cheio de aranhas.

Henderson achava que estava sonhando, mas depois do que tinha acontecido no Peru, não podia ter certeza. Ele havia passado a última manhã no Peru enfiado no banheiro, mas estivera disposto para a caminhada pela mata. Ninguém chegava à posição de quarta pessoa mais rica dos Estados Unidos sem ter constituição para enfrentar um piriri. Mas era constrangedor. O guia, Miggie, tinha sido discreto, mas, para Henderson, ter que parar o tempo todo para ir cagar no meio do mato enquanto as mulheres e o guarda-costas esperavam era meio estranho. Ele não se iludia. Não era um cara feio. Um pouco pesado. Muito pesado. Certo, era gordo, e obviamente com quase cinquenta anos, mas, se fosse médico ou algo do tipo, teria conseguido uma esposa de aparência razoável. Contudo, com seus bilhões no banco, tinha três modelos extremamente gostosas. Mas isso não compensava o fato de que ele ainda precisava lidar com a diarreia. Havia tentado beber água e ingerir um pouco de sal, mas não era fácil com o calor e a altitude. Podia ter cancelado o passeio, podia ter feito praticamente o que quisesse, e ninguém teria falado nada. As regras eram diferentes para gente como ele. O dinheiro, pelo menos o nível de dinheiro que ele tinha, mudava tudo. Mas, para Henderson, não mudava o fato de que ele não gostava de desculpas. Não gostava de ouvir desculpas — "Admita seus erros e siga em frente ou junte suas tralhas e vá embora" era um dos mantras da empresa — nem de inventar desculpas. Mas, caramba, a barriga estava de matar.

Henderson havia saído da trilha pela quarta ou quinta vez, tinha acabado de se limpar com alguma folha que ele rezava ardorosamente para que não fosse tóxica e estava puxando a calça quando ouviu os gritos. Deu alguns passos para voltar à trilha, só o bastante para ver o guia ser engolido por uma onda preta. As três mulheres se agarraram umas às outras e gritaram. O guarda-costas se virou para correr, mas esbarrou nas mulheres e caiu no chão com duas delas. Henderson olhou de novo para o lugar onde o guia tinha estado, mas o homem havia sumido. E então viu a onda preta cobrir o corpo da mulher que ainda estava de pé. Tina. O nome dela era Tina.

Ele ouvia gritos, mas também algo mais. Um som farfalhante, como estalos e cliques. Parecia ao mesmo tempo agradável e bizarro. O guarda-costas se levantou com esforço, mas estava com manchas pretas nas costas, nos braços e na cabeça. Henderson não conseguia distinguir o que as manchas eram, mas então reparou que elas estavam se mexendo, dividindo-se e se aglomerando, reconstituindo-se no corpo do guarda-costas por mais que ele se debatesse e se esfregasse. Henderson sentiu o estômago se revirar de novo, porque, de onde estava no meio das árvores, mesmo com a visão obstruída pela vegetação, parecia que o rosto do guarda-costas estava derretendo: a pele se desfazia, expondo carne, músculos e ossos. O homem ainda estava de pé, aos berros, batendo os braços no ar, na cabeça, no corpo, mas a escuridão só ficou mais intensa.

Aquilo tinha sido o bastante para Henderson, que se virou e começou a correr. Ele não fazia ideia de para onde estava indo e, no meio daquela mata densa, tinha que seguir às cegas. Com certeza não estava avançando mais rápido do que uma caminhada leve, mas, por mais devagar que fosse, sabia que precisava fugir dali. A princípio, só escutava o som da própria respiração, o barulho de suas mãos e pernas afastando galhos e folhas, mas então ouviu aquele som de novo, os estalos e cliques. Se antes ele achava que estava correndo muito, então ficou desesperado. Sentiu uma pontada no tornozelo, seguida de uma dormência, e alguma coisa arranhou seu braço, um galho ou algo pior. Henderson continuou seguindo em frente, estapeando o próprio corpo, xingando e chorando e quase caindo. Tropeçou, desabou no chão, bateu o cotovelo e ficou esperando ser engolido, mas, deitado ali, ele se deu conta de que, exceto por sua respiração irregular, a floresta estava em silêncio.

Henderson tocou o braço e a dormência no tornozelo, e a mão ficou manchada de sangue. Sentiu algo roçar na nuca e deu um tapa, e alguma coisa sólida estourou na mão. Ele pegou aquilo, o que quer que fosse, e segurou para olhar.

Eca. Ele estremeceu. Tinha medo de aranhas, e aquela era preta e cabeluda. Mesmo esmagada pelo tapa, era grande. E então ele precisou reprimir um grito ao se dar conta de que aquela aranha tinha feito parte da onda preta que havia afogado o guia, o guarda-costas e as três modelos. Jesus. Uma infestação.

Ele se levantou e fez o possível para andar em linha reta, na esperança de que mais cedo ou mais tarde alguém viesse procurá-lo. Bilionários não desapareciam sem que ninguém desse falta. Depois de um período que, na cabeça de Henderson, não tinha como ser mais de uma hora, ele saiu aos tropeços da mata e se viu no meio de uma estrada asfaltada.

— Que porra é essa?

Ele olhou à volta, mas não viu indicação alguma de que direção tomar. Virou-se algumas vezes para os dois lados e escolheu um. Por sorte, três minutos depois começou a agitar os braços para um jipe com dois cientistas do centro de pesquisa da reserva. Ofereceu-lhes trinta mil dólares para levá-lo direto ao aeroporto, sem fazer perguntas.

Sentado em um dos bancos de couro do Falcon 7X, Henderson achou que já estava começando a ficar febril. Tinha obrigado os cientistas a pararem duas vezes no caminho do aeroporto para que pudesse se aliviar, e a primeira coisa que fez ao entrar no jatinho foi tomar um antidiarreico. Isso tinha resolvido a diarreia, mas agora ele estava suando e com uma dor de cabeça de rachar. O tornozelo latejava, e ele achou que o corte talvez já estivesse infeccionado. Maldita mata. Bichos de merda. Ele mal podia esperar para voltar aos Estados Unidos e arrumar um bom e velho antibiótico. Nunca mais ia dar uma de aventureiro internacional. A quem ele queria enganar? Por que se dar ao trabalho de sofrer? A partir de agora, só ia se hospedar em hotéis bons. Água quente e culinária gourmet. Se fosse procurar a companhia de modelos extremamente gostosas, ia fazer questão de receber seus boquetes em cima de lençóis de seiscentos fios. Henderson achava que essa era uma boa forma de gastar parte de sua fortuna. A floresta que se fodesse.

Mas ele sabia que teria que responder algumas perguntas quando aterrissasse. Por mais bilhões que tivesse, havia o probleminha do guia desaparecido e do guarda-costas e das três modelos que haviam ido ao Peru com ele. Bem, o guia provavelmente não era ninguém importante, e a morte do guarda-costas era um risco da profissão, mas não tinha como Henderson justificar a morte de três modelos semifamosas. Felizmente, ele não era dado a drogas nem violência e não possuía um histórico de corpos abandonados pelo caminho. Na hora das perguntas, ele as encaminharia a seus advogados e se limitaria a dizer a verdade: alguns animais tinham atacado o grupo, e, sentindo-se mal, ferido e desorientado, ele entrou em pânico e fugiu. Por enquanto, o que mais o preocupava era saber se as aranhas que estava vendo no interior do jatinho eram reais ou parte de algum pesadelo.

Ouvia o zumbido constante e via as aranhas crescendo como musgo preto nas paredes e no teto da aeronave. Sentia-as rastejando em cima dele.

A pele coçava, e ele se contorceu e se debateu. Endireitou-se no assento de repente e piscou com força. Era um sonho. Um pesadelo. Havia um ponto escuro na sua vista, e ele esfregou os olhos para eliminá-lo. Nada. Viu que uma das comissárias de bordo, uma morena chamada Wilma ou Wanda ou algo do tipo, o encarava, e tentou se ajeitar no banco. Sabia que estava com um aspecto horrível. Fez uma careta com o esforço. A cabeça, o estômago, o tornozelo, a febre. Ele se sentia péssimo. Henderson pensou "Dane-se" e continuou jogado no assento, sem nem se dar ao trabalho de sorrir para a mulher.

A comissária de bordo percorreu o corredor e tocou o braço dele.

— Vamos aterrissar daqui a dez minutos, sr. Henderson. Posso trazer algo para o senhor antes do pouso?

Ele achou ter visto alguma coisa pelo canto do olho, outro ponto preto, mas, quando se torceu e virou o rosto, não havia nada. Só seu reflexo na janela. Esfregou os olhos de novo, o que pareceu afugentar os pontos flutuantes que o estavam perturbando.

— Uma água tônica cairia bem — disse, enfim. — E tente aumentar o ar-condicionado. Está quente aqui. — Ela começou a se virar para ir embora, mas Henderson a chamou de novo. — E ligue para minha assistente. Estou passando muito mal. Diga a ela que vamos direto para o meu médico.

Ela assentiu e voltou para a cozinha do avião. Henderson fechou os olhos por um instante e então voltou a abri-los de repente. A água tônica estava na mesa à sua frente em um copo baixo e pesado de cristal ornamentado. Ele devia ter cochilado por alguns segundos. Balançou a cabeça. Não queria dormir de novo. Por mais que estivesse mal, dormir era sonhar, e naquele instante sonhar era ver as aranhas malditas. Henderson já tinha medo de aranhas antes de ir ao Peru, antes mesmo de ver o rosto de seu guarda-costas se dissolver. Pelo menos ali, no jatinho, ele sabia que as únicas aranhas eram as que estavam dentro de sua cabeça. Que doía como nunca. Uma pressão que parecia concentrada no meio da testa. Ele pediria uma aspirina quando Wilma ou Wanda ou o que quer que fosse voltasse.

Dava para sentir o avião descendo, e pela janela ele viu os primeiros sinais dos arredores de Minneapolis. Normalmente, gostava de voltar para casa, de olhar a cidade onde havia nascido e crescido e onde havia fundado uma das maiores empresas de tecnologia do mundo. Mas, naquele dia, quando tentou olhar pela janela, a luz o incomodou. Era como se alguma coisa estivesse empurrando seus olhos por dentro. Cada batimento do coração parecia uma martelada na cabeça. Pior, ele sentia uma coceira dentro do crânio, um espirro se formando, e com aquela dor de cabeça ele sabia que um espirro seria a pior sensação do mundo. De repente, a dor começou a fazer pontos pretos cobrirem sua visão.

Henderson espirrou. Viu um pouco de sangue esguichar na parede. Tinha catarro escorrendo do nariz. Parecia que algo estava se arrastando ali dentro e, quando esfregou o nariz, percebeu que *havia* algo deslizando para fora. Sentiu a pata cabeluda e dura e a puxou. Puta que pariu. Era uma aranha.

Ele tinha acabado de puxar uma aranha da porra do nariz.

Estava com uma das patas da aranha presa nos dedos. O bicho se virou e estalou para ele. Estava mesmo fazendo um barulho de estalido com a boca ou as mandíbulas ou o que quer que fosse aquela merda, e aí a aranha se mexeu de modo a ficar em cima da mão dele e morder a pele. Foi uma dor aguda, pior que um beliscão, mas curiosamente fria. Ele xingou e jogou a criatura para longe.

E aí, a dor que ainda martelava a cabeça, a mordida da aranha, o fato de que ele tinha tirado uma maldita aranha do nariz, tudo foi soterrado pela queimação na perna dele. Estava pior perto do corte que tinha feito na floresta, como se alguém estivesse com uma vela acesa perto da pele, e a sensação se propagou pela canela e pela panturrilha. Henderson olhou para baixo e, por um momento, achou que estava tendo outro pesadelo, porque via a pele inchar e ondular. Ouviu-se gemer e gritar e, embora soubesse que era por causa da dor na perna, era também porque aquilo parecia ao mesmo tempo um sonho e algo completamente diferente: ele estava fora do próprio corpo, observando. Havia uma parte dele se revirando no assento de couro, retorcendo-se com o cinto de segurança, apertando a canela e gritando e chorando ao mesmo tempo, e a outra parte parecia observar tudo calmamente conforme a comissária de bordo corria em sua direção, seguida do copiloto que tinha saído às pressas da cabine. Não conseguiu distinguir qual parte viu a pele em volta do tornozelo se rachar, um zíper de sangue e escuridão, enquanto aranhas escorriam para o chão e avançavam para cima de Wilma ou Wanda e para cima do copiloto, deixando os três berrando e se debatendo de dor com as mordidas, e nem tentou descobrir qual parte dele viu uma fileira fina de negrume correr na direção da porta aberta da cabine do piloto. E então não conseguiu ver mais nada, mas sentiu o avião se inclinar de supetão para a frente.

Minneapolis, Minnesota

Mike mostrou o distintivo para o policial sentado junto à porta de Leshaun.

— Sou o agente Rich. Você se importa se minha filha ficar sentada aqui por alguns minutos enquanto vou dar um oi para o meu parceiro?

O policial, um garoto oriental que parecia recém-saído da academia e morto de tédio por ter que passar o dia inteiro sentado na frente de um quarto de hospital, olhou para o terno e para o distintivo de Mike.

— Por que ela não está na escola?

— Teve febre ontem. Já está bem, mas as normas da escola dizem que ela precisa passar vinte e quatro horas sem febre antes de poder voltar. Hoje é minha folga, então estamos passeando. Sabe como é — disse Mike.

O policial ergueu as sobrancelhas.

— Não, acho que você provavelmente não sabe como é. Faz parte, para quem tem filho.

O policial assentiu e indicou o assento a seu lado. Annie nem tirou os olhos do jogo com que estava brincando no celular de Mike; sentou-se na cadeira e continuou a fazer o patinho engolir as bolas ou o que quer que fosse que o pato tinha que fazer. O policial olhou para a tela do celular e franziu a testa.

— Ei, como é que você passou da fase oito?

Mike entrou no quarto de Leshaun e fechou a porta. Dava para ver Annie pela porta de vidro. Sabia que o hospital não era o melhor lugar para levar a filha, mas também sabia que, se seu parceiro estivesse disposto, ficaria feliz de ver Annie. Mas ele não sabia bem se Leshaun *estaria* disposto. Duas balas. Uma no colete e outra no braço.

Mike ficou parado por um instante, vendo Leshaun dormir, e então resolveu não acordá-lo. Os médicos tinham falado que Leshaun receberia alta no dia seguinte e voltaria ao batente em uma ou duas semanas. Sortudo pra cacete. A primeira bala tinha passado direto pelo bíceps. Embora tenha feito um estrago sangrento, não acertou nada importante. Porém, ia demorar um pouco mais para Leshaun se recuperar da segunda bala. Tinha fraturado duas costelas no lugar onde o colete segurou o tiro, e aquilo ia incomodar por um tempo. Mike colocou as revistas que tinha trazido na mesinha de cabeceira ao lado da cama do parceiro e pegou um cartão de visitas do bolso do paletó para deixar um bilhete. Quando apertou o botão da caneta, ouviu um barulho alto vindo de fora do hospital, um *bum* ressonante, e o chão tremeu ligeiramente. Ele olhou pela janela, mas não viu nada, então rabiscou uma mensagem curta no verso do cartão, pedindo para Leshaun ligar e dizendo que voltaria mais tarde.

No corredor, Annie estava olhando o policial brincar com o jogo do pato no celular e dando dicas de como engolir a maior quantidade possível de bolinhas.

— Policial, você ouviu aquele barulho?

O guarda olhou para cima e devolveu timidamente o telefone para Annie.

— Não, senhor. Estou preso na fase oito há um tempo, e sua filha estava me mostrando como passar dela.

— Annie é uma garota esperta — disse Mike. — Obrigado por tomar conta dela. — Ele estendeu a mão para a filha. — Vamos, linda. O tio Leshaun ainda está dormindo. Eu volto mais tarde, depois que deixar você com a sua mãe. Que tal irmos tomar um sorvete, ver se isso diminui um pouco o calor? — Ele balançou a cabeça. — Tempo maluco para abril, não é?

No estacionamento, já estava ligando o carro quando o telefone tocou. Annie sabia o que fazer e o entregou na hora, sem reclamar. Mike não reconheceu o número, mas tinha o código de área de Washington, D.C., então atendeu.

— Quem fala é o agente especial Rich?

— Sim, mas não estou de serviço hoje.

— Agora está. Aqui é o diretor.

— Diretor de quê?

— *O diretor*.

Mike se segurou para não responder "Porra nenhuma". Não porque Annie nunca tivesse escutado o pai falar palavrão, mas porque, se fosse mesmo o diretor da agência, não seria interessante agir como um idiota.

— Houve um acidente de avião — continuou o diretor. — Há uns cinco minutos. Você é o agente mais próximo, e precisamos que vá até lá.

Mike apoiou o celular entre o ombro e a orelha e engrenou o carro.

— Eu escutei. Não sabia o que era.

— Bem, agora você sabe. Conhece Bill Henderson?

— Da Henderson Tech?

O telefone que Mike estava usando era um modelo da HT, e o computador no escritório também. E, mesmo se Mike não soubesse qual era a marca do celular ou do computador que usava, provavelmente não havia uma única pessoa no país inteiro que não conhecesse Bill Henderson, e muito menos em Minneapolis, onde Henderson era o maior exemplo de sucesso. Henderson tinha mais de quarenta mil funcionários em nove prédios na parte oeste da cidade. E isso só em Minneapolis.

— É, eu conheço Bill Henderson. Quer dizer, não pessoalmente, mas sei quem é. Por quê? — perguntou Mike, e logo em seguida acrescentou: — Ah...

— Por enquanto não temos nenhum motivo para desconfiar que não tenha sido um acidente. Você vai receber mais detalhes no local, mas, quando um bilionário cai do céu, especialmente o bilionário que era o principal doador na última campanha da presidente, tudo é possível. Se qualquer coisa, *qualquer coisa*, tiver cara de terrorismo ou de que não foi apenas um acidente de avião, espero uma ligação sua. E digo qualquer coisa mesmo. Se eu descobrir pela televisão que havia alguma circunstância suspeita e você já não tiver me falado dela, sua carreira vai parecer muito menos promissora. Pode deixar as autoridades locais estabelecerem um cordão de segurança, mas estamos com uma equipe pronta para decolar daqui a uma hora e pousar aí no meio da tarde. Não se engane: a agência vai assumir essa. Ligue para este mesmo número. Me mantenha informado o tempo todo, agente Rich. Entendeu?

— Hum, sim, senhor — respondeu Mike.

— Ótimo. Vou passar para meu assistente. Ele vai te passar os detalhes.

Mike anotou o endereço que o assistente falou, desligou o celular e se virou para Annie.

— Sinto muito, linda, mas isto é importante. Vamos ter que deixar o sorvete para outro dia, tudo bem?

Annie fez uma careta, mas Mike sabia que ela estava fingindo, e a menina não criou caso quando ele disse que precisava ligar para Fanny.

A ligação caiu na caixa postal.

— Fanny — disse Mike —, sou eu. Aconteceu uma coisa. Preciso que você venha buscar Annie. Eu não faria isto se não fosse importante, mas acredite, não tem mesmo como eu me livrar dessa.

Ele deixou o endereço para Fanny, pediu para ela retornar a ligação assim que possível, e resistiu ao impulso de dizer para ela seguir a nuvem de fumaça. A coluna cinzenta no ar era espessa, e, embora ele soubesse que o endereço ficava a mais de dez quadras de distância, a fumaça parecia muito próxima. Enquanto dirigia, tentou o telefone de Dawson, mas estava evidente que o padrasto de Annie também não podia atender. Mike precisou enterrar fundo o pensamento de que sua ex-esposa e seu novo marido não atenderam ao telefone porque estavam pelados na cama.

— Certo, linda — disse ele, virando-se para trás. — A mamãe não está atendendo, então você vai ter que ficar comigo mais um pouco. Preciso ir trabalhar.

Ele ligou a sirene, embora não dirigisse acima do limite de velocidade por causa da filha sentada no banco traseiro. Não tinha muito trânsito, mas já dava para ver as luzes dos veículos de emergência mais à frente.

— Papai?

— Sim, linda? — respondeu Mike, distraído pela voz dela e pelo que representava: ele precisaria pensar no que fazer com a filha quando chegasse ao local do acidente.

Annie não era superprotegida. Ela sabia que o pai trabalhava para a agência, sabia que ele tinha uma arma, sabia que às vezes gente como Dois-Dois podia atirar nele, sabia por que Leshaun estava no hospital, mas isso não queria dizer que Mike achava uma boa ideia ficar andando com ela perto da cratera fumegante que o avião teria aberto no chão. Céus, talvez fosse pior que isso. Com certeza o avião acertara uma casa, um prédio ou algo do tipo.

— Papai? — disse Annie, e a voz tinha um tom cuidadoso e hesitante. — Acho que estou velha demais para você ficar me chamando de "linda" o tempo todo.

— Ah.

Mike reduziu antes de um sinal vermelho e então, depois de olhar para a esquerda e para a direita, atravessou o cruzamento. Ouviu o som das sirenes cada vez mais perto e ficou imaginando o tamanho da zona que devia estar lá. Ambulâncias, incêndios, polícia. Funcionários do município, serviços, provavelmente tudo da cidade e do estado. Era capaz de ter gente do FBI e outros agentes federais também.

— Tudo bem, queri... Annie. Annie.

Ele olhou pelo retrovisor, mas Annie estava observando os edifícios pela janela. Ela devia estar pensando naquilo havia algum tempo, e, embora a expressão fosse um clichê, foi de partir o coração. Era cedo demais, cedo demais para ela negociar a passagem da condição de criança para adulta. Ela só tinha nove anos, pelo amor de Deus, não eram nem dois dígitos. Claro, não era isso o que o incomodava de fato. Mike a chamava de "linda" porque ela era linda. Ela era sua Annie, e sempre seria sua Annie independentemente de como a chamasse, mas não dava para esquecer a conversa do dia anterior, a insistência de Fanny de que Annie precisava ter o mesmo sobrenome que ela. Mike não havia pedido para Fanny mudar o sobrenome para Rich quando eles se casaram, mas ela mudou mesmo assim, e ele não reclamou quando Fanny mudou para Dawson quando se casou pela segunda vez. Dava para entender que, quando seu novo marido se chamava Rich, a pessoa provavelmente não ia querer ter o sobrenome Rich, especialmente se fosse o sobrenome do ex-marido. Ainda assim, Mike ficou incomodado por Fanny não achar que seria um problema mudar o sobrenome de Annie. Fanny não era o tipo de mulher que usaria a filha para fazer pressão, e Mike tinha certeza de que a intenção dela não era essa, tinha certeza de que o motivo era mesmo o que ela havia falado — que era muito esquisito ter uma filha com sobrenome diferente —, mas ele não entendia por que *naquele momento*, meses depois de Fanny Rich virar Fanny Dawson, de repente aquilo era tão importante. Por quê? O que tinha mudado no novo casamento da ex-esposa dele?

Ah.

Agora ele entendia.

— Ei, lin... Annie? — disse Mike. Ia demorar um pouco para ele se acostumar. — Como a mamãe está se sentindo? Tudo bem lá em casa?

— Tudo — respondeu Annie.

Um caminhão de bombeiro passou a toda pelo cruzamento na frente deles, e Mike reduziu para conferir os dois lados antes de virar. Eles já estavam perto o bastante para ver gente na calçada apontando. Faltava uma quadra, talvez duas.

— Ela tem se sentido mal ou algo do tipo?

— Mamãe tem dormido bastante. Vai para cama antes de mim. Rich tem lido para mim na hora de dormir.

Mike parou o carro e fechou os olhos. Ele achou que talvez fosse vomitar, o que era até engraçado, já que na prática ele havia perguntado a Annie se sua ex-esposa vinha tendo enjoos matinais. Ela não havia sentido enjoos durante a gravidez de Annie, mas passara o primeiro trimestre inteiro sentindo cansaço.

Ele ouviu o rugido de uma sirene atrás do carro, abriu os olhos e dobrou a esquina para entrar no cruzamento. Estava prestes a fazer outra pergunta a Annie, mas então viu o edifício.

Era uma escola.

— Ah, porra — disse.

— Papai! Você me deve um dólar!

— Sinto muito, Annie. Fico devendo essa, tudo bem?

A rua estava cheia de ambulâncias, viaturas da polícia e caminhões de bombeiro, e pelo retrovisor Mike viu algo que parecia um carro da SWAT vindo atrás dele. O prédio era antigo e com fachada de tijolos aparentes, e na placa da frente estava escrito ESCOLA PRIMÁRIA BILL HENDERSON. Ele teve vontade de rir. Era óbvio que o avião de Henderson tinha caído no terreno da escola primária com o nome dele, mas o cenário de duzentas ou trezentas crianças paradas no gramado em frente ao prédio tirou toda a graça da situação.

— Porra.

— Papai!

— Certo. Desculpe. É só que... Tudo bem.

Mike voltou a ligar para Fanny, mas, de novo, caiu na caixa postal. Ele aproximou o carro do meio-fio, parou ao lado de uma viatura policial e fez uma pausa, considerando as opções.

— Papai?

Ele suspirou. Não tinha muitas. Nunca havia visto o diretor da agência antes, exceto pela televisão, quando ele comparecia às audiências do Congresso. Se Mike fizesse merda, ia acabar sendo transferido para outro estado, para trabalhar no pior buraco que os Estados Unidos tinha para oferecer. Olhou para Annie no banco traseiro e viu que ela o encarava, esperando uma resposta.

— É o meu chefe — disse ele, embora não achasse que conseguiria explicar aquilo para ela.

Não fazia diferença. Ele não podia deixar Annie no carro, mas, se não saísse do carro — não podia ignorar uma ordem explícita do diretor da agência —, não ia mais poder ver a filha com frequência de qualquer jeito.

— Certo. Certo. Certo. Vamos lá — disse ele. — O que você acha de me ajudar hoje, querida?

Annie deu de ombros, mas saiu do carro com Mike. Foi atrás do pai enquanto ele passava pelos curiosos e pelas equipes de reportagem que estavam se aglomerando, continuou com ele quando Mike mostrou o distintivo e passou por baixo da fita amarela que já estava instalada. Ele contornou o edifício e parou, sentindo uma onda de alívio.

— Porra. Graças. A. Deus.

— Agora são três dólares, papai.

Ele olhou para Annie e voltou a encarar o campo atrás da escola. O edifício estava intacto, mas havia um buraco enorme no meio do campo de futebol nos fundos, começando em um dos gols e indo quase até o outro, onde uma coluna grossa de fumaça se erguia de um emaranhado caótico de metal. Uma equipe de bombeiros estava jogando água em uma parte pequena que ainda queimava e devia ser a principal fonte da fumaça que enchia o céu, mas outros dois caminhões já pareciam estar se preparando para ir embora, e Mike ficou com a impressão de que as equipes de paramédicos estavam paradas sem fazer nada. Se houvesse crianças jogando no campo quando o avião caiu, naquele momento a atividade ainda estaria intensa.

Uma policial fardada passou por eles. Mike a segurou.

— Nenhuma criança? — perguntou ele.

— Não — respondeu ela. — Acho que eles tinham acabado de entrar para o almoço ou algo assim. Um dos professores disse que todo mundo entrou uns três minutos antes do acidente. As pessoas no avião não tiveram tanta sorte. Não sobrou muito a fazer além de apagar o fogo e limpar tudo. — Ela olhou para Annie e deu um sorrisinho. — E quem é a pequenina?

— Minha filha teve febre ontem à noite, então não podia ir para a escola. Hoje era meu dia de folga, e íamos aproveitar o dia do papai — respondeu Mike. — Mas sabe como é. Às vezes a gente não tem escolha e precisa trabalhar. Tentei ligar para minha ex-esposa, mas...

Mike olhou para a policial.

Ela entendeu.

— Não. Sinto muito, cara. Estou de serviço e não posso bancar a babá, especialmente para um federal.

Mike deu de ombros.

— Não custava nada tentar, não é?

— Na verdade, é uma postura sexista pra cacete. — Ela olhou para Annie de novo. — Desculpe, querida.

Annie deu de ombros.

— O papai fala muito palavrão.

— Nem tanto, Annie.

— Você já disse a palavra com P três vezes hoje.

— É — respondeu Mike. — Desculpe. — Ele se virou para a policial outra vez. — E você tem razão. Eu provavelmente não teria pedido para um homem. Desculpe.

— Eu não gosto, mas entendo — disse a policial. — Boa sorte. Talvez não seja bom chegar muito perto da cena com ela. Acho que, hum, acho que não é adequado para a idade dela.

— Feio assim?

— Metade do avião se desintegrou, e o que sobrou foi consumido pelo fogo. — Ela começou a se afastar, mas parou e tocou o braço de Mike. — Tente com o pessoal das ambulâncias. Procure uma loura baixinha e gordinha. Diga que Melissa perguntou se ela podia quebrar um galho. Pelo menos até sua ex-esposa aparecer.

Mike assentiu e se encaminhou para as ambulâncias, segurando a mão de Annie. Por acaso, a loura baixinha era a única mulher entre os paramédicos. Mike repetiu a história de que Annie não podia ir para a escola por causa de uma febre na noite anterior e que ele teve que trabalhar de repente, mas nem precisava ter se dado ao trabalho: assim que ouviu o nome da policial, a paramédica abriu um sorriso e chamou Annie para ir se sentar na ambulância.

— Eu tenho uma filha mais ou menos da idade dela — disse a mulher.

— Vamos ficar por aqui. Tudo bem se eu der um docinho para ela?

A paramédica podia dar um monte de doces se com isso Mike pudesse deixar a filha longe dos escombros. Ele enviou uma mensagem de texto para Fanny para avisar que Annie estava com os paramédicos e acrescentou o endereço de novo caso não tivesse ouvido a mensagem na caixa postal. Mike mal tinha se afastado dez passos e Annie já estava mastigando um chiclete, brincando com o celular da mulher e esticada em uma maca como se fosse um sofá.

Perto do avião, o gramado estava molhado por causa das mangueiras dos bombeiros, e ele sentiu os sapatos escorregarem na lama. Quis estar com um bom par de botas. Quando passou por um pedaço de metal do tamanho do capô de um carro — parte da asa? —, um homem alto e de pele morena vestido de terno levantou a mão.

— Sinto muito, camarada.

Mike mostrou o distintivo.

— Agente Rich. Só preciso dar uma olhada rápida.

— Moreland — respondeu o homem. — E sinto muito, mas você não vai olhar nada. Polícia. A cena é nossa.

Mike sentiu o celular no bolso e resistiu à tentação de pegá-lo. O diretor havia garantido que ele receberia o apoio necessário, mas com certeza pegaria melhor se ele pudesse mostrar um pouco de iniciativa.

— Veja bem, Moreland, eu não quero cair de paraquedas e ficar de babaquice. Sei como é que é quando os federais intervêm e quero chegar de boa. Hoje era para ser meu dia de folga. Minha filha está comigo — ele apontou na direção de Annie, que agora estava sentada no para-choque de uma das ambulâncias e, ao que parecia, contava alguma história para um grupo de paramédicos —, e acabei de visitar meu parceiro, que está no hospital depois dos tiros que levou ontem. Você ouviu falar do tiroteio a nordeste daqui?

— Ouvi. Foram vocês?

— É, fomos, e depois de apagar dois filhos da puta da Nação Ariana, ver meu parceiro ser levado para o hospital com um ferimento a bala e duas costelas fraturadas por causa de um tiro que pegou no colete, e de supostamente tirar folga hoje para visitar minha filha, a mesma filha cuja aulinha de futebol eu perdi ontem por causa do tal tiroteio, bom, não estou muito empolgado por estar aqui. Mas a questão é que alguém me ligou e me mandou vir para cá. Alguém tão graúdo que é de cagar de medo. Se eu precisasse, poderia ligar para ele e encher este lugar de federais até o teto. Eu poderia classificar sua fuça como um caso federal, se for preciso. Mas não quero fazer isso. Sabe por quê?

Moreland não sabia se queria sorrir ou se irritar com o deboche de Mike, mas entrou na dança.

— Porque você não quer cair de paraquedas e ficar de babaquice.

— Isso mesmo. Não quero cair de paraquedas e ficar de babaquice. Então a única coisa que eu estou pedindo é para dar uma olhada rápida, e, se puder fazer isso e tranquilizar o sujeito que me ligou e me mandou trabalhar hoje, que disse que eu tinha que trabalhar apesar de meu parceiro ter sido baleado, apesar de eu ter apagado dois manés da Nação Ariana ontem como um herói, apesar do fato de que precisei pedir para as porras dos paramédicos tomarem conta da minha filha, se eu puder tranquilizar esse sujeito e falar que ele não tem motivos para se preocupar, seria ótimo. Eu gostaria muito de não precisar encher isto aqui de federais até o teto, e eu sei que você gostaria muito que sua fuça não fosse classificada como objeto de investigação federal.

Moreland ficou em silêncio por alguns segundos, mas Mike viu os olhos dele oscilarem na direção de Annie e das ambulâncias. Por fim, o homem relaxou e deu um passo para o lado.

— Você estava ensaiando esse discurso?

Mike sorriu.

— Um pouquinho. É a primeira vez que preciso usar. Muito bom, não é?

Moreland deu de ombros, pegou um par de luvas de látex no bolso e as entregou para Mike.

— A parte de "encher isto aqui de federais até o teto" não foi ruim, mas tenho minhas dúvidas quanto a classificar minha fuça como um caso federal.

— Essa eu improvisei. Vou melhorar. — Mike pegou as luvas e as enfiou nas mãos. — Uma equipe completa nossa deve chegar daqui a algumas horas, mas, enquanto isso, há algo que eu precise saber?

— Aquela porção pequena ali, onde eles ainda estão jogando água, provavelmente eram as turbinas. Tem pedaços do avião espalhados pelo campo todo. Se as crianças estivessem jogando aqui na hora, teria sido uma carnificina. Mas, de maneira geral, o que vale examinar é aqui dentro. Alguns corpos, bastante queimados, mas, fora isso, não há muito para ver até os peritos analisarem tudo. Não tive notícias da torre de controle ainda, mas, pelo que deu para concluir, o avião caiu inteiro e se desfez no impacto. Não tem nada para sugerir qualquer coisa além de um acidente. Não parece ter sido bomba nem nada do tipo. Mas essa não é bem minha especialidade. O pessoal da Agência Federal de Aviação deve chegar nas próximas horas.

— Mais alguma coisa?

— Sim — respondeu Moreland. — Se você entrar lá, nunca mais vai querer ir a um churrasco.

Mike avançou cuidadosamente pelos escombros da cabine do jatinho. O avião não estava reto, mas quase. A água que os bombeiros tinham jogado para apagar o fogo dos destroços pingava do teto e criava poças no carpete. Mike escorregou em alguma coisa, e, quando esticou o braço para se equilibrar, sentiu um metal afiado cortando a pele da mão.

— Merda.

Ele fechou o punho e voltou a abrir para olhar o corte. O impacto havia rasgado o jatinho como se um gato gigantesco tivesse afiado as garras na fuselagem de metal, e as tiras metálicas eram irregulares o bastante para abrir um talho na mão dele. A luva de látex ficou destruída; Mike a tirou e a enfiou no bolso. Percebeu que, apesar de tudo parecer só um acidente, ele já estava tratando o lugar como uma cena de crime. Aquele telefonema do diretor tinha mexido mesmo com ele.

Dava para sentir o sangue escorrer pela palma e descer pelo braço, então ele tirou a gravata do pescoço e enrolou na mão. Não queria espalhar sangue por todos os lados. Tirou uma lanterna pequena do bolso. Estava entrando um pouco de luz natural pelas frestas onde o metal tinha sido arrancado, mas, quando chegou ao primeiro corpo, ficou feliz de ter a lanterna.

Era uma mulher. Ou *havia sido* uma mulher. A saia ainda tinha tecido suficiente para que Mike pudesse ter certeza, mas o resto do corpo estava destruído. As pernas estavam dobradas, e uma delas tinha quebrado e se torcido em um ângulo que provavelmente teria provocado ânsia de vômito se ele fosse novato, mas o mais perturbador eram as queimaduras. Ela estava carbonizada e desfigurada além de qualquer expectativa. Na cabeça sobravam alguns tufos de cabelo, consumidos pelo fogo, mas ainda mostrando um pouco de cor, e o rosto e o tronco estavam destroçados. A pele era uma combinação de flocos pretos com gosma rosada, esburacada em alguns pontos e em carne viva a um nível perturbador. Estava nítido que ela havia sacudido dentro da cabine, e Mike imaginou que, quando o relatório da autópsia chegasse, iria concluir que o corpo dela tinha sido rasgado por pedaços de metal. De qualquer forma, não era Henderson, e a saia, junto com os farrapos de tecido branco que tinham sido a blusa, parecia um uniforme. Uma das aeromoças. *Não, comissária de bordo*, pensou Mike. *Comissária de bordo.*

Ele apontou a lanterna para o que havia sido o nariz do jato, mas não havia muita coisa para ver, só um buraco enorme. Da cozinha para a frente, tudo tinha sido arrancado. Que bagunça. Ele pensou se devia sair logo do avião e arrumar alguém para dar uns pontos no corte em sua mão. O diretor disse que outra equipe da agência estava a caminho para assumir, mas, por mais que Mike quisesse ficar só esperando ela chegar, o diretor também havia deixado claro que a situação era delicada. Esperar não era uma opção.

Mike tentou flexionar a mão. Merda. Doeu pra caralho. Ele fez uma careta e segurou a lanterna com a boca para liberar a mão boa para puxar a gravata ensanguentada do corte na outra. Quando afastou a gravata do ferimento, o tecido ficou colado na pele e o talho se abriu um pouco, fazendo o sangue sair à vontade. *Bom*, pensou Mike, *isso não foi lá muito inteligente*; ele tornou a apertar a gravata em volta da palma da mão. Devia tê-la deixado coberta. Pelo menos era a esquerda, porque, quando terminasse ali, caso Fanny ainda não tivesse aparecido, ele provavelmente teria que voltar ao hospital com Annie para levar uns pontos. Merda. Ia ficar devendo à filha um sorvete *e* uma ida à loja de brinquedos.

Como se soubesse que Mike estava pensando nela, o celular dele tocou, e ele pegou e viu o número de Fanny.

— Poxa, Mike — disse ela. — É sério? E você a deixou brincando em uma ambulância?

— Não tive escolha, Fanny. Ela está bem. Só me faça esse favor, sim? É importante, e chegue aqui assim que puder.

Ele desligou, ciente de que ia pagar por aquilo mais tarde, mas outra conversa desagradável com a ex-esposa parecia preferível a enfrentar a força total da ira da agência. Ainda que, como parecia nítido, aquilo fosse só um acidente, ele precisava tomar o cuidado de parecer que não tinha poupado esforços. Talvez, se trabalhasse direito, Mike pudesse se dar bem, causar uma boa impressão, mas ele sabia que, se fizesse merda, o diretor iria enterrá-lo. Interromper o dia com Annie não era o ideal, mas não ia ter jeito. Mike decidiu: sorvete, loja de brinquedo *e* livraria.

Ele não sabia se a mão latejava ou ardia no lugar do ferimento, mas doía. Tomou cuidado para não encostar em mais nenhuma superfície afiada enquanto andava até a abertura e olhava para o grupinho de ambulâncias. Annie ainda estava no para-choque e, por acaso, levantou o rosto e o viu. Mike acenou, e ela retribuiu. Annie não ia ficar chateada. Não ia reclamar quando Fanny viesse buscá-la. Era uma boa menina. Tranquila. Entendia que o trabalho dele às vezes era complicado. O divórcio tinha sido difícil, mas ela nunca o fizera se sentir um merda. Era engraçado o jeito rápido como crianças se adaptavam a situações novas, o fato de que elas achavam normal tudo o que acontecia na vida. Mike adoraria ter sido capaz de se adaptar ao divórcio com a mesma rapidez de Annie. Ou, pelo menos, com a mesma rapidez de Fanny. Ele havia saído em alguns encontros casuais, mas não chegara a tentar nenhum namoro sério, e Fanny, por sua vez, já estava casada e feliz. E, aparentemente, grávida.

A paramédica loura o viu olhando do outro lado do gramado e gritou que estava tudo bem, e Mike respondeu que a mãe de Annie chegaria dali a dez minutos. A mulher levantou o polegar — bom, ele esperava que fosse o polegar e não o dedo médio —, e Mike voltou às entranhas do avião.

Passou pelo corpo da comissária de bordo, atento aos destroços no chão da cabine. Mas não conseguia deixar de pisar nas cinzas, e os estalos e *cracks* de seus passos eram perturbadores. Era como andar sobre cascas de amendoim. Ele tentou tomar cuidado para o caso de aquilo acabar sendo uma cena de crime. Pelo menos não tinha sido um avião comercial. Isso era uma bênção. Mike tinha amigos que haviam trabalhado em zonas de desastres ou covas coletivas, e todos diziam que não dava para esquecer o barulho dos ossos estalando sob os pés.

A parte de dentro do jatinho estava quente, muito mais quente do que o lado de fora, debaixo do sol. Mike não conseguia deixar de pensar que era o calor residual do incêndio que havia tomado a cabine. Ele já estava suado, com a camisa colada nas costas, e queria ter tirado o paletó antes de entrar. Olhou o relógio. Fazia menos de meia hora desde a queda. Quando apontou o facho da lanterna para o corpo carbonizado acomodado em um assento no meio da cabine, Mike pensou que, embora não adiantasse muito para Bill Henderson, o diretor tinha razão: quando um bilionário caía do céu, tudo era um pouco diferente.

Ele sentiu uma coceira no pulso esquerdo e percebeu que, apesar da gravata enrolada na mão, o sangue do corte estava vazando. Esfregou o sangue no paletó e se aproximou do corpo.

Era Henderson. Sem dúvida.

A parte de baixo do corpo era uma mistura horrenda de queimaduras e ossos expostos. Uma das pernas tinha perdido metade da pele, dos músculos e da gordura, e a outra era só osso. Era curioso, mas Mike ficou mais incomodado pelo torso de Henderson: da cintura até o pescoço, tirando uns punhados de cinzas na camiseta de manga comprida, Henderson parecia intacto como um manequim de loja. Felizmente, a pouca luz natural que entrava pelas janelas e pelo rasgo na lateral do avião deixava a cabeça do homem oculta nas sombras. Mike passou o feixe da lanterna pela parede e pelo teto ao redor de Henderson. Parecia que ali dentro tinha sido um inferno. O plástico estava derretido e retorcido, consumido pelas chamas. Era só uma suposição, mas Mike achou que o combustível das turbinas tinha vazado para dentro da cabine. Com sorte, eles tinham morrido com o impacto antes de o fogo alcançá-los.

Mike se aproximou um pouco, ouvindo as cinzas estalarem sob os pés de novo, respirou fundo pela boca — não aguentava o cheiro de plástico e carne queimada — e apontou a lanterna para a cabeça de Henderson. A visão lhe provocou ânsia.

A carne acima da orelha direita, quase até o meio da cabeça de Henderson, estava rosada, profundamente queimada, cinzas escuras misturadas com sangue e gordura visível, cabelos incinerados e consumidos. Mas não foi por isso que Mike se sentiu mal. Foi o olho esquerdo, o nariz, a boca e as bochechas de Henderson. Mike reprimiu a ânsia e fechou os olhos por alguns segundos antes de olhar de novo. Percebeu que estava suando e secou a testa com as costas da mão machucada. Abriu os olhos quando sentiu algo escorrer pelo pulso outra vez: mais sangue da gravata encharcada. Ele torceu para que o sangue não estivesse gotejando no chão. Tirou o paletó e o enrolou na mão também. Isso devia segurar um pouco.

Tomou fôlego e olhou para o rosto de Henderson. O olho esquerdo estava pendurado para fora da órbita, projetado pelo impacto da queda, e o resto daquele lado do rosto era só uma caverna escura, todo descarnado. Mike imaginou que um pouco de combustível devia ter esguichado ali. A boca era a pior parte; aberta, com um fiapo de sangue e carne carbonizada no canto, e a língua para fora, parcialmente destruída. Puta merda. Mike torceu para que a Agência Federal de Aviação aparecesse logo para buscar a caixa-preta, porque, se aquilo não fosse um acidente, ele não queria saber o que havia acontecido. A morte de Henderson não parecia ter sido pacífica. Aquilo realmente era prova de que nem os bilionários conseguiam escapar da morte. Dos impostos, talvez, com os contadores certos, mas não da morte.

Curiosamente, como que por milagre, tinha um copo de cristal intacto no chão perto do assento de Henderson. Mike o pegou, quase desejando que ainda estivesse com bebida. Cheirou. Uísque? Colocou o copo na mesa na frente de Henderson e olhou o rosto dele outra vez. Mike quase gritou.

Parecia que havia algo se mexendo. Não, *havia* algo se mexendo. Mike sabia que era impossível, mas parecia que tinha alguma coisa saindo do rosto de Henderson.

Ele apontou a lanterna para a cabeça destruída do homem e aí *de fato* gritou, porque *tinha* alguma coisa saindo do rosto de Henderson.

Mike deu um passo para trás, tropeçou e, sem pensar, estendeu a mão enrolada no paletó para se equilibrar na estrutura de arame exposto que antes havia sido uma poltrona.

— Merda!

Aquilo doeu.

— Tudo bem aí dentro, agente Rich?

Era Moreland, o policial de terno. Ele apontou a lanterna para dentro da fuselagem, e Mike precisou semicerrar os olhos.

— Está, só fiz um corte feio na mão. Saio daqui a pouco.

— Está bem ruim aí dentro.

— Nem me diga — respondeu Mike, mas ele já estava virado de novo para o corpo de Henderson, torcendo para que aquilo saindo do rosto do cadáver fosse só uma ilusão causada pelas sombras.

Não era.

Mike estava vendo claramente. Era uma aranha, e três quartos do corpo peludo do tamanho de uma bola de golfe estavam se arrastando para fora do rosto de Henderson por um buraco na parte superior da bochecha direita. Mike sentia a mão latejar, e agora o sangue gotejava livremente. Os únicos sons dentro do avião eram a respiração de Mike e o esforço da aranha para sair do rosto de Henderson. Parecia... Ah, merda. Parecia som de mastigação. Mike sentiu ânsia de novo e não conseguiu se conter. Saiu correndo até a abertura por onde tinha entrado no jatinho, apoiou a mão boa na lataria, se inclinou para fora e despejou o que restava do almoço. A maior parte caiu no chão, o que era bom, mas um pouco pegou nas calças dele, o que ainda era melhor do que vomitar bem no meio de uma investigação. Quando Mike endireitou as costas, o nariz estava escorrendo e os olhos tinham se enchido d'água. Ele precisou esfregar o rosto com a manga da camisa. Eca. Ia apresentar a conta da lavanderia para a agência como despesa de trabalho. *Foda-se o diretor, foda-se aquela merda.*

— Nojento, não é?

Moreland parecia contente.

Mike não respondeu. Voltou para dentro da fuselagem do avião e apontou o facho da lanterna para o rosto de Henderson, e foi aí que quis não ter vomitado, porque era *agora* que ele precisava vomitar mesmo: a aranha tinha sumido.

Ele passou a lanterna freneticamente pela parede e pelo teto, e então pelo rosto e pelo torso de Henderson, até a carne queimada e os ossos expostos da perna. Ali. Alívio. A aranha estava no chão.

Ela estava andando devagar. Mike sabia que não era a palavra certa para um troço de oito patas, mas parecia que a aranha estava mancando. Ele aguçou a vista e se inclinou. Com certeza tinha algo de errado — duas das patas não se mexiam, e a aranha estava arrastando o corpo pelo chão. Será que ela se ferira no acidente ou se queimara também? Mike balançou a cabeça. Não estava nem aí para o que tinha acontecido com a aranha. A pergunta importante era: como aquela porra tinha ido parar dentro da cabeça de Henderson?

Só que, enquanto via a aranha se arrastar pelo chão, Mike percebeu que a pergunta que mais o incomodava era: por que, por todos os anjos do céu, a aranha estava avançando na direção dele? Pois, com certeza absoluta, ela estava se aproximando. Não estava tentando fugir nem se esconder, e também não estava ignorando Mike. Não estava fazendo nada do que Mike, por sua experiência limitada com monstrinhos rastejantes, achava que seria natural. Não, a aranha claramente estava avançando na direção dele. Mike deu um passo para o lado, e a aranha mudou o trajeto, continuando a seguir em sua direção. Mike deu outro passo para o lado e esbarrou na mesa perto da poltrona de Henderson, e mais uma vez a aranha mudou a rota. Mike se preparou para pegar a arma, mas logo percebeu que atirar em uma aranha talvez fosse um pouco exagerado. Ele começou a criar coragem para esmagar o troço com o pé — podia ser grande e cabeluda e incrivelmente bizarra por ter escavado o rosto de Henderson e seguido Mike, mas ainda era algo que podia ser pisado —, mas a aranha parou em uma mancha escura do chão.

Mike levou um instante para entender o que a aranha estava fazendo. A mancha escura no chão era sangue. Ele olhou para o paletó enrolado em sua mão e viu uma gota cair. Ele estava sangrando no chão.

A mancha escura no chão era *seu* sangue.

E, aparentemente, a aranha estava se alimentando.

Mike pensou em gritar. Precisou fazer um esforço enorme para não sair correndo aos berros, e então esbarrou a parte de trás da coxa na mesa e se lembrou do copo de cristal que ele havia achado no chão. Segurou a lanterna com os dentes de novo e, tentando ser ao mesmo tempo cuidadoso e rápido, virou o copo e o emborcou em cima da aranha. Pegou a lanterna e apontou o feixe para o copo. O bicho não pareceu ter percebido de cara, mas, depois de alguns segundos, ficou doido. Ela se jogou contra o vidro, e as batidas eram fortes a ponto de Mike ouvir o *ping* no corpo. Ainda bem que bilionários tinham copos pesados de cristal de verdade em seus aviões, em vez dos copinhos fajutos de plástico que Mike recebia quando voava na classe econômica.

Uma luz passou por seus olhos, e Mike percebeu que era Moreland, apontando a lanterna para ele. O policial tinha entrado no avião.

— Isso aí é uma aranha? — perguntou ele.

Mike confirmou com a cabeça e olhou para o copo. O bicho tinha parado de se debater e parecia ter voltado a se alimentar do sangue.

— Será que por acaso você tem algum pote grande por aí? Alguma coisa com tampa de metal que dê para a gente fazer uns furos?

Moreland se agachou ao lado do copo e deu uma batidinha na parte de cima. A aranha começou a se jogar no vidro de novo. As patas faziam um barulho de farfalhar perturbador, como folhas sendo sopradas no asfalto, e quando o corpo batia no vidro o tinido era claro e quase agradável — como sinos de vento —, tirando o fato de que vinha de uma criatura comedora de carne e sangue que tinha um quarto do tamanho do punho de Mike.

— É — disse Mike. — Que tal você não fazer isso?

Moreland se levantou e se virou para sair do avião.

— Vou procurar alguma coisa. Aposto que os paramédicos ou os bombeiros têm algum recipiente que pode servir.

Mike manteve a lanterna apontada para o copo conforme Moreland se afastava. Alguma coisa o remoía por dentro. Algo além da imagem de uma aranha abrindo caminho pela cabeça de Henderson a dentadas, algo a ver com o avião. Com relutância, Mike tirou o feixe da aranha para dar uma olhada no entorno. Passou a luz da lanterna pela parede e pelo teto, mas só havia metal e plástico queimados, sinais do incêndio. No chão, montinhos de cinzas se revolviam sempre que uma brisa soprava pelo buraco no avião, mas os pedaços maiores de materiais queimados continuavam inertes, pesados demais ou fundidos ao chão. Ele esticou a perna, remexeu um dos calombos com a ponta do sapato e o viu se desfazer em um punhado de cinzas. Será que havia mais daquelas aranhas por ali? Será que todas tinham sido queimadas no incêndio? Mike deu alguns passos na direção do nariz do avião e passou o feixe da lanterna nos restos do corpo da comissária de bordo.

— Ah.

Ele falou em voz alta, embora estivesse sozinho. Inclinou-se por cima do corpo para ver mais de perto a carne esburacada e despedaçada. Em parte, eram apenas queimaduras, mas ali, onde ele antes imaginara que ela havia sido destroçada por pedaços de metal, Mike já não tinha tanta certeza. A carne parecia inchada e crua, e de repente ele sentiu um arrepio. As aranhas tinham comido pedaços da mulher também? Ele olhou pelo rasgo no avião e viu Moreland aparecer do outro lado do campo na direção dele, com um pote na mão.

Mike se virou para olhar o copo de cristal, de repente com medo de que a aranha não estivesse mais ali, mas ficou aliviado ao ver o bichinho bizarro debaixo do domo.

— Merda.

Ele pegou o celular. Não sabia como explicaria aquilo ao diretor, mas tinha certeza de que aranhas carnívoras não eram bem o que o homem estava esperando quando falara de "qualquer coisa diferente de um acidente". Antes de discar, olhou o entorno. Havia mais alguma coisa? Ele estava deixando algo passar? Aquele era Bill Henderson, não uma dona de casa anônima ou um burocrata zé-ninguém envolvido no meio de uma negociação de drogas furada. Cinco minutos depois de o avião cair, o diretor já estava ligando para ele por ser o agente mais próximo do local. Mike não podia estragar aquilo, e, se depois alguém percebesse que, ah, a propósito, tinha algo muito óbvio, uma pista ou sabe-se lá o quê, que ele deveria ter visto e que tinha sido a verdadeira causa da queda do avião, Mike ia passar o resto da carreira respondendo por aquela merda. Então ele deu mais uma olhada no avião, nos corpos queimados e destroçados, nas cinzas espalhadas que começavam a se agitar e voar com a brisa quente. O tubo de metal parecia um forno debaixo do sol incomum da primavera, e as beiradas afiadas das paredes e dos fios expostos eram o retrato de um desastre. Aos pés de Mike, a aranha tilintou de novo, batendo no copo com as patas ou o corpo ou qualquer que fosse o nome daquelas coisas. Mike decidiu que não, não havia mais nada além daquela única aranha aleijada. Ele não estava deixando nada passar.

Mas estava enganado. Nos fundos do jato, no meio da escuridão e das cinzas, havia uma pequena agitação.

Oceano Índico

Ele colocou os dois fuzis no convés do barco e subiu a escada. A Smith & Wesson .40 estava enfiada na cintura.

— Certo — disse ele, pegando os fuzis e levando-os até a esposa. — Eles ainda estão vindo?

Ela balançou a cabeça.

— Tem algo errado.

Ele lhe passou o fuzil calibre .22. A esposa não daria conta da Winchester. Talvez uma .22 não tivesse o poder de fogo ideal, mas ele a fizera treinar até ser capaz de acertar três balas em uma área de três centímetros de diâmetro a quinze metros de distância. O homem torcia para que não chegasse a tanto, mas estava com um mau pressentimento. Olhou pelo binóculo. Dois anos navegando e só uma vez tiveram um encontro com piratas, no litoral da África, do qual escaparam por um triz. Tinham tido sorte.

Até hoje.

Com certeza aquele era um barco de piratas. Não existiam botes infláveis motorizados ali onde estavam, no meio do oceano, a menos que fizessem parte de uma embarcação maior. E aquele era grande, adaptado para ir mais rápido, e estava com um monte de homens agachados dentro. Assim que a esposa vira o bote com os binóculos e lhe mostrara, ele enviou um pedido de socorro e foi correndo buscar os fuzis e a pistola no interior do barco. Ele entendia a situação. Os dois entendiam. Fazia parte do risco de navegar em certas partes do mundo. A ajuda chegaria. Em algum momento. Talvez. Por enquanto, estavam sozinhos, e as histórias que as pessoas liam de vez em quando nos jornais eram só parte da realidade. Na melhor das hipóteses, eles seriam sequestrados em troca de um resgate que não tinham como pagar. Na pior, ele acabaria morto, e sua esposa... Bom, ele pensaria nisso quando estivesse com o dedo no gatilho e precisasse decidir se deveria atirar ou não. Mas sua esposa tinha razão: havia algo errado.

Quando viu o bote pela primeira vez, os oito ou nove homens estavam todos inclinados para a frente, como se seus corpos pudessem fazer o bote alcançar o veleiro mais rápido. Mas agora, conforme o bote atravessava águas tranquilas, eles estavam se levantando.

Ele nem se dera ao trabalho de tentar escapar. Em meio à pequena comunidade de marinheiros que haviam decidido se aposentar cedo, vender tudo e passar a vida no mar, o barco deles não era nem o mais luxuoso, nem o mais maltratado. Em Madagascar, tinham feito amizade com um casal da área de tecnologia cujo barco era quase todo personalizado, e no litoral do Sri Lanka haviam jantado em uma embarcação tão acabada que ele pisou em uma tábua podre no convés e precisou levar dez pontos. O veleiro deles estava em boas condições, mas era usado, e depois de comprá-lo não sobrara dinheiro para gastar muito com estética. Mas era rápido. Claro, não era nenhum barco de corrida, mas, para um veleiro de passeio, dava para o gasto. Não que isso tivesse alguma importância naquele momento. Ao ouvir o zumbido alto do bote motorizado avançando na direção deles, soube na mesma hora que não conseguiria escapar dos piratas.

Mas era estranho. Os homens nem olhavam mais para eles. Estavam se afastando da proa, e um deles se debatia. Parecia que estava tendo uma convulsão, e os outros ficaram assustados. Não seria curioso? Se salvarem dos piratas porque um deles era epiléptico, e os outros, supersticiosos? Ele achou que essa história seria engraçada, definitivamente mais engraçada do que ele e a esposa serem sequestrados ou mortos. Ou pior.

Ele baixou o binóculo e se virou para a esposa.

— Lembre-se do que conversamos. Se tiver que atirar, atire. Não estamos em Charleston.

O que ele não disse foi que, se chegasse a tanto, a pistola estava ali para garantir que houvesse uma bala para cada um dos dois, por via das dúvidas.

Ele olhou de novo para o mar, e mesmo sem os binóculos dava para ver que de fato havia algo acontecendo no bote. Tinha mudado de curso e não seguia mais na direção deles. Em vez de uma linha reta, ele se afastava em uma curva suave, um círculo grande e delicado. E os homens a bordo estavam... brigando? Quase parecia que estavam tirando algum pano escuro do corpo do homem que tinha sofrido a convulsão.

Ele se virou para a esposa. Ela segurava o fuzil com firmeza. Ele sabia que ela estava com medo, então estendeu o braço, segurou-a pela nuca gentilmente, beijou-a e voltou a olhar pelo binóculo.

Que porra era aquela? O bote tinha se endireitado de novo, indo na direção do veleiro, mas não havia mais ninguém a bordo. Estava cheio de um líquido escuro. Parecia petróleo. Ele ficou olhando por mais alguns segundos, até entender que aquilo não era um líquido, e sim algo que se mexia por vontade própria. Largou o binóculo e ergueu o fuzil.

Deu dois tiros, mirando os tubos de ar, antes de perceber que não tinha sido uma boa decisão. Até o menor bote inflável motorizado tinha três tubos — um de cada lado e um nos fundos —, e, embora não soubesse quantos um grande daqueles teria, provavelmente seriam mais do que três. Mas, mesmo se só precisasse atingir três, o maior problema era que ele havia trazido a Winchester 70. Ele adorava sua Winchester. Era absurdamente precisa, mas só comportava cinco cartuchos. Caçar veados? Tranquilo. Caçar piratas ou tentar afundar um bote? Não era a melhor opção. Uma AR-15 com um punhado de pentes de trinta balas teria sido a melhor opção. Ele poderia atirar no bote todo, trocar o pente e continuar atirando até o puto afundar. Em vez disso, restavam-lhe três disparos.

Mas ele não precisava afundá-lo. Como não havia mais ninguém para conduzir, só precisava desviá-lo, fazê-lo mudar de rota. Se estourasse o tubo de ar de um dos lados do bote, ele perderia velocidade e faria uma curva. Não precisariam fugir do bote, apenas manobrá-lo para longe. Ele levou o fuzil ao ombro, olhou pela luneta e hesitou. O bote estava perto. Talvez uns noventa metros. Seguia bem na direção deles, então a velocidade não seria um problema — ele sempre fora bom de mira —, mas estava em dúvida quanto a estourar o tubo de ar. Talvez não esvaziasse. Talvez não fizesse o bote perder velocidade e virar para outra direção. Ele podia disparar as três últimas balas e depois ter que ficar olhando até o bote abalroá-los.

O motor. Três tiros podiam parar o motor, e aí eles fugiriam do bote sem problemas. Ele ajustou ligeiramente a pontaria do fuzil, colocando a caixa do motor no meio da massa de mira. O bote estava rápido para cacete, ele só teria alguns segundos. O primeiro tiro errou. Ele viu o plástico da caixa rachar. Mas o segundo acertou. O motor parou de zumbir, e ele baixou o fuzil, com uma bala de sobra.

Sua esposa parou ao seu lado.

— Cadê... O que é aquilo? Não estou entendendo.

O bote continuou flutuando na direção deles; o motor não funcionava, mas o embalo ainda o fazia avançar lentamente pela água. A massa preta no bote subia e descia em ondas, como se fosse o mar, mas com um ritmo diferente. Mesmo de onde o bote tinha parado de deslizar, a quase dez metros deles, dava para ouvir o barulho do que quer que fosse aquilo, farfalhando e estalando na borracha e na madeira.

Ele se virou para a esposa.

— Preciso usar o rádio.

Desceu para o interior do veleiro. Sua esposa o seguiu, enchendo-o de perguntas.

Nenhum dos dois viu a seda que começou a se erguer da massa de aranhas, os fios brancos retorcendo-se na brisa suave, as aranhas flutuando no ar.

Casa Branca

— Mais duas para a Alemanha. Aterrissagem daqui a duas horas.

O chefe do Estado-Maior Conjunto enfiou o dedo grosso no mapa da tela *touchscreen*.

Manny estava ouvindo, mas ao mesmo tempo lia a declaração à imprensa que um de seus assessores havia preparado a respeito do acidente de avião que parecia ter matado Bill Henderson. O diretor da agência estava com um homem no local e enviara uma equipe para confirmar se a queda tinha sido ou não um acidente. Só mais uma dor de cabeça para Manny. Claro que a explosão nuclear era a grande notícia do dia, mas a presidente precisaria se pronunciar sobre Henderson e ir ao funeral. Céus. Minneapolis. Era só o que faltava. Bill Henderson podia ter sido um babaca teimoso — o que era um dos motivos de ter se tornado bilionário —, mas fora um aliado ostensivo do partido em geral e de Steph em particular. Ainda que não tivesse convencido seus amigos mais ricos a doar, fora graças às contribuições pessoais dele aos cofres da campanha que eles entraram na briga. Não era fácil repor um bilionário de bolso cheio, e, embora os outros candidatos tivessem todo um séquito de palhaços para levá-los à convenção, mais cedo ou mais tarde um deles se sobressairia. Já era um milagre o fato de ainda não terem se tocado. Com a perda do dinheiro de Henderson e a porra dos chineses jogando bombas atômicas, Manny começou a pensar que talvez acontecesse uma corrida de fato. Ele sabia que não devia ficar se distraindo com isso naquele momento. Esta era a mentira da política: eles estavam lá para servir ao bem comum. Mas era uma mentira em que Manny acreditava — ou talvez não mais? — e em que Steph acreditava. Não era hora de politicagem. Havia uma crise de verdade. Bombas atômicas não eram algo que desse para desconsiderar. Não. Ele precisava pensar nos chineses.

Manny suspirou e esperou Ben Broussard terminar sua apresentação.

O chefe do Estado-Maior olhou para a presidente e, em seguida, para as outras pessoas na sala.

— Elas estarão em solo chinês e operacionais até as seis horas da noite de amanhã, e, se necessário, poderemos responder rapidamente aqui e aqui — disse ele, tocando o mapa de novo. — Alguma pergunta?

Ninguém falou nada, então Ben se sentou. A presidente ficou olhando o mapa por um segundo tenso e, então, se virou para a mesa e disse:

— Algum comentário?

Manny viu que Alexandra Harris, a conselheira de segurança nacional, tinha entrado discretamente na sala minutos antes e, ao escutar a pergunta da presidente, não hesitou.

— É a reação errada.

— Você acha que estamos exagerando? Com uma bomba atômica? — perguntou Ben, esmurrando a mesa.

Ele não parecia irritado. Parecia furioso. Pela primeira vez, Manny pensou que, talvez, o problema de Ben fosse só que ele era um daqueles militares da velha guarda que podia dizer o que fosse, mas não suportava a ideia de o comandante-chefe ser uma mulher. Ou, naquele caso, o conselheiro de segurança nacional. Billy Cannon, o secretário de Defesa, não reagia daquele jeito quando Alex o contestava, mas provavelmente porque Billy olhava para Alexandra Harris e via a conselheira de segurança nacional, enquanto Ben olhava para Alex e via apenas uma mulher. Manny teve vontade de dar uma risadinha ao pensar nisso, porque, realmente, Alex parecia uma vovó. Era absurdamente esperta, mas parte de Manny sempre esperava que ela fosse pegar umas balinhas na bolsa.

Manny pegou o copo de Coca Diet e deu um gole. O gás ardeu na garganta e ajudou um pouco, mas ele precisava mesmo era daquela onda deliciosa de cafeína. Seus olhos encararam Steph e, depois, o grupo que estava sentado na mesa de reunião. Bastou uma olhada rápida para Manny ver que a presidente não iria intervir tão cedo. Ela era boa naquilo, deixava as pessoas falarem e discutirem antes de dizer qualquer coisa, e, geralmente, até mesmo suas primeiras incursões eram perguntas, de modo que, quando enfim se decidisse por uma ação, ela tivesse certeza do que estava falando.

Alex fez um gesto educado com a cabeça ao aceitar uma xícara de café da bandeja de um funcionário e, sem erguer a voz, encarou Ben.

— Eu não falei que reunir tropas e prepará-los para o combate era um exagero. Eu disse que era a reação *errada*.

Ben abriu a boca para falar, mas hesitou. Manny achou que foi até meio cômico. Ben não era o tipo de homem que se continha ou hesitava, e a imagem dele de boca aberta, em outro momento, sob circunstâncias diferentes, teria valido boas risadas. Mas não era outro momento sob circunstâncias diferentes. Era o dia após a China soltar sem querer uma bomba atômica em uma de suas próprias cidades. O problema era que eles ainda não tinham certeza absoluta de que a China havia soltado a arma sem querer ou "sem querer".

— É isso o que estou tentando dizer. — Alex baixou a xícara, pegou seu tablet e o colocou na mesa. — Peço desculpas pelo atraso, e sei que Billy e Ben devem ter oferecido uma explicação excelente quanto ao raciocínio por trás de suas decisões militares, mas todas essas decisões se baseiam na ideia de que essa explosão nuclear foi um acidente, como os chineses alegam, ou parte de alguma estratégia maior e intencional. Mas a questão é que, pelas informações que recebi, estou inclinada a dizer que não foi acidental, mas também não foi planejada. — Alex deu dois toques no tablet e abriu uma foto. — O que importa é que as informações que temos nos levam a acreditar que, embora não tenha sido uma decisão estratégica, os chineses explodiram a bomba por algum *motivo*. Eles estavam tentando encobrir algo. Nossas imagens de satélite não são nítidas, mas vejam isto. Normalmente, não tem nada de mais acontecendo naquela parte da China, e, ainda que tenhamos satélites ali, a cobertura é limitada. Falando francamente, essa parte da China não é considerada importante e não tem sido tratada com grande prioridade de monitoramento. A foto foi aprimorada, mas há um limite para quanto se pode ampliar uma imagem sem estourar a resolução. — Ela girou o tablet de modo a deixá-lo de frente para a presidente. Os homens, e todo mundo que estava na sala além de Steph e Alex era homem, se inclinaram para a frente a fim de ver a foto. — Estourar talvez não seja a melhor palavra considerando o que aconteceu, mas isto é de cinco horas antes da bomba.

Manny já havia visto tantas fotos de satélites militares que, mesmo sem saber o que exatamente era aquela imagem, conseguia reconhecer os sinais de carros e caminhões em um estacionamento, a disposição de construções. Ele se virou para o assessor às suas costas.

— Coloque isto no maior monitor.

O jovem assentiu, pegou o tablet, deu alguns toques, e então a imagem foi para a parede.

— Aqui — disse Alex, levantando-se e tocando o monitor. — Esta é a entrada da mina principal. Extraem sobretudo metais de terras-raras, o tipo de coisa que se encontra em celulares e tablets. Eles fazem a maior parte do processo de refinação nas próprias instalações, aqui, neste conjunto grande de construções. — Ela tocou em outro ponto. — Até onde dá para ver, estas são oficinas, manutenção, essas coisas. Quer dizer, parece tão normal que é quase cômico. Há algumas fábricas na cidadezinha, algumas instalações de processamento químico, mas, basicamente, se esta mina não existisse, não existiria a cidade. A mina é o centro de tudo.

Ben Broussard estava de pé, inclinando-se por cima do ombro de Manny e olhando a foto no tablet de Alex em vez de no monitor na parede.

— Forças armadas? Você está dizendo que isso é um complexo militar disfarçado?

— Não exatamente — respondeu Alex. — Aí é que está. Se fosse um complexo de pesquisa militar, química ou biológica normal, teríamos imagens melhores. Quer dizer, óbvio, é possível que tenhamos deixado essa passar. A gente sabe a dificuldade que tem sido posicionar agentes em solo chinês, especialmente nas regiões rurais, mas não acho que seja o caso aqui. Acho que era algo pequeno. Talvez armas biológicas. Talvez químicas. Mas, com quase toda a certeza, era apenas um punhado de cientistas, alguns cômodos, o tipo de coisa que poderia permanecer oculto porque ninguém, incluindo os chineses, achava que fosse importante. Quer dizer, aqui é o fim do mundo da China. A analista dessa região é jovem, hum — ela olhou para trás, e seu assessor sussurrou algo em seu ouvido —, Terry Zouskis, mas é atenta. Ela entende do assunto, e, bom, aí é que está. Aconteceu alguma coisa, algo que fez os chineses ficarem com medo.

— Armas biológicas?

Billy soou assustado ao perguntar, e Manny não podia criticá-lo por isso. Que se fodessem as convenções e os tratados: todo mundo sabia que os chineses estavam pesquisando agentes biológicos e que, mais cedo ou mais tarde, ia acontecer um vazamento. A única questão era qual seria o tamanho do problema para os chineses. E para o mundo. Era um problema do tipo "joga uma bomba atômica e pronto"?

— Ainda não sabemos o que foi. — Alex voltou ao lugar onde estava sentada. — Pelo que podemos inferir, isso parece uma mina, uma refinaria e edifícios de manutenção porque, bem, *são* uma mina, uma refinaria e edifícios de manutenção. Mas tem muito espaço para esconder alguns escritórios e um laboratório pequeno sem chamar muita atenção. Com certeza tinha algo acontecendo ali dentro, fora do alcance dos nossos satélites. Se vocês olharem aqui, perto da entrada da mina — disse ela, passando os dedos pela tela e ampliando a imagem até que todo mundo visse que o que parecia ser só uma parte do edifício era na verdade um grupo de pessoas. Umas duas dezenas ao todo. — Soldados. Ou algo que o valha. Dá para ver armas automáticas aqui e aqui, mas o que nos fez começar a achar que isto talvez não fosse uma instalação militar ou de pesquisa que tenhamos deixado passar é o que os soldados estão fazendo.

— As armas — disse a presidente, endireitando-se na poltrona e fazendo um gesto para a tela.

— Sim — confirmou Alex.

Manny não entendeu.

— O que é que tem?

Steph apontou com firmeza para a tela.

— Eles estão com as armas apontadas *para* o edifício, não para fora. Os soldados não estão impedindo as pessoas de entrarem. Estão impedindo que elas saiam.

Começou um burburinho de vozes em resposta à presidente, mas Manny viu que Alex ainda não estava tentando falar. Estava sentada com as costas eretas e passava os olhos pela sala. Manny a observou e viu que Alex parecia contar as pessoas ali dentro. Ela estava hesitando. Manny observou ao redor e tentou adivinhar quem ali a impedia de falar, e então, logo depois, percebeu que não era uma pessoa só, mas o simples fato de que havia gente demais. Ela o encarou e ergueu as sobrancelhas. Ninguém mais reparou, mas ele inclinou a cabeça na direção da porta, e Alex confirmou com um gesto. *Certo*, pensou Manny. Alex queria esvaziar a sala. Ele precisava confiar nela.

Manny se levantou e bateu palmas duas vezes. As pessoas ficaram em silêncio. Steph o olhava com um meio sorriso, mas não tinha visto a comunicação entre ele e Alex. Achou que ele só estava tentando acalmar os ânimos.

— Todo mundo para fora. Billy, Ben, Alex, vocês ficam. O resto, fora. — Manny só esperou meio segundo de confusão para então gritar: — Fora! Saiam daqui, porra!

Os assessores e funcionários saíram às pressas, e então só a presidente, a conselheira de segurança nacional, o chefe do Estado-Maior Conjunto e o secretário de Defesa estavam na sala, e todos encaravam Manny e esperavam que ele se pronunciasse.

Alex o encarava com tranquilidade. Mesmo que ele não soubesse de fato o motivo para ter feito aquilo, para ter esvaziado a sala, era o que a mulher estava aguardando. O que quer que ela estivesse prestes a dizer, Manny tinha acertado: ela não queria abrir a boca na frente de todo mundo que estava ali. Ela se virou para Steph. Só por um instante, Manny pensou que Alexandra Harris tinha nascido uma geração antes do tempo; ela era alguém que poderia ter sido presidente se tivesse nascido no momento correto.

— Bom, eu não tenho nada a dizer — disse Manny —, mas é evidente que Alex tem, e ela pode me corrigir se eu estiver enganado, mas é algo que ela não queria falar na frente de uma multidão. — Todo mundo se virou para Alex, e ela não o corrigiu. — Vocês me conhecem e sabem que não sou de esconder o jogo, e se isto fosse política ou algo do tipo, tudo bem, mas os chineses acabaram de jogar uma porra de uma bomba atômica. Este é um daqueles momentos "a história vai olhar para trás e nos julgar", e eu, pelo menos, acho que é melhor acertarmos. Ou, mais importante, não podemos errar. Não faço a menor ideia de qual é a questão, mas com certeza é algo que Alex sabe que precisa nos contar, mas não quer.

Steph pigarreou.

— Só me diga que não são zumbis. Vocês viram aquele babaca no jornal dizendo que era possível que a bomba tenha sido usada para encobrir um surto de zumbis?

Manny havia assistido ao noticiário com Steph e chegou até a achar um pouco engraçada a seriedade dos comentaristas. Já fazia muito tempo que ele tinha se acostumado a formadores de opinião que ganhavam a vida atacando o governo. Eram os que, aparentemente, nunca se deixavam impedir por obstáculos como fatos verídicos ou jornalismo profissional.

— Juro por Deus, se eu ouvir a palavra "zumbis" sair da boca de qualquer um, vou mandar o Serviço Secreto levar a pessoa ao jardim para uma execução sumária.

Ben Broussard e Billy Cannon deram uma risadinha, mas a expressão de Alex não mudou.

— Bichos — disse Alex, com a voz baixa.

— O quê? — perguntou a presidente, que já não estava mais sorrindo.

— Eu disse bichos. Não é convencional, e não achamos que sejam armas químicas. Os chineses usaram a palavra *bichos*, ou *insetos*, e não sabemos exatamente do que se trata, então estamos chamando a arma de "bichos". Um apelido. Porque a questão é que a senhora tem razão quanto às armas. Os soldados estavam lá para manter todo mundo dentro do prédio. Zouskis, a analista, reuniu fotos de satélite dos últimos seis meses, e, até seis dias atrás, não havia nada digno de nota. Nada. Quer dizer, nadinha, *niente*. Shoppings em Lincoln, no Nebraska, têm mais seguranças que aquele lugar. Ninguém armado, nenhum soldado, nenhum guarda. Não havia nem uma cerca em volta da mina. Esse lugar não tinha prioridade alguma para o governo chinês. Não havia nada para proteger. E então, seis dias atrás, apareceram alguns caminhões do exército. Era o tipo de coisa que não teria chamado nossa atenção se essa região não tivesse acabado de se transformar em uma cratera radioativa. Mas passamos de nada até, seis dias atrás, uma cerca instalada em volta da cidade e uma porra de um batalhão inteiro, seiscentos ou setecentos homens, começando a ocupar a área. A maior parte do efetivo se concentrou em torno da mina e da refinaria, mas no começo não dava para ver se eles estavam fazendo algo além de proteger a área. Vocês sabem, impedir que alguém entrasse. Mas havia também soldados para ficar de olho na cidade como um todo, para garantir que qualquer um entrando ou saindo passasse pelo portão principal, e mesmo assim, pelo que Zouskis conseguiu ver, apenas soldados entravam. Ninguém podia sair. A primeira foto em que percebemos que eles estão preocupados com o que *saía* da mina foi esta — disse Alex, inclinando-se para a frente e apontando para a foto no tablet —, cinco horas antes da bomba.

Billy Cannon se recostou na cadeira. Ele estava olhando para Alex, não para o tablet.

— Bichos?

— Vou chegar nessa parte — respondeu Alex. — Então passamos duas horas sem cobertura do satélite, mas o que aparece depois é um vídeo. A qualidade não é das melhores, mas vejam.

Ela fechou a foto e abriu um arquivo de vídeo. O único som que se ouvia na sala era o da respiração de cinco pessoas. Eram os mesmos edifícios e o mesmo estacionamento da foto do satélite, mas em um ângulo ligeiramente distinto.

— Quero que vocês prestem atenção aqui — pediu Alex —, perto da entrada da mina de novo. Está granulado, mas aqui, esses pontos de luz são clarões de tiros. Os soldados estão disparando as armas.

— Eles estão correndo — disse Billy. — Estão fugindo.

— Não dá para ver muita coisa com todas essas sombras — disse Steph.

Alex encostou na tela e pausou o vídeo.

— Senhora presidente, não são sombras.

Steph empalideceu. Ela se levantou e apontou para a imagem pausada.

— Ali. Não tudo, mas as sombras nos espaços por onde os soldados correram.

Manny sentiu o estômago revirar. Ele com certeza não tinha entendido toda a situação, mas aquilo não parecia bom. Alex, que tendia a manter uma expressão neutra, nunca quente nem fria demais, parecia extremamente tensa. Ele olhou para o vídeo pausado, mas só conseguia ver sombras.

Alex voltou um pouco o vídeo, e Manny reparou que as sombras retrocederam na imagem.

— Não são sombras — repetiu Alex. — Vejam aqui, onde estes dois soldados param de atirar e começam a correr. Percebem que eles estão na parte iluminada?

Ela apertou o *play*, e o grupo viu enquanto as duas silhuetas se afastavam do edifício. Uma massa de sombras avançou junto com eles e os dominou. Os soldados não ressurgiram da escuridão.

— Bichos? — perguntou a presidente, olhando para Alex.

— Você está de sacanagem? — esbravejou Manny.

Alex deu um suspiro.

— Vocês entenderam por que eu não estava disposta a falar sobre isso quando havia mais gente na sala?

— Ora, Alex — começou Ben. — Como é que você associou essa situação a bichos?

— Essa é a palavra que eles estavam usando. Consultamos três tradutores, e todos concordaram com alguma variante de *insetos*. Não temos muito. — Ela tirou uma folha de papel da bolsa. — Aqui. Pegamos "Falha na contenção. Os insetos estão", e então estática, e depois pegamos mais um pedaço que diz "não para os insetos", e aí perdemos de vez. — Alex deixou o papel na mesa, mas ninguém fez menção de pegá-lo. — Eu não enlouqueci. Não estou tentando sugerir que estamos diante de uma praga de gafanhotos carnívoros. Não sei o que é isto. Biológico? Nano, talvez? Seja o que for, tem alguma característica que está fazendo os chineses compararem essa arma a insetos. E, seja o que for, fugiu do controle. A esta altura, estou bem confiante de que os chineses jogaram uma bomba atômica no próprio território para conter a situação.

Steph respirou fundo.

— Você está dizendo que acha que a China explodiu uma bomba atômica no próprio país, de propósito, por causa de algumas sombras e porque você pescou algumas referências a "insetos"? Parece um pouco forçado. Tem certeza disso?

— Não — respondeu Alex. — E vocês deviam ter visto Zouskis quando ela me falou de suas conclusões. Ela pode ser inteligente, mas ainda é inexperiente o bastante para ter ficado com uma região no fim do mundo da China. O tipo de lugar onde ela poderia aprender o ofício sem ter que se preocupar com qualquer questão relevante.

— Como a China provocar uma explosão nuclear — sugeriu Manny.

Alex confirmou com a cabeça.

— Exato. Mas o que realmente a assustou e a fez insistir, por mais que a supervisora dela achasse que ela estava destruindo a própria carreira, foi a internet.

Stephanie suspirou.

— Eu sei que falei que mandaria executar qualquer um que falasse a palavra "zumbis", mas, se isto for alguma teoria da conspiração maluca da internet, se você me disser que os fóruns de comentários estão cheios de conversas sobre bichos, vou mandar executá-la por isso também.

Alex sorriu, mas todo mundo na sala sabia que Alex não era de fazer palhaçada.

— Aí é que está, senhora presidente. A internet não tem nada.

Billy inclinou a cabeça para trás.

— Ah, puta merda, Alex, desembucha logo.

— O governo chinês bloqueou a internet na província três dias antes do ataque. Três dias. Todo o acesso à internet. Torres de celulares e linhas telefônicas fixas também. Tudo. Não só na cidade. Na província inteira. Quer dizer, se era usado para transmitir informação, estava bloqueado. E bloquearam muito bem, tão bem que só fomos perceber que estava tudo bloqueado quando Zouskis voltou para ver se conseguia encontrar alguma troca de mensagens antes da explosão. Quer dizer, uma província inteira? Todas as comunicações bloqueadas por três dias? Seria como desativar a internet, as torres de celulares e as linhas telefônicas em Idaho, Montana e Wyoming. Dá para imaginar algo assim? Só com base nisso, mesmo que os chineses não tivessem explodido uma bomba atômica, eu esperaria uma boa dose de atenção, independentemente de a conclusão ser insetos, bichos ou — ela olhou de relance para Manny e teve a cara de pau de lhe lançar uma piscadela — zumbis.

A presidente não reagiu à provocação. Ela se inclinou para a frente e apertou o *play* no tablet de Alex.

— Então — falou a presidente. — Bichos. — Eles olharam os pontos de luz e os soldados fugindo das sombras e depois desaparecendo na escuridão. — O que isso significa? Bichos? Insetos? Quer dizer, tipo varíola ou outros vírus que não podemos ver, mas o que significa eles chamarem a arma, se esse for mesmo uma arma, de insetos?

— Não sabemos — respondeu Alex —, e não vou tentar propor uma resposta típica de filmes de terror. Acho que podemos descartar baratas com sede de sangue, mas, o que quer que esteja acontecendo ali, assustou os chineses a ponto de eles jogarem uma bomba atômica de trinta megatons no próprio território.

A presidente esfregou os olhos e baixou a cabeça.

— Bichos?

— Bichos — afirmou Alex.

— Sério — disse Ben, se levantando —, isso é loucura. Nós devíamos nos concentrar no governo chinês e em descobrir se isso foi mesmo um acidente ou algum ato de rebeldia. Ou, e isso explicaria por que eles insistem em não cooperar quando pedimos informações, a outra possibilidade plausível, em que tanto Billy quanto eu acreditamos, de que isso foi o primeiro passo de algo muito maior.

Alex se recostou na cadeira, e Manny reparou que ela parecia cansada. Será que havia passado a noite inteira com seus analistas? O próprio Manny não havia dormido muito. Ossos do ofício, ainda mais quando havia a chance de uma guerra nuclear. O que ele compreendia. Essa era uma daquelas possibilidades remotas que precisavam ser consideradas pelo chefe de gabinete da Casa Branca, melhor amigo e principal conselheiro da presidente, mas Manny não estava conseguindo digerir a ideia de insetos militares chineses. Aparentemente, Alex também não, porque ela balançou a cabeça.

— Eu sei, Ben. — Ela olhou para a presidente. — Sei que parece loucura, mas o argumento de Zouskis é sólido. Nosso primeiro impulso foi o mesmo de vocês, mas nada está batendo. Não aconteceu nenhuma aglomeração de tropas, nenhuma retórica inflamada, nada que indicasse um ato político ou uma expansão territorial, nem quando olhamos em retrospecto. Nossa relação com a China tem estado bastante boa. Então consideramos outros cenários, tudo o que vem à mente com facilidade, como alguma manifestação civil que ficou descontrolada, mas os chineses não jogariam uma bomba atômica para resolver esse tipo de problema, e uma turbulência que precisasse ser pacificada com armas nucleares não é algo que eles conseguiriam encobrir completamente. Teríamos ouvido algum barulho.

Ela suspirou.

— É possível que houvesse uma instalação militar secreta no lugar que nós tenhamos deixado passar, e que os chineses tenham jogado uma bomba atômica para pacificar uma facção rebelde do exército. Mas, se foi isso, precisamos dar muito mais valor à habilidade dos chineses de se esconder. Não. Por mais que pareça um pouco forçado, acho que a explicação mais plausível é que houvesse algum laboratório pequeno. Muito pequeno. Só um ou dois cientistas fazendo experiências. Sem registros. Não digo um laboratório completamente clandestino, mas um que não era considerado importante o suficiente para ser mantido em uma área militar. Pequena escala. Uma espécie de instalação reservada com um cientista maluco. Pequena o bastante para não estar preparada para o sucesso que alcançaram na busca por uma nova arma. O tipo de laboratório em que eles investem uns duzentos mil dólares e deixam os cientistas fracassarem em paz. A gente faz isso aqui também. Vocês têm ideia de quantos projetos malucos e especulativos nós patrocinamos, tanto oficiais quanto extraoficiais? Nanoparasitas, lasers sônicos, raios mortais e várias outras porcarias? Olhem, eu ficaria muito feliz de entrar aqui e dizer que tudo indica que foi um acidente ou que os chineses explodiram uma bomba atômica por razões políticas, mas não é isso o que a gente está vendo.

Ela fez um instante de silêncio e encarou um de cada vez. Então disse:

— Acho que é algo pior. Muito pior do que o que quer que seja que estamos pensando agora.

Alex se levantou e tocou com dois dedos na tela do tablet, retrocedendo para um mapa da província inteira.

— Não estamos vendo soldados combatendo soldados no solo, e não estamos vendo as movimentações de tropas que indicariam expansão para além das fronteiras. Talvez seja o termo *bichos* que esteja incomodando vocês, mas, quando falo "bichos", pensem que é um apelido para outra coisa. O mais provável, a partir das poucas informações que temos, é que seja alguma espécie de arma biológica que fugiu do controle. Neste momento, o que quer que seja, é algo que não compreendemos, e algo que os deixou se borrando de medo. Eles ficaram com tanto medo que, quando não conseguiram conter, estavam dispostos a jogar uma bomba atômica de trinta megatons para consertar a bagunça que tinham feito. Seja o que for, não acho que estejamos diante de uma guerra terrestre convencional. Quer dizer, senhora presidente, o que te deixaria assustada a ponto de explodir uma bomba atômica em uma de nossas próprias cidades?

— Certo. — A presidente se levantou e foi até o monitor que exibia o mapa. — Bichos. Uma arma biológica. Seja o que for. A questão é que nossa analista...?

— Zouskis.

— Zouskis nos forneceu informações que mostram que algo estava acontecendo naquela região. Então podemos entrar em acordo, neste momento, quanto a rejeitar a explicação chinesa de que foi um simples acidente?

— Talvez seja melhor — disse Manny. — De certa forma, a ideia de que os chineses acabaram de transformar parte do próprio país em um deserto luminoso sem querer é até mais perturbadora do que a de que foi de propósito.

A presidente assentiu.

— Certo. Então já estamos no processo de enviar tropas para fora do país com base no princípio de contenção se os chineses estiverem planejando usar a explosão como tática para conquistar algum território — afirmou ela. — Mas e se Alex tiver razão? Porque preciso ser franca: não podemos deixar escapar de jeito nenhum uma vírgula do que estamos discutindo aqui para a imprensa... já imaginaram o tamanho da agitação se vazar que alguma arma biológica experimental da China deu errado e precisou de uma bomba atômica para ser controlada? E, por mais que pareça loucura, acho que há indícios bem fortes de que isso talvez tenha sido simplesmente um ato de pânico dos chineses. Então, a questão de fato é: o que faremos?

— Senhora presidente — disse Ben, alisando a farda com a mão. — Com todo o respeito a Alex e à sua pequena analista, isso é ridículo. Duas frases que citam a palavra *insetos*, um punhado de fotos granuladas e alguns segundos de um vídeo grosseiro? A partir disso, vamos concluir que estamos diante de uma nova arma virulenta?

Manny observou Steph encarar Ben. Essa era uma das coisas que ele gostava nela. Steph não tinha medo de fazer todo mundo esperar se ela precisasse ponderar sobre algo. Ela desviou o olhar para o mapa que exibia os envios de tropas, e depois olhou para Ben de novo.

— Mande eles voltarem — disse ela.

— Senhora? — Ben parecia confuso.

— Mande eles voltarem — ordenou Steph. — Todas as forças que começamos a deslocar para fora do país. Quero todos os soldados de volta em solo americano.

Billy, que havia permanecido em silêncio por quase dez minutos, se endireitou.

— A senhora quer que a gente traga para casa todos os soldados que estão fora do país?

— Não — respondeu a presidente. — Apenas os que enviamos em reação à bomba atômica. E quero que eles voltem agora. Imediatamente.

Manny viu Ben revirar os olhos e se segurar para não gritar. O homem parecia um adolescente prestes a dar um ataque de birra porque lhe disseram que ele não ganharia um celular novo. O chefe do Estado-Maior Conjunto acreditava firmemente que a única reação adequada era manter os chineses na linha mediante uma exibição de força militar, e ele havia passado a maior parte das últimas vinte e quatro horas tentando providenciar isso. Curiosamente, Billy não parecia muito contrariado. O secretário de Defesa parecia apenas intrigado.

— Senhora presidente? — disse Billy. — Digamos que estejamos enganados quanto aos chineses estarem tentando expandir o território, e que Alex tenha razão e os chineses jogaram a bomba para conter alguma arma biológica. Certo? Alex tem razão. Então por que a pressa? Talvez Alex tenha razão, talvez Alex esteja enganada, mas, seja como for, não faria mal deixar as tropas causarem efeito e depois trazer todo mundo de volta sem pressa. Se

Alex estiver enganada, o melhor vai ser nossos soldados estarem distribuídos, e se Alex tiver razão, podemos dar ordem para todos voltarem e começar a lidar com as novas realidades em casa.

Manny se endireitou na cadeira. Ele não conseguiu se conter.

— Gripe.

Billy o encarou.

— Como?

— Gripe — repetiu Manny. — Se for uma arma biológica, talvez não tenha sido contida pela explosão. Agimos como se fosse uma pandemia de gripe. A grandona.

— Resposta correta. — Steph abriu um sorriso nervoso. — Três pontos para Manny. Com que rapidez podemos começar a instalar zonas de quarentena e a posicionar soldados? Não quero que nada seja montado ainda, mas quero todo mundo preparado.

Houve um momento de silêncio na sala. Apesar de tudo, a primeira coisa em que Manny pensou se referia às ramificações políticas.

— Isso vai ser um desastre. A senhora pode ganhar um embalo no espírito do patriotismo, mas, se precisarmos distribuir tropas em território nacional, vai ser destroçada nas pesquisas.

Steph chegou a sorrir para ele.

— Não é minha maior preocupação agora, Manny. Acho que chegou o momento em que precisamos nos perguntar se vamos tentar fazer a coisa certa ou se tudo tem a ver com ganhos políticos.

— Segunda opção. Sempre tem a ver com ganho político — respondeu Manny, mas só porque ele sabia que era o que Steph esperava.

Apesar da risada, ela parecia estar sentindo o peso da presidência. Manny não conseguia deixar de se preocupar com as ramificações políticas, mas, se fosse algum vírus que tinha se espalhado a ponto de os chineses resolverem recorrer à opção nuclear, os danos *políticos* — ele quase riu ao pensar nisso — por impor quarentenas e enviar tropas para as cidades seriam um problema bem menor na eleição seguinte do que o de milhares, talvez centenas de milhares, de americanos mortos. Malditos chineses, malditas armas biológicas. Havia uma parte de Manny que sentia saudade das boas guerras de antigamente, quando os homens cavavam trincheiras e morriam mortes convencionais.

Ainda assim, a presidente e os outros riram da resposta previsível de

Manny. Ele começou a falar de novo, mas alguém bateu à porta, e a secretária pessoal da presidente entrou.

— Com licença, senhora presidente — disse ela. — Sinto muito por interromper, mas ele está insistindo.

— Quem?

— O diretor da agência. Ele disse que precisa falar com a senhora sobre Bill Henderson.

Manny não tinha como ver, mas soube que Steph revirou os olhos. Claro que ela era grata pelos fundos que Henderson havia levantado em seu nome, mas a verdade era que a notícia do acidente com o avião dele fora engolida pela aparente disposição dos chineses para usar bombas atômicas. Eles divulgariam a declaração à imprensa, e em algum momento ela responderia a perguntas sobre o acidente, e iria a Minneapolis para o funeral, mas, com a situação na China, o funeral de Henderson não era a questão mais importante naquele instante. Ele estava prestes a dizer à secretária da presidente que Steph retornaria a ligação, mas Steph respondeu primeiro.

— O que tem Henderson?

Quando a secretária hesitou, Manny teve um mau pressentimento.

A secretária não era o tipo de mulher que hesitava.

— O diretor insistiu que precisa falar com a senhora. — Ela ficou em silêncio por um instante, como se estivesse escolhendo as palavras com muito cuidado. — Ele disse que acha que o sr. Henderson foi devorado por aranhas.

Ao ouvir isso, a presidente levantou a cabeça e encarou a secretária. Manny se deu conta de que todo mundo estava encarando a mulher.

— Aranhas? — Manny ouviu a própria voz, mas não estava muito convencido de que a pergunta tinha saído de sua boca. — Aranhas. Tipo, os bichos?

— Aranhas — confirmou a secretária. — O diretor parece bastante... abalado.

A presidente se levantou e apontou para Ben e Billy.

— Não só os que enviamos em resposta. Todos os homens e mulheres que pudermos trazer. Todos eles. Todo mundo de volta para os Estados Unidos. Ben, em quanto tempo conseguimos nos preparar para reagir a isto?

— Os planos estão prontos e tudo foi estocado, então provavelmente vinte e quatro horas se acendermos o pavio.

— Risque o fósforo — respondeu Steph —, mas não acenda o pavio ainda. Não quero um único soldado fora de nenhuma base, mas quero os caminhões prontos para sair.

— Steph — disse Manny. — Senhora presidente, acho...

Ele hesitou. Não sabia o que achava.

Steph foi até o telefone na ponta da mesa.

— Você acha que estou exagerando, e provavelmente tem razão, mas sabemos que os chineses jogaram uma bomba atômica no próprio território para conter alguma coisa, algo que eles estão chamando de bichos, e agora um bilionário cujo jato caiu em Minneapolis foi devorado por aranhas. Não sou exatamente a madame Teoria da Conspiração, mas é melhor agirmos rápido. Na pior das hipóteses, o quê? Dizemos que foi um exercício de treinamento?

— Exercício de treinamento — concordou Alex. — Dizemos que o planejamento estava pronto há um ano, mas não avisamos ninguém porque queríamos que parecesse real. Essa vai ser a história, se estivermos exagerando.

— Certo — disse Manny. — Não gosto, mas dá para levar.

Billy levantou a mão. Manny quase riu. O sujeito realmente levantou a mão.

— O quê? — retrucou Stephanie.

— E se não estivermos exagerando? — perguntou ele. — Até onde podemos ver, isso começou quando, seis dias atrás? Seis dias entre a falha de contenção e a China jogar uma bomba atômica? E se já estivermos atrasados?

Stephanie olhou para a secretária.

— Transfira o diretor — disse ela, virando-se em seguida para Billy. — Se não estivermos exagerando, que Deus nos ajude. — Ela tirou o fone do gancho, mas hesitou e o apoiou no peito. — E Manny — disse, virando-se para ele —, ligue para sua ex-esposa. Tenho algumas perguntas sobre aranhas.

American University, Washington, D.C.

— Professora Guyer?

Melanie ergueu a cabeça da mesa de repente.

— Estou acordada. Estou acordada.

A bochecha e a lateral da boca estavam úmidas, e ela limpou a baba do rosto. Jesus. Por quanto tempo tinha dormido? Quando se virou para Tronco, sentiu uma dor aguda na lombar. Melanie tinha um sofá no escritório justamente por aquele motivo, para que ela pudesse dormir ali quando quisesse, mas mesmo assim havia dormido em cima da mesa. Deu uma olhada no relógio. Quase quatro da tarde.

— Professora Guyer? — repetiu Tronco, ainda transformando o nome dela em uma pergunta.

Ela olhou para Tronco e depois, vendo que nem Patrick nem Julie estavam com ele, perguntou:

— Quantas vezes, Tronco?

— Perdão? Quantas vezes o quê, professora Guyer?

— Quantas vezes eu já enfiei seu pau na minha boca? E você ainda me chama de professora Guyer?

Tronco ficou vermelho, o que Melanie odiava admitir que achava meio fofo. Ele era muito, muito bom na cama, mas parecia não fazer a menor ideia, sempre perguntando se ela estava gostando ou se era aquilo que ela queria, e isso fazia parte de seu charme. Claro, essa ignorância absoluta também era o que fazia Melanie querer acertar a cabeça dele com a luminária da mesa.

— Você sabe que eu fico sem graça quando você fala desse jeito — disse ele.

Tronco olhou para trás para ver se nenhum dos colegas tinha ouvido o comentário de Melanie e, depois, fechou a porta do escritório e contornou a mesa dela. Sentou-se na mesa e colocou a mão no ombro de Melanie. Ele também tinha passado a noite inteira no laboratório, mas ainda cheirava bem. Uma mistura de sabonete e algo um pouco mais forte. A mão era grande e pesada, e, sem perceber, Melanie começou a sentir que estava se perdendo no peso dela. Ela virou a cabeça e deu uma mordidinha leve na lateral da palma de Tronco.

Então soltou a mão dele.

— Mas dizer que enfiei seu pau na minha boca não te deixa sem graça a ponto de me impedir de fazer isso — respondeu Melanie. — Poupe-me da idiotice antiquada de "flor delicada", sim?

Ela bocejou e se espreguiçou. Suas costas estavam com um nó bastante tenso, e ela estava louca de vontade de deitar a cabeça nos braços e fechar os olhos de novo. Sentia que poderia dormir por dias. Estava sonhando com aranhas — ela sempre sonhava com aranhas —, e sua mente estava cheia de teias.

— Está na hora, professora Guyer — disse Tronco. — Está acontecendo.

As teias sumiram. A ciência não tinha tantos momentos eureca. Na maior parte do tempo, era só muito trabalho, acumulação de dados, o avanço lento e constante do progresso. E ela adorava isso. Gostava genuinamente de passar o tempo no laboratório, em meio a observações e anotações. Na escola, ela era a única que achava interessantes os exercícios de titulometria, e, durante a faculdade e a pós-graduação, conseguia continuar concentrada até mesmo quando ficava entediada pelos trabalhos maçantes. Era brilhante, sem dúvida alguma, mas o programa de pós-graduação tinha outros alunos igualmente brilhantes. A diferença era que eles não tinham a mesma disciplina. Melanie ficara famosa na sua área porque fora capaz de realizar os saltos de lógica que fizeram a ciência avançar, mas sabia que, no fundo, foi bem-sucedida porque era esforçada. Ela não apenas bolava ideias; conseguia também provar suas teorias por meio de pesquisa metódica.

Mas, por mais que estivesse disposta a trabalhar, por mais disciplinada que fosse, nada, absolutamente nada se comparava à empolgação de uma descoberta. E, para ser sincera, já fazia algum tempo desde que ela havia realizado algo empolgante no laboratório.

Sim, a descoberta da aplicação medicinal do veneno da *Heteropoda venatoria* dois anos antes tinha sido uma ótima consequência do trabalho que a deixara famosa para os padrões da área de entomologia, mas, por mais que ainda tivesse carinho pela aranha-caranguejo, Melanie sentia que já havia esgotado aquela pesquisa. Estava na hora de algo novo.

Apesar de ter ficado irritada quando seus bolsistas a encurralaram no dia anterior na saída da aula e a lembraram de seu discurso bêbado sobre o Peru e as Linhas de Nazca, era nítido que ela estava no caminho certo. Interessante era pouco para o que estava acontecendo com a bolsa de ovos. Aquilo tinha potencial para ser um daqueles momentos científicos que transformavam carreiras. Havia um ecólogo evolutivo em Oklahoma que começara a tentar ressuscitar ovos dormentes nos anos 1990, e em pouco tempo ele havia obtido sucesso com ovos que tinham décadas de idade. Contudo, no início dos anos 2000, ele já estava reanimando ovos de cem anos, e em 2010 conseguiu eclodir ovos com mais de setecentos anos. Sim, de fato, pelo que Melanie se lembrava do artigo, ele havia trabalhado com pulgas-d'água, que eram seres bem mais simples que as aranhas, mas ainda assim. A ideia não era completamente maluca. Então, se já era interessante ter encontrado uma bolsa de ovos calcificada de dez mil anos de idade em Nazca, que dirá vê-la eclodir.

Aquilo podia ser revolucionário. Tipo capa da *Science* ou da *Nature*.

Melanie foi até a pia do laboratório e jogou um pouco de água no rosto. Poderia ter tomado uma ducha rápida no banheiro privativo do escritório — só aquele banheiro já teria sido motivo suficiente para ir para a American University, que se fodesse o fato de que ela precisava ir para Washington por causa de Manny ou que a instituição tivesse feito a melhor proposta —, mas, se era hora, ela não queria perder nada.

Os três bolsistas estavam agrupados na parede dos fundos do laboratório. O insetário ficava ao lado de uma gaiola com um rato que Patrick havia apelidado de "Corcunda" por causa dos caroços cancerosos nas costas dele. Do outro lado do insetário, o laptop de um dos alunos estava passando um noticiário on-line, e as palavras criavam um murmúrio baixo de fundo. Julie estava encurvada, escrevendo algo no caderno.

— Certo — disse Melanie. — O que mudou?

Ela estendeu o braço e fechou a tela do laptop. Não precisava de silêncio no laboratório, mas não gostava muito de ruído de fundo.

Os três alunos se levantaram e olharam para o laptop, soltando uma série de muxoxos.

— A gente estava com aquilo ligado para ouvir as notícias por causa da explosão nuclear — disse Patrick.

Por um instante, Melanie achou que tinha ouvido errado, mas então se deu conta de que não, Patrick de fato tinha falado as palavras *explosão nuclear*. E, no entanto, pelo jeito como eles haviam reagido, parecia que Melanie tinha fechado o laptop no meio do intervalo de uma final de campeonato; era algo que eles queriam manter ligado, mas ao qual não prestavam muita atenção. Nenhum dos três parecia especialmente arrasado. Não mais do que alunos de pós-graduação costumavam parecer. Não havia nada que indicasse o início de uma guerra nuclear. Patrick estava com alguma sujeira no canto da boca, talvez chocolate, e o cabelo de Julie parecia precisar de uma boa hidratação, mas nenhum deles aparentava estar prestes a correr para as montanhas, e, pelo que Melanie estava vendo, ninguém estava com cara de choro. Ainda assim, Patrick realmente tinha falado que eles estavam com o laptop ligado por causa de uma explosão nuclear. Ela apoiou os dedos em cima do laptop e ficou alisando a trava que o abria.

— Hum... alguém se incomoda de me contar que merda está acontecendo? Eu dormi por quanto tempo, exatamente?

— Estamos mantendo a temperatura constante e filmando a bolsa de ovos com uma câmera com resolução HD. Mas para falar a verdade não aconteceu nada de mais...

— Não — disparou Melanie, interrompendo Tronco. — Caramba. É sério isso? Não a aranha. Que história é essa de explosão nuclear?

— Ah, não é grande coisa — respondeu Patrick. — Foi ontem à noite, mas só ficamos sabendo há pouco tempo. Quer dizer, foi grande coisa, porque foi uma bomba atômica, mas foi um acidente. Era uma bomba grande, mas a região não era densamente povoada. Pelo menos é o que os jornais estão dizendo. Não é o fim do mundo nem nada do tipo.

— Foi na China — acrescentou Julie, prestativa.

— Tipo um reator que fundiu?

Melanie não abriu o laptop. A reação indiferente deles àquela questão nuclear já havia feito com que ela esquecesse o assunto e voltasse a pensar na bolsa de ovos. A posição dos três dificultava uma visão completa do insetário, mas ela enxergava uma parte da bolsa de ovos e percebeu que estava se mexendo. Não. Na verdade, estava vibrando.

Ela passou pelos alunos e empurrou a gaiola do rato Corcunda um pouco mais para o lado na bancada para poder ver melhor a bolsa de ovos.

— Ah, não — respondeu Patrick. — Não foi um reator. Foi uma bomba atômica. Ou um míssil. Na verdade, não sei o que foi. Mas, de qualquer forma, foi um acidente. Talvez uma missão de treinamento, uma queda de avião ou algo do tipo? — Ele olhou para Tronco. — Você estava prestando atenção?

Tronco deu de ombros.

— Eu meio que parei de ouvir depois das declarações da presidente. — Ele encostou de leve no vidro do insetário com a ponta do dedo médio. — Este negócio é muito interessante. Está murmurando.

Isso bastou para que Melanie tirasse a mão do laptop e se virasse de vez para olhar a bolsa de ovos. Era grande. Essa tinha sido a primeira característica que a impressionara no dia anterior. Como era grande. Não havia dúvida de que aquilo era uma bolsa de ovos, mas ela nunca havia visto nenhuma daquele tamanho. Maior do que uma laranja; do tamanho de um melão pequeno. E era dura. Calcificada. Ou algo novo. Ela não sabia o que tinha acontecido com aquilo, e isso seria algo que eles precisariam descobrir depois que as aranhas saíssem e eles pudessem analisar alguns pedaços. Não era nem um pouco maleável, e a textura era quase de giz. Melanie lembrou com o que aquilo parecia: as balas duras e azedas que ela comprava nas máquinas de moedas do shopping quando era pequena. A bolsa também tinha aspecto de giz, e eles perceberam que soltava um pó branco e grosso, algo que parecia bicarbonato de sódio, mas quando se esfregava entre os dedos, era áspero e granuloso, como areia.

Era, nas palavras nada poéticas de Tronco, muito interessante.

Melanie se deu conta de que Tronco tinha razão quanto ao murmúrio. Ou melhor, não exatamente um murmúrio, mas algo semelhante. Um zumbido, talvez? O que quer que fosse, não era constante. Parecia estar se alternando, baixo e intenso, e depois um timbre mais alto, mas fraco, e a vibração da bolsa parecia se alternar no mesmo ritmo. Ela enfiou o braço dentro da tampa aberta e pôs a mão na bolsa, e, ao primeiro toque, quase retraiu o braço.

— Está quente.

Ela olhou para Julie.

— É, a temperatura está aumentando de forma regular. A princípio, eu nem percebi. Registramos — disse Julie, fazendo um gesto com a cabeça para indicar o outro laptop na bancada atrás de si —, mas não era tão óbvio no começo. Na verdade, era tão sutil que, a princípio, não me toquei de que estava subindo de grau em grau. Se você olhar os dados, vai ver que tem um padrão claro.

Melanie cobriu a bolsa com os dedos, acolhendo-a na mão como sempre quis ser capaz de fazer com uma bola de basquete, nos tempos da faculdade, quando ainda achava que havia uma chance mínima de algum dia conseguir enterrar uma cesta. Talvez se a cesta fosse uns trinta centímetros mais baixa. E se ela pudesse contar com a ajuda de um trampolim. Um metro e oitenta era bem alta para uma mulher, mas ela nunca pulou muito bem.

Ela percebeu que era com isso que a bolsa de ovos parecia. Mesmo com as pequenas protuberâncias, os pequenos calombos, ela parecia uma bola de basquete. Era menor, claro, pequena o bastante para caber em sua mão. Melanie não teria usado a palavra *aderente*, como poderia ter falado das bolas de basquete que preferia, mas a bolsa não era lisa. Imaginava que, antes de se calcificar, havia sido formada em um muro ou dentro de alguma fresta, pendurada em um berço de seda feito para abrigar o amontoado de aranhas que estava esperando para nascer. E era quente. Não a ponto de fazer Melanie tirar a mão, mas morna, como um pão fresco recém-saído do forno.

Era incrível pensar que a bolsa de ovos tinha dez mil anos, que tinha ficado enterrada por tanto tempo. E que fazia parte de uma Linha de Nazca. Aquela aranha gigante parecia uma mensagem só para Melanie, um sinal para que ela prestasse atenção. Sim, ela escreveria artigos sobre aquela descoberta — a ressurreição da bolsa de ovos e o que podia estar dentro era o tipo de material que ela estudava —, mas, acima de tudo, aquilo a lembrava de como o trabalho de cientista era divertido e de como o mundo era realmente maravilhoso.

A bolsa de ovos se retorceu sob sua mão. As aranhas estavam esperando para sair. Quanto tempo aqueles ovos tinham ficado lá? Quanto tempo tinham esperado para eclodir? E que barulho era aquele? Havia algo se erguendo acima do zumbido da bolsa de ovos, um tom agudo. Era mecânico, parecia...

Ah. Melanie tirou a mão do insetário e endireitou as costas. Era o celular.

Ela o tirou do bolso do jaleco. Era Manny. Ela pensou em atender, em conversar com o ex-marido, mas então colocou o celular no silencioso e o devolveu vibrando ao bolso.

Tronco agora estava inclinado, recurvado de um jeito quase cômico, com o queixo apoiado na bancada de modo a ficar com os olhos na mesma altura da bolsa. Estava com a boca um pouco aberta.

— É — disse ele. — Aí vamos nós.

— Onde?

— Aqui — disse Tronco, fazendo um gesto para que Melanie se abaixasse. Ela se abaixou, e Julie e Patrick se aproximaram também. — Ali, embaixo. Viram o corte?

A princípio, Melanie não enxergou, mas a bolsa tremeu de novo e então ela percebeu que o que havia tomado por uma variação de cor na verdade era uma rachadura, o começo de uma abertura. Ela começou a agir.

Os quatro conferiram se a câmera estava gravando, se os dados sobre a temperatura estavam sendo computados. Melanie mandou Patrick ir correndo buscar a câmera fotográfica, e ela mesma tirou algumas fotos pessoalmente para conferir se a luz era suficiente. Nos poucos minutos que eles levaram para fazer isso, o corte na bolsa de ovos já havia começado a se alargar. Estavam preparados. Patrick estava em pé, mas ela, Tronco e Julie estavam sentados em banquetas, e Melanie tinha apoiado a mão no topo do insetário. Ele ainda estava aberto, então ela deslizou a tampa e, pela força do hábito, trancou-a.

A bolsa de ovos ficou inerte, e Melanie se deu conta de que estava prendendo a respiração. Eles todos estavam tão quietos que Melanie escutava o barulho do ponteiro de minutos em seu relógio. Ela envolveu o pulso com os dedos; o relógio tinha sido um presente de aniversário de Manny, no segundo ou terceiro ano do casamento, quando tudo ainda ia bem. Eles esperaram. E esperaram. Melanie abriu os dedos e olhou o relógio. Trinta segundos. Quarenta e cinco. O ovo estava imóvel. O zumbido tinha parado. Um minuto. Um minuto e meio.

Melanie sentiu o celular vibrar no bolso de novo. Ignorou-o.

Um e quarenta e cinco.

Nada.

Dois minutos.

Julie pigarreou.

Dois e quinze.

— Talvez... — disse Patrick, baixinho, mas não acrescentou nada.

Dois minutos e trinta segundos.

Três minutos.

Melanie se mexeu e estava prestes a olhar para o relógio de novo quando viu um movimento.

A bolsa de ovos pulsou. Fez pressão de dentro para fora. O corte pequeno ficou enrugado. Havia algo atrás dele. E ali, em cima, à direita de Melanie, um furo na carapaça. O furo se transformou em rachadura, estendendo-se pela lateral até alcançar o corte. O ovo pulsou outra vez, e o zumbido voltou de repente, um motor de carro ligado em ponto morto dentro de uma garagem fechada. A bolsa de ovos deu um puxão para a esquerda, inclinou-se, deu outro puxão.

— Nossa — disse Tronco. — Elas não estão saindo com facilidade.

— Se a bolsa de ovos está calcificada, será que é mais difícil do que o normal para elas?

Julie estava com a câmera na frente do olho, e Melanie ouvia o som do obturador abrindo e fechando em contraste com o zumbido da bolsa. Ela precisou se conter para não mandar Julie parar de tirar fotos e esperar até aparecer algo que valesse a pena fotografar. Sempre seria possível apagar fotos desnecessárias, era melhor ter imagens demais do que de menos.

— Quer dizer, eu sei que é cientificamente possível, mas eu nem acredito que está eclodindo mesmo — acrescentou Julie.

A bolsa de ovos ficou imóvel de novo por alguns segundos, mas o zumbido pareceu aumentar. E então, de repente, ficou tudo imóvel e silencioso.

O telefone de Melanie vibrou de novo. Ela o ignorou. Maldito Manny.

Ficaram todos quietos por mais alguns segundos, e então Melanie disse, mais para si mesma do que para os alunos:

— Que porra é essa?

Como se estivesse esperando as palavras mágicas, a bolsa de ovos explodiu. Depois, com o vídeo em câmera lenta, Melanie viu o jeito como as aranhas romperam a bolsa nos pontos frágeis, usando os cortes abertos para fazer pressão, mas, no momento, uma explosão era a única palavra que podia descrever o nascimento. Em um momento, a bolsa diante dela estava praticamente intacta, inerte, e no instante seguinte havia aranhas batendo nas paredes do insetário, espalhadas pelo piso de vidro, embaixo da tampa, batendo no vidro e no plástico com as patas, como o barulho de grãos de arroz caindo no chão.

Patrick soltou um grito agudo, como se fosse uma criança. Julie correu para trás. Até Tronco se assustou.

Mas Melanie se inclinou para a frente. Ela não sabia quantas eram, mas estavam frenéticas. Dezenas, pelo menos. Estavam prensadas dentro da bolsa e saíram em uma nuvem, desdobrando os corpos, estranhos e belos. Grandes e rápidas, damascos pretos trovejando no vidro. Farfalhando. Ela apoiou a mão no vidro do insetário, e as aranhas pularam na direção dela. Parecia o globo de plasma que ela tinha quando era pequena, uma daquelas bolas com uma carga elétrica no centro. Ela se lembrou de que, quando colocava a mão no vidro, os filamentos de plasma eram atraídos pelo contato da pele. Melanie não sentia a corrente, mas sabia que estava ali. Da mesma forma, as aranhas se concentraram no lugar onde sua mão pressionava o insetário. Embora não fosse possível senti-las através do vidro, as vibrações se estendiam até sua pele.

Melanie tirou a mão.

— Puta merda. — Tronco se inclinou para a frente e apontou para o canto. — Elas estão comendo aquela ali.

Julie virou a lente para o pequeno grupo de aranhas — três ou quatro, ainda que fosse difícil ter certeza já que estavam todas aglomeradas — que rasgava uma das irmãs.

— Uau! Estão vendo isto?

Patrick apontou para o outro lado do insetário. Um grupo grande de aranhas, mais ou menos metade das que estavam dentro do recipiente, tinha ido para o outro lado. Algumas pareciam só fazer pressão no vidro, mas várias jogavam o exoesqueleto contra o insetário ativamente. Elas queriam sair.

— Que porra é essa? — Melanie endireitou as costas. — Elas estão tentando...?

Os quatro olharam para a gaiola ao lado do insetário. Dentro dela, Corcunda, o rato de laboratório preferido de Patrick, ignorava solenemente a infestação de aracnídeos que arremetia contra a parede do insetário, tentando desesperadamente alcançar seu pequeno corpo.

Metrô Bhawan, Déli, Índia

A dra. Basu não estava contente. Ela não gostava de Déli. E Faiz a deixara exausta. Normalmente, ele era até divertido, mas a dra. Basu tinha passado a viagem inteira de Kanpur a Déli — que devia ter levado seis horas, mas demorou treze — em agonia. Ela já estava apavorada com a ideia de viajar com Faiz porque sabia que ele passaria o tempo todo trocando mensagens ou e-mails com Inês e, quando não estivesse falando *com* Inês, ficaria falando *de* Inês. Mas, exatos cinco minutos depois do começo da viagem, a namorada italiana mandara uma mensagem de texto para informá-lo de que agora era sua *ex*-namorada italiana. Inês escreveu que o relacionamento deles estava indo rápido demais e que ela queria terminar. A dra. Basu sentiu um breve instante de alívio — e de consciência extremamente pesada — com a ideia de que ela e Faiz finalmente poderiam conversar sobre sismologia, em vez de sobre Inês, mas, obviamente, o colega estava arrasado. *Qual é o menor dos males*, pensou a dra. Basu, *ter que suportar a tristeza ou a felicidade de Faiz?* Porém, quanto mais a viagem demorava, com mais raiva ela ficava de Inês. Não havia sequer conhecido a mulher, mas tinha um pouco de vontade de pegar um avião para a Itália só para dizer umas poucas e boas para ela. Como Inês se atrevia a terminar com ele por mensagem de texto? E, pior, depois de mais ou menos uma hora trocando mensagens com Faiz, Inês abriu o jogo: o motivo verdadeiro para o término era que ela finalmente tivera chance de ler um pouco do trabalho de Faiz e não podia ficar com um homem cuja pesquisa ela não "respeitava". Ela dizer que não respeitava a pesquisa de Faiz era o mesmo que dizer que não respeitava a pesquisa da dra. Basu!

Treze horas dentro daquele carro, e a maior parte do tempo foi gasto jurando que Faiz era esperto, o que era verdade, e um profissional excelente, o que geralmente era verdade, ainda que às vezes — tudo bem, muitas vezes, bom, sempre — ele fizesse comentários infelizes, e que ele merecia uma namorada melhor. Quando os dois chegaram a Déli, a dra. Basu estava com enxaqueca. Então, não era surpresa nenhuma o fato de que ela estava mais do que irritada por ainda não ter conseguido descobrir o que estava causando aquelas leituras sísmicas estranhas.

Faiz fez um gesto para ela se aproximar. Ele ainda parecia arrasado, mas estava fazendo o possível, segurando o tablet e o celular enquanto conversava com um homem de terno e gravata. Quando a dra. Basu se aproximou, ela viu que o homem estava com um crachá da empresa de metrô de Déli no paletó. O homem levantou uma das mãos.

— Sinto muito, mas não tenho autorização para deixar vocês passarem.

A dra. Basu apontou para o crachá do sujeito.

— Você não é o supervisor?

— Sim, mas...

— Não tem "mas" nenhum. Um dos nossos sensores está lá embaixo. Precisamos ir ver.

O homem balançou a cabeça.

— Sim, seu assistente já me disse isso. — A dra. Basu não se deu ao trabalho de corrigir o homem quanto ao cargo de Faiz. — E vocês mandaram um homem lá embaixo ontem. Isso atrapalha o cronograma.

A dra. Basu o encarou e ficou alguns segundos em silêncio. Ela havia percebido que essa tática deixava as pessoas, especialmente os homens, pouco à vontade. Dito e feito, ele começou a se agitar, e a dra. Basu decidiu falar.

— A ideia de um sistema de alerta contra terremotos não é para que todo mundo possa ser alertado em caso de um terremoto? E não acha que seria bom se esse sistema continuasse funcionando direito?

— É verdade, mas...

Ela o interrompeu de novo. Era muito bom fazer isso com homens como aquele, que não queriam levá-la a sério.

— Então nós temos que ir até o sensor para ver se conseguimos descobrir por que estamos recebendo essas leituras.

A dra. Basu esbarrou no sujeito e entrou. O homem abriu a boca para retrucar, mas decidiu só acompanhá-la, e ela sorriu para si mesma.

O suor a incomodava, e talvez eles nem conseguissem respostas, mas pelo menos era naquela área que a atividade parecia mais intensa. Ela pegou um lenço da bolsa, enxugou a testa e parou na frente de uma grande porta de ferro.

— Abra.

O homem hesitou.

— Eu consigo abrir esta, mas não tenho a senha das próximas duas.

— Mas você trouxe nosso colega aqui embaixo ontem.

— Sim. Bem, não exatamente. Não fui eu pessoalmente. Afinal, eu *sou* o supervisor. Mandei um dos caras da manutenção acompanhar o seu colega.

Faiz se recostou na parede.

— Para que servem as portas?

O homem digitou uma série de números no teclado eletrônico.

— Proteção contra água. Em caso de inundações. As portas são à prova d'água e estão distribuídas em série como nos navios e submarinos. Se uma ceder, a seguinte é projetada para conter tudo. E, se soubermos que a água está vindo, podemos travar tudo, fechar as portas e esperar. Quando o pior tiver passado, bombeamos tudo para fora e voltamos a operar normalmente poucos dias depois. Só dá para abrir uma de cada vez, e aí a gente passa, fecha e abre a seguinte. Como em uma câmara de pressurização.

Ele abriu a passagem e os conduziu para dentro. Precisou empurrar a porta com força. A dra. Basu viu que a manutenção era adequada, mas, para conter água, precisavam ser resistentes. O homem fechou a porta atrás deles, e os ferrolhos fizeram um barulho alto ao travar. A luz fluorescente no corredor era fraca. A dra. Basu tirou uma garrafa d'água da bolsa, abriu a tampa e estava prestes a tomar um gole quando o chão começou a tremer e ela se desequilibrou de leve. Caiu um pouco de água na blusa.

— Você sentiu... — disse Faiz, deixando a voz morrer.

— Sim — respondeu Basu. — E foi dos grandes.

A porta seguinte diante deles parecia exatamente igual à anterior. Ela olhou para o sujeito da empresa de metrô de Déli.

— Pegue as senhas. Vamos ter que abrir todas as portas.

Stornoway, Ilha de Lewis, Hébridas Exteriores, Escócia

O voo estava atrasado. Já era ruim que Aonghas Càidh só visse a namorada de quinze em quinze dias, mas geralmente era ele que ia até ela. Por algum motivo, parecia mais difícil esperar o avião dela chegar de Edimburgo do que quando era o dele que atrasava.

Mas podia ser pior. Ele nem sabia como tinha conseguido arrumar uma namorada como Thuy. Aonghas não era um péssimo partido. Tinha inteligência para viver razoavelmente bem — ele tinha assumido os livros de detetive do avô, uma série muito bem-sucedida que vinha sendo editada havia mais de cinquenta anos e parecia ainda ter gás, desde que Aonghas não fizesse besteira — e costumava ser considerado gente boa. Era engraçado e contava muitas histórias, especialmente da época em que ele morava com o avô no antigo castelo da ilha Càidh, o castelo da família, na ilha da família com o nome da família, um pedregulho quase deserto na enseada Ròg, na parte oeste da ilhota nas remotas Hébridas Exteriores. Eram histórias como a de quando ele tinha seis anos e precisava atravessar o mar de ressaca em uma lancha para chegar à escola Carloway — eram menos de quarenta alunos matriculados —, ou como a de quando o avô dele bateu a cabeça e desmaiou na adega e Aonghas precisou esperar duas horas até ele acordar, e seus amigos o achavam uma criatura exótica.

Aonghas tinha trinta e poucos anos e, até conhecer Thuy, havia sido o único de seu grupo de amigos que não estava em um relacionamento estável, apesar das várias tentativas de desencalhá-lo. Tudo bem, ele tinha uma pancinha, mas era corpulento, o que disfarçava a barriga; se fosse um pouco menos preguiçoso, teria se dado bem como pescador. Tinha um jeito tranquilo de falar, e parecia que as mulheres gostavam dele. Mas Aonghas realmente mal acreditava que Thuy fosse sua namorada. Ela era atlética, linda e inteligente pra burro: perdeu por pouco a vaga para disputar duzentos metros livres de natação nos Jogos Olímpicos e trabalhou como modelo durante alguns anos antes de decidir fazer faculdade de medicina. Ela também era absurdamente boa e atenciosa, o tipo de mulher que fazia trabalho voluntário em abrigos de animais no tempo livre e nunca passava por um morador de rua sem deixar um pouco de dinheiro na caneca de esmola. E ainda por cima gostava de cozinhar. Com certeza era um milagre Thuy ser a namorada de Aonghas. Ele sabia a verdade, sabia que só o fato de ser gente boa não justificava que uma mulher como Thuy se apaixonasse por ele. Mesmo assim, quem era ele para questionar os caprichos do coração? Ou, nas palavras do avô: "Não seja idiota. Se a garota ama você, ela ama você. Aceite os presentes que a vida lhe dá".

Aonghas havia conhecido Thuy quando ela estava de férias em Stornoway. Ela entrara na cafeteria da Kenneth Street em que ele gostava de escrever. Durante três dias seguidos, ela entrou lá toda manhã com mochila e equipamento de trilha, e durante três dias seguidos ele estava sentado nos fundos da cafeteria, produzindo o último mistério de Harry Thorton, engordando um pouquinho sua conta bancária a cada palavra digitada. No quarto dia, finalmente, Aonghas criou coragem e foi falar com ela. Não era o período certo do ano para turistas, e ela teria chamado atenção mesmo se não fosse descendente de vietnamitas e ridiculamente linda. Aonghas só admitiu quase seis meses depois de eles começarem a namorar, mas tinha ficado surpreso quando ela falou sem sotaque. Era tão escocesa quanto ele. Os dois conversaram um pouco sobre o que ela estava fazendo por lá — ela cursava medicina, estava de férias e queria fazer um pouco de trilha —, e Aonghas tinha sugerido que os dois fossem caminhar e recomendado alguns lugares onde ela talvez gostasse de comer, e depois deu seu telefone para ela. Eles saíram para fazer trilha no dia seguinte e se deram bem.

Ficaram juntos por mais cinco dias, e depois Thuy precisara voltar, mas ele já tinha planos de ir a Edimburgo dali a três semanas e acabou ficando na casa dela. Por algum motivo, deu certo. Mesmo precisando escrever os livros de Harry Thorton e ir até a ilha Càidh visitar o avô de vez em quando, Aonghas tinha bastante tempo livre e podia pegar um avião e fazer a viagem de uma hora até Edimburgo de quinze em quinze dias. E de vez em quando, sempre que possível, Thuy dava uma escapada para passar uns dias na ilha de Lewis: ela disse que preferia ir até ele, e Aonghas acreditava. Ela parecia adorar a ilha tanto quanto ele e havia se registrado para fazer residência em Stornoway depois de se formar. *Dois meses*, pensou Aonghas. *Dois meses, e vou poder vê-la todos os dias, acordar com ela todas as manhãs.*

E, com sorte, pensou ele ao ver o avião de Thuy aparecer no meio das nuvens em cima do mar, *daqui a dois meses será o começo do para sempre.*

Aonghas mexeu na caixinha dentro do bolso. Ele havia levado a aliança na última ida a Edimburgo, duas semanas antes, mas o momento não pareceu o certo, e ele finalmente entendeu por que tinha hesitado: ela ainda não havia conhecido o avô dele. Fazia um ano que os dois namoravam, mas Aonghas nunca levara Thuy à ilha Càidh. No começo, ele hesitara porque não sabia se o relacionamento era sério, e depois hesitou justamente porque *era* sério. Padruig sabia ser intimidador, e, embora Aonghas não quisesse admitir, ele sabia que se o avô não gostasse de Thuy o relacionamento dos dois estaria fadado. Então havia muito em jogo nesse fim de semana. E Aonghas precisava confessar: estava morrendo de medo do que aconteceria quando Padruig e Thuy se encontrassem.

O trajeto até o outro lado da ilha levou só uma hora, e ele nunca vira Thuy tão empolgada.

— Você acha que ele vai gostar de mim?

Aonghas puxou a mala dela e a própria do banco traseiro e depois fechou a porta do Range Rover com o corpo.

— Ele não gosta muito de ninguém, Thuy. Meu Deus, já contei mil histórias sobre como ele é rabugento. Ele pode ser meio babaca às vezes.

Thuy bateu na cabeça dele. Não com força. Mas ainda assim.

— Não fale assim dele. Ele criou você.

Aonghas passou por cima do guarda-corpo do barco e guardou as malas na cabine. Ele já havia carregado as caixas do avô: três isopores cheios de leite, laticínios, legumes e verduras frescas — mais do que o normal, já que ele e Thuy iam ficar por lá —, além da correspondência e de duas caixas de livros e revistas. Ele segurou a mão de Thuy para ajudá-la a entrar no barco e a abraçou. Sentiu o corpo dela pressionando a caixa da aliança no bolso da frente.

— Ele não teve muita escolha quanto a me criar, Thuy. Não ia deixar o neto ir para o orfanato, e depois que meus pais morreram... — Aonghas deu de ombros. — Mas você tem razão. Ele é um bom homem. É difícil e tem suas manias, mas eu o amo, e ele vai amar você, Thuy. Prometo. Eu amo vocês dois, e o amor é o tipo de ponte que a gente pode atravessar junto.

— Você às vezes fala coisas tão bonitas — disse Thuy, beijando-o e indo para a proa enquanto ele dava partida no barco.

Essa era uma das coisas que Aonghas mais gostava nela. Ele podia falar aquele tipo de coisa — que o amor era como uma ponte. Podia ler poemas e bons livros, e ela nunca, jamais tentava dizer que ele precisava escrever um livro "de verdade", que era perda de tempo ficar fazendo histórias de Harry Thorton. Outras namoradas no passado haviam insistido, e, no final, Aonghas precisara admitir que amava mais aqueles malditos livros de detetive do que qualquer uma das ex-namoradas. Ele havia crescido com a série, ajudara o avô a pensar em novas tramas — dois livros por ano, todos os anos, desde que Aonghas se entendia por gente —, e sempre quisera assumir a escrita deles.

Ele olhou para Thuy, sentada perto da proa, e de novo ficou maravilhado com a própria sorte. A cena dela cercada pelo mar deveria virar um quadro. Parecia não existir tempo ruim para Thuy, e, embora não fizesse frio, estava espirrando um pouco de água. Aonghas gostava de vê-la se inclinar contra o vento, fechar o casaco sem subir o capuz e sentir o borrifo do mar no rosto. Mais dois meses. Mais dois meses. Ele falava isso para si mesmo como se fosse um mantra. Mais dois meses até ela ir fazer residência em Stornoway. Só a ideia de morar com Thuy, de ficar com ela na ilha de Lewis para sempre, não só durante um feriado prolongado de vez em quando, já bastava para fazer Aonghas quase explodir de felicidade. Ele passou a mão pela aliança de novo.

Ela ia aceitar. Com certeza. Ele não conseguia imaginá-la dizendo qualquer outra coisa. Sentiu um embrulho no estômago e sabia que não eram as ondas nem o mar: ele nunca se incomodara com isso. Era a prova de fogo de encontrar o avô.

A lancha contornou o lado leste da ilha Càidh, e Aonghas viu o cais da família e o castelo acima da escarpa. Thuy ficou espantada, e Aonghas sorriu. Ele havia tentado descrevê-lo para ela, mas as pessoas só acreditavam quando viam. Não era um castelo grande, em termos de castelos, mas *era* um castelo. O avô dele nunca soube dizer há quantos séculos pertencia à família, e não havia nenhum registro de fato que explicasse por que tinha sido construído, mas era bonito. Era a casa deles. E, como castelo, era até bastante confortável. O avô de Aonghas tinha gastado uma nota para deixá-lo mais habitável; havia painéis solares ligados a um bloco de baterias e um gerador para os muitos dias em que não fazia sol suficiente para carregá-las, além de um tanque de quarenta mil litros de diesel para o gerador; a calefação do castelo era mantida por três grandes tanques de propano, já que a ilha era praticamente desprovida de árvores; dois congeladores industriais eram abastecidos com carne, sorvete e frutas congeladas, e a despensa tinha farinha, grãos e outros produtos secos; a mobília e as roupas de cama, mesa e banho podiam ser um pouco antiquadas, mas haviam sido caras e adquiridas por uma decoradora de Londres quando Aonghas ainda era pequeno; e o castelo tinha uma adega. Ah, a adega. Embora ele às vezes tivesse se sentido sozinho quando era pequeno, a ilha Càidh, aquele pedaço de pedra nua no mar das Hébridas Exteriores, tinha sido um bom lugar para uma criança crescer e era ainda melhor para visitar como adulto.

Aonghas olhou para o atracadouro, mas não havia ninguém lá. Ele não se incomodou. Seu avô, um homem que ele sempre achara que fosse dotado de uma força quase sobrenatural, finalmente estava dando sinais da idade. Padruig tinha quarenta e dois anos quando a filha e o pai de Aonghas morreram em um acidente e, aos setenta e quatro, já não era mais tão ágil quanto antigamente. Mas ainda era um velho forte, sem sombra de dúvida. Tirando quatro anos de serviço militar, Padruig havia passado a vida inteira na ilha. Ele dizia que nunca precisara ir ao médico ou ao dentista, e, pelo que Aonghas sabia, era bem possível que fosse verdade. O avô passava a maior parte do tempo lendo ou escrevendo — embora tivesse passado os livros de Harry Thorton para Aonghas, Padruig continuava na máquina de escrever, supostamente trabalhando em uma autobiografia — e, quando não era isso, estava pescando no mar ou consertando coisas pelo castelo. Ainda assim, não tinha por que o velho ir até o atracadouro sem necessidade. E, para falar a verdade, ele achou ótimo ter tempo para respirar fundo. Estava muito, muito nervoso com o encontro entre seu avô e Thuy. Muito, muito, muito nervoso.

Aonghas prendeu o barco ao atracadouro, ajudou Thuy a desembarcar e começou a empilhar as malas e as compras no cais de madeira. Ele ouviu um *ding* baixo e viu Thuy tirar o celular do bolso.

— Uau — disse ela. — Não acredito que aqui tem sinal.

Aonghas segurou a mão dela e o celular com as duas mãos.

— É melhor você desligar isso. Eu não estava brincando quando falei que ele ia ficar maluco se visse um celular. Ele não gosta muito de tecnologia.

— Achei que você tivesse dito que ele fez a instalação elétrica do castelo e que gosta de ouvir a rádio Nan Gàidheal da BBC.

— Foi, mas é a mesma rádio que ele ouve desde antes de a minha mãe nascer. E a eletricidade só serve para o congelador e a geladeira e para as bombas da fossa séptica. Não, fora o rádio, aqui só se pode ler livros, caminhar ou ficar olhando o mar. Uma vez tentei convencer ele a comprar uma televisão e um aparelho de DVD. Foi quando eu tinha uns dez ou onze anos, e ele não quis nem saber. Basicamente, meu avô odeia a ideia de depender de alguma coisa que ele não possa consertar pessoalmente. Acredite, querida. Desligue o celular.

— Bom, pelo menos vamos poder acompanhar as notícias pelo rádio. Ainda não acredito no que aconteceu na China.

— China? — Os dois levaram um susto com a voz de Padruig. O velho estava parado na trilha de pedras acima deles, com as mãos nos bolsos do casaco de caçador. Com a barba comprida, a sombra das nuvens e a árvore ao fundo, ele parecia quase bíblico. — A China é só o começo. Aquele tipo de coisa nunca acontece sozinha, não é?

Ele desceu a trilha até ficar de frente para eles no atracadouro, estendeu a mão e fez um gesto com a cabeça.

— Aonghas.

Aonghas apertou a mão do avô. O aperto ainda era forte, mas não esmagou seus dedos como os de antigamente. Ele sabia que o avô não estava tentando castigá-lo. Só sabia segurar as coisas de um jeito: com força.

— É bom te ver, garoto. — O avô deu uma piscadela, e foi aí que Aonghas se deu conta de que ele estava usando a boina.

Padruig tinha um jeito meio de ermitão — ele não saía com muita frequência da ilha Càidh e raramente passava mais do que alguns dias fora —, mas não era nenhum asceta. Seus livros tinham sido um sucesso nos anos 1960 e 1970 e voltaram a vender bem desde que Aonghas assumira a série. O velho tinha bastante dinheiro e, se gostasse de algo, não se incomodava em gastar. A adega do castelo era prova. E a biblioteca tinha quase dez mil livros. Ele também havia gastado uma fortuna para fazer com que a ilha Càidh fosse quase autossuficiente: com a cisterna, o tanque de diesel e a comida estocada, era uma fortaleza. Embora Aonghas sempre trouxesse alimentos frescos e produtos perecíveis, o castelo podia passar um ano, talvez dois, sem receber água, combustível ou alimentos secos. Mas, acima de tudo, o avô era fanático por roupas. Desde que Aonghas se entendia por gente, o homem sempre havia mandado fazer paletós, camisas e calças em Londres, e seu sapateiro na verdade era o neto do homem que fazia as botas do pai de Padruig. O próprio Aonghas nunca dera muita bola para roupas e quase desmaiou quando viu uma das contas do alfaiate do avô. Padruig sempre estava, nas palavras de uma das ex-namoradas de Aonghas, nos trinques. Então era sempre difícil saber se ele estava vestido para alguma ocasião especial, já que ele *sempre* estava impecável. Mas o velho tinha um cacoete: a boina.

Aquela boina fora o presente de casamento da avó de Aonghas para Padruig. O rapaz não chegara a conhecer a mulher, mas, quando ela morreu, Padruig ficou arrasado. Embora Aonghas tivesse só sete anos quando os pais morreram no acidente, ele ainda se lembrava do jeito que sua mãe descrevera a morte da mãe dela: "Para seu avô, foi como se o mundo tivesse perdido todas as cores".

Aonghas só havia visto o avô usar aquela boina em algumas ocasiões: no funeral de seus pais; na formatura dele na faculdade; em cada uma das três vezes em que ele havia recebido a Adaga de Ouro da Crime Writers' Association — após a morte de Lionel Davidson em 2009, Padruig passou a ser o único escritor vivo a possuir o privilégio da trinca —; e no dia em que, quando Aonghas tinha quinze anos, os dois haviam sido convidados ao Castelo de Balmoral para ir a uma caçada com a rainha, que adorava a série Harry Thorton.

Então foi a boina que fez Aonghas relaxar. A aliança tinha sido da mãe dele, e ele precisara pedi-la ao avô, então os dois sabiam o que ia acontecer no fim de semana, mas, ao ver a boina na cabeça de Padruig, Aonghas se deu conta de que, se ele estava nervoso para apresentar Thuy ao avô, e se estava nervoso para pedi-la em casamento — e Deus sabia o quanto ele estava nervoso —, bom, o avô também estava nervoso para conhecer a namorada do neto.

Porém, tudo correu quase bem demais: Aonghas ficou para trás para carregar as malas e caixas sozinho enquanto o avô levava Thuy pelo passeio de cinco minutos que a ilha Càidh oferecia e exigia, e depois mostrava para ela o castelo propriamente dito. Pouco tempo depois, Aonghas ficou esquecido na sala ouvindo a rádio Nan Gàidheal da BBC e olhando para o mar enquanto Thuy ensinava o avô a fazer curry.

O noticiário ainda estava falando da China e da explosão nuclear, mas Aonghas já estava cansado daquele assunto. Não havia nenhuma notícia nova, e parecia que ninguém sabia de nada concreto. Na hora de servirem o jantar, ele ficou aliviado quando o avô desligou o rádio.

— É uma pena essa história toda — disse Padruig. — Eu gosto de pensar que aqui nós estamos nos confins do mundo, mas existem coisas que são grandes demais para evitar.

Thuy serviu um pouco mais de vinho e se recostou em Aonghas. Ela cheirava a alho e capim-limão, e ele beijou o topo de sua cabeça. Os pais dela a haviam criado completamente como escocesa, exceto pela culinária, e Aonghas era grato por isso. Antes de os dois começarem a namorar, ele nunca havia imaginado o quanto adorava a culinária vietnamita. Claro, Aonghas só foi provar comida vietnamita depois que os dois começaram a namorar.

— Não sei, Padruig — disse Thuy. — Parece que daria para se esconder de tudo aqui. Daria para passar um ano inteiro no castelo sem grandes problemas.

O avô dele sorriu e estendeu o braço para dar um tapinha na mão de Thuy.

— Um ano não demora muito para passar, e nem sempre dá para se esconder de tudo, querida. Sabe o que Oppenheimer disse depois que a primeira bomba atômica foi detonada com sucesso? — Thuy balançou a cabeça. — Ele disse: "Agora eu me tornei a morte, a destruidora de mundos".

Aonghas riu.

— Você sabe que isso não é verdade. Ele falou isso depois, mas não foi naquela época. Vários anos haviam se passado quando ele disse isso.

O avô levantou as mãos e bateu na mesa com tanta força que os talheres tremeram e o vinho balançou dentro das taças. Thuy pulou de susto, mas Aonghas não se mexeu. Ele viu o sorriso no rosto do avô. Já estava acostumado à dramaticidade do velho.

— Mas assim a história é melhor! — rugiu Padruig. — A história. A história! — Ele pegou a faca e apontou para Aonghas. — Nunca se esqueça da história. — E então o avô abaixou a faca e olhou para Thuy. — E ele não esquece, sabe? Ele não se esquece da história. Por mais que me doa admitir, acho que o garoto está se saindo melhor com os livros do que eu. Se bem que — disse ele, alternando para um sussurro teatral — ele ainda não ganhou uma Adaga.

Do lado de fora, o dia parecia ter escurecido. O céu estava coberto de nuvens, e o mar tinha começado a se agitar um pouco. Nenhum motivo para se preocupar ainda, mas estava com pinta de tempestade.

Como o avô e a namorada haviam feito toda a janta, Aonghas foi exilado para a cozinha para lavar a louça enquanto Padruig e Thuy relaxavam na sala, com o barulho do rádio ao fundo. Aonghas estava cantarolando sozinho, feliz com o fato de que tudo estava correndo muito bem, e parando de vez em quando para dar uma olhada na aliança escondida no bolso, quando percebeu que Thuy tinha chamado seu nome.

O tom de urgência dela o assustou. Ela chamou o nome dele de novo, e, em vez de pegar o pano de prato, ele esfregou as mãos na calça jeans, saiu correndo até a sala e parou. Os dois estavam sentados. Não havia nada de errado. Uma parte de Aonghas tivera certeza de que ele iria entrar na sala e ver o avô de cara no chão, morto antes de ver o neto noivo e casado, antes de ter a chance de ver uma bisneta ou um bisneto, a perpetuação do nome Càidh.

Mas tanto seu avô quanto Thuy estavam acordados e atentos. Na verdade, os dois estavam sorrindo.

Thuy se levantou e andou até ele.

— É verdade?

— O quê?

Thuy olhou para Padruig, então Aonghas também olhou para o avô.

— O que é verdade? — perguntou ele.

Padruig deu um sorriso meio constrangido.

— Desculpe, garoto. Escapou.

— Sim — disse Thuy para Aonghas. — Pode me perguntar, porque a resposta é sim.

Desperation, Califórnia

— Bom — disse Gordon. — Esperar o mundo explodir é meio chato.

Ele tentou mudar de canal, mas as notícias eram as mesmas em todos: nada. A China havia explodido uma bomba atômica e... só.

— Fred ligou. — Amy se sentou no colo dele e passou o braço em volta de seus ombros. — Ele disse que, se não é para o mundo acabar hoje, nós devíamos ir jantar lá e tomar alguma coisa com Espingarda. Podemos jogar baralho.

Gordon suspirou.

— Pode ser.

— Por que a tromba? — Amy colocou o dedo nos lábios dele. — Você está todo emburrado.

Gordon beijou o dedo dela.

— Ah. Você sabe. Uma bomba atômica explode e eu já penso logo, certo, é agora. Estamos prontos. Eu estou pronto. Vamos lá. Não é que eu realmente queira que aconteça, mas, poxa. Achei que fosse o momento. — Ele abraçou a esposa com força. — É, foda-se. Vamos lá jogar baralho. É melhor que ficar sentado aqui e esperar as bombas começarem a cair.

American University, Washington, D.C.

Ah, o banheiro privativo. De tudo que Melanie estava feliz de ter negociado com a universidade — laboratório, financiamento, apoio administrativo, poucas horas em sala de aula —, ter um banheiro privativo e um chuveiro no trabalho era a melhor parte. Mais do que o benefício óbvio de não ter que usar os banheiros públicos, o chuveiro era o diferencial. Ela podia dar uma corrida rápida e depois tomar uma ducha sem precisar ir até a academia da universidade, ou, em dias como aquele, depois de passar praticamente setenta horas sem sair do laboratório, dava para tomar um banho e vestir uma das mudas de roupa que ela mantinha no escritório. Ela podia se sentir um ser humano de novo.

Melanie colocou a bota e puxou a bainha da calça jeans por cima. Ela havia comprado aquelas botas junto com sua primeira moto, quando tinha dezoito anos, e vivia mandando reformar, apesar de não andar de moto havia mais de uma década. As botas estavam rachadas e bastante desgastadas, e Melanie sempre se sentia o máximo quando as calçava. Ela abotoou a blusa azul-escura, deu uma escovada rápida no cabelo, pôs os brincos de diamante de volta nas orelhas, abriu a porta do banheiro e deu de cara com um homem negro e enorme usando terno.

O homem parecia rígido como uma árvore. Melanie deu alguns passos para trás, atordoada, e ele a segurou pelo braço.

— Sinto muito, senhora — disse ele.

O sujeito não precisou dizer mais nada para Melanie perceber que ele era do Serviço Secreto. Ela suspirou.

— Cadê ele?
— Senhora?
Ela ajeitou a blusa, passou pelo agente e entrou no escritório. Não havia mais ninguém ali, mas ela ouvia vozes vindo do laboratório.
— Manny. Meu ex-marido. Cadê ele?
— Ele está no laboratório, senhora, com os outros.
Aquilo era um cenário que ela já conhecia muito bem dos tempos do casamento: Manny queria passar tempo com ela, ela avisava que estava ocupada, ele aparecia mesmo assim e falava que queria pegá-la emprestada só por alguns minutos e os dois entravam em uma discussão sobre se o casamento não estava dando certo porque eles passavam pouco tempo juntos ou porque eles só brigavam durante o pouco tempo em que de fato estavam juntos. Tinha sido insuportável durante o casamento, e Melanie não queria passar nenhum minuto daquele dia revirando um defunto que já estava enterrado. Ela já havia assumido a responsabilidade, dissera que a culpa tinha sido dela, ainda que uma pequena parte sua achasse que Manny podia ter se esforçado mais. Nenhum telefone batido e nenhuma porta fechada conseguia dissuadi-lo de pedir apoio para um projeto de lei ou dinheiro para as campanhas de Steph, mas os esforços de Manny por Melanie nunca foram tão intensos quanto os que ele fizera por Steph.
— Está bem, Manny — disse ela, abrindo a porta do laboratório —, não estou com paciência para...
Mas não era Manny.
Ou melhor, era Manny, mas também era Steph. A presidente dos Estados Unidos da América. Ela estava inclinada sobre o insetário com Julie, olhando as aranhas.
Ao ouvir o som da voz de Melanie, todo mundo no laboratório se virou. E havia muita gente ali dentro, além dela própria, Julie, Manny e Steph: Tronco e Patrick, discutindo por causa de equipamentos de gravação e computadores, quase uma dúzia de agentes do Serviço Secreto, e Billy Cannon, o secretário de Defesa.
— Senhora presidente — disse Melanie. Ela fez que ia estender a mão e começou a fazer um gesto leve com a cabeça, mas acabou fazendo algo parecido com uma mesura pela metade. Foi constrangedor. Ela se endireitou e passou os olhos pelo laboratório. — Passeando com a comitiva completa hoje?
A presidente fez um gesto com a mão na direção dos homens de terno.

— Ossos do ofício. É difícil aparecer de surpresa em qualquer lugar. — Ela se aproximou e abraçou Melanie.

E Melanie correspondeu ao abraço, relutante. Ela nunca sabia bem o que achava da presidente. Sabia o que achava de Steph, mas Steph, como presidente, era outra história. Ela conhecera Steph na mesma época em que conhecera Manny. Já fazia quase dezoito anos. Conhecera Steph quando ela ainda era só Steph, antes de ser governadora Pilgrim ou senadora Pilgrim, que dirá presidente Pilgrim. Melanie havia sido uma das madrinhas no casamento de Steph com George Hitchens e fora uma das poucas pessoas a conhecer os bastidores da campanha dela na corrida presidencial. E Melanie também sabia que, desde que ela e Manny se divorciaram, seu ex-marido e a presidente dos Estados Unidos trepavam algumas vezes por semana.

Não era bem ressentimento. Era complicado ficar brava com Manny por ele ter um caso com Steph quando Melanie estava dormindo com Tronco. Pelo menos Steph era a presidente, não um maldito estudante de pós-graduação. Para falar a verdade, eles estavam divorciados, então, se Manny queria dormir com alguém, Melanie achava que Steph provavelmente era a melhor opção. Não que ela ainda estivesse apaixonada por Manny, mas havia uma parte dela que pensava que talvez os dois reatariam. Algum dia. Quando fossem mais velhos. Tudo bem. Talvez ela ainda estivesse um pouco apaixonada por Manny. Eles não tinham se divorciado porque um não suportava o outro, mas sim porque Melanie não amava Manny tanto quanto amava o trabalho. Se ele estava tendo um caso com Steph, Melanie sabia que pelo menos isso indicava que ele ainda podia estar disponível para ela. Se ela quisesse. Ela não sabia o que queria. Devia ter sido fácil, ao ver Manny ali do lado de Tronco: Tronco, alto, forte e musculoso, ainda mais bonito com a barba por fazer de três dias e a camiseta amarrotada depois de ficar entocado no laboratório com ela, Julie e Patrick; Manny, com cinco quilos extras desde que o vira pela última vez e um terno idêntico a todos os outros que ele usava. Fisicamente, não tinha nem comparação. Mas ela ficava irritada só de olhar para Tronco, enquanto ver Manny, apesar do incômodo da invasão dele e de metade da Casa Branca no laboratório, a fazia sorrir.

Melanie se afastou do abraço da presidente.

— Que bom ver você. Faz bastante tempo.

Steph fez um gesto com a cabeça na direção de Manny, que abriu um sorriso constrangido.

— Sabe como é que é — disse Steph. — A gente tenta não tomar partido, mas sempre acaba acontecendo.

— Sinto muito. — Manny deu um passo à frente e pegou a mão de Melanie. Hesitou um pouco, inclinou-se para a frente e lhe deu um beijo na bochecha. Ele teve que ficar na ponta dos pés. E então, muito de leve, tão baixo que Melanie quase não ouviu, sussurrou no ouvido dela: — Seu cheiro é bom.

Melanie passou a mão no cabelo molhado. Ela sabia que estava ficando um pouco vermelha e deu uma olhada rápida em Tronco. O palerma estava com uma cara ligeiramente contrariada. Argh. À noite. Ela prometeu a si mesma que, à noite, de um jeito ou de outro, acabaria tudo. Ela ia dar o pé na bunda dele no dia anterior, mas eles passaram o tempo inteiro trabalhando com as aranhas e não houve nenhum momento adequado para levá-lo ao escritório e dizer que queria terminar.

— Desculpe a invasão — disse Manny. — Precisamos conversar.

— Sobre o quê?

Manny olhou para os lados.

— Os estudantes podem dar uma saída? É importante, Melanie.

Parte de Melanie queria dizer não. Era o mesmo impulso que havia naufragado o casamento deles: sempre havia coisas demais para fazer no laboratório, coisas demais para estudar. Era difícil dizer isso a ele pessoalmente, sempre tinha sido, e era impossível expulsá-lo quando a presidente dos Estados Unidos, o secretário de Defesa e um bando de agentes do Serviço Secreto estavam ali no laboratório. Não era necessário ter doutorado para saber que aquilo era sério. Então ela pegou a bolsa, tirou um pouco de dinheiro e o entregou para Julie, dizendo para ela ir almoçar com Tronco e Patrick no Tara Thai, na avenida Massachusetts.

Quando os três foram embora, Manny mandou os caras do Serviço Secreto saírem também. Ele fechou a porta e tentou dar um sorriso para a ex-esposa. Foi um sorriso fraco.

— Desculpe. Tentei ligar, mas você não atendeu ao celular.

Ela não conseguiu se conter e disparou, brusca:

— Eu estava ocupada.

Foi muito parecido com todas as brigas deles durante o casamento. Quando ele queria conversar, Melanie nunca estava disponível. Só que, dessa vez, Manny fez algo diferente. Ele pediu desculpas.

— Sinto muito, eu sei, mas não é uma questão pessoal. É oficial. — Ele fez um gesto na direção de Steph. — Nós precisamos conversar com você. Eu ia pedir para alguém vir te buscar e te levar para a Casa Branca, mas Steph achou que você só iria se dessem voz de prisão. Parecia contraproducente se a ideia é pedir sua colaboração.

Melanie se apoiou em uma das bancadas do laboratório e olhou para Manny e Steph. Não falou nada. Ela gostava de ver Manny nervoso.

— Olhe, a verdade é que nós, eu, Steph e Billy... Eu já te apresentei ao Billy? Não lembro. Billy Cannon. Secretário de Defesa.

O aperto de mão de Billy era firme, mas, antes de soltar a mão de Melanie, ele indicou o insetário atrás dela.

— Senhora, se me permite a pergunta, que aranha é essa aí atrás?

— Esta? — Melanie se virou e encostou de leve na caixa de vidro. Ela estava tão acostumada às aranhas do laboratório que esquecia que as pessoas sempre ficavam muito nervosas. Especialmente com as grandonas e peludas, como a que Billy estava olhando. — *Theraphosa blondi*. Mais conhecida como aranha-golias-comedora-de-pássaros, embora ela não costume comer pássaros. Normalmente.

— Jesus. — Billy se inclinou para a frente e bateu no vidro.

Melanie segurou seu pulso.

— Não faça isso.

Billy se endireitou.

— Por que não? Esse bicho vai me matar?

— Ela não gosta. É por isso. Você não ia gostar se alguém ficasse do lado de fora da sua casa batendo na janela. Elas são sensíveis a vibrações. E não, ela não vai te matar, embora a mordida doa pra cacete. Como uma picada de marimbondo. E os pelos dela são urticantes. Se encostarem na sua pele, vai arder e pinicar, e, se você aspirar, vai começar a tossir e não vai gostar. É desagradável. Mas elas são como a maioria das aranhas. Se ninguém mexer com elas, elas não mexem com ninguém.

— A maioria das aranhas?

— Elas caçam — disse Melanie. — Insetos. Esse tipo de coisa. — Ela se virou para Manny. — Certo. Qual é o problema?

Manny passou a mão pelo cabelo. Era um gesto familiar, algo que ele fazia quando dormia mal ou quando estava se sentindo sobrecarregado, e Melanie abriu um sorriso pequeno ao ver aquilo. Bem pequeno.

— Pode parecer loucura — respondeu Manny —, mas existem aranhas que comem pessoas? Quer dizer, ondas gigantes de aranhas? Será que só de fazer essa pergunta eu já pareço completamente maluco? Se existirem, acho que é o tipo de coisa que você teria comentado em algum jantar.

Melanie deu um sorriso de verdade. Ela havia ido a muitos jantares políticos chatos e o único consolo tinha sido matar de medo a pessoa que estivesse sentada a seu lado com histórias sobre todos os bichinhos perigosos que rastejavam pelo mundo.

— Existem? — insistiu Manny. — Existem aranhas assim?

À direita de Melanie, Billy tinha caminhado até um display de vidro na parede com uma aranha presa. Por um segundo, parecia que ia bater no vidro de novo, mas viu o olhar hostil de Melanie e baixou a mão. Melanie voltou a encarar Manny.

— Você sabe quantas pessoas ligam ou escrevem para cá para dizer que acham que foram mordidas por uma aranha e vão morrer?

Ela foi até o frigobar e pegou uma lata de refrigerante. Ofereceu uma para Steph e para Billy, e os dois balançaram a cabeça. Sem perguntar, ela deu uma para Manny. Ela não precisava perguntar. Ele nunca recusava uma Coca Diet. Melanie abriu a lata e deu um gole. O gosto amargo e doce foi como uma hora de sono a mais.

Ela hesitou. Não sabia se já estava disposta a compartilhar suas aranhas novas com alguém. Ela nunca vira nada parecido e sabia que a descoberta seria o grande passo seguinte de sua carreira. A bolsa de ovos de dez mil anos que eclodiu, as próprias aranhas, e a maneira com que elas interagiam... quantos artigos ela produziria só com aquilo? Mas aí ela olhou para Steph e lembrou de novo que ela não era só Steph. Era a presidente dos Estados Unidos.

— Posso perguntar do que se trata?

Manny olhou para Steph, que balançou ligeiramente a cabeça. Manny suspirou e abriu a lata de refrigerante.

— Acredite, não estaríamos aqui se não fosse importante.

— Sério, Manny, você sabe o que eu sempre falo para as pessoas quanto às aranhas: não existe nenhum motivo para ter medo delas. — Melanie foi até a bancada dos fundos. — Mas isso foi há alguns dias, porque estas coisas aqui me deixaram apavorada.

Ela pousou a lata do lado de uma pilha de gaiolas com ratos de laboratório. Os ratos estavam relativamente tranquilos, aninhados no canto das gaiolas, o mais longe possível do insetário — que estava a quase três metros de distância. Melanie pegou uma das gaiolas e, quando se aproximou, as aranhas começaram a se jogar no vidro. O barulho do corpo delas era repetitivo e desesperado.

— Elas saíram da bolsa de ovos ontem, e que cena foi aquilo. Uma explosão. Não tirei uma para dissecar ainda, mas nunca vi aranhas assim. Isto é algo novo.

Melanie segurou a gaiola com o rato acima do insetário.

— Essas são...

Melanie interrompeu o ex-marido.

— Apenas olhem.

Julie havia armado um jeito de criar uma entrada de porta dupla; eles poderiam manter as aranhas presas, colocar o rato em uma câmara e depois fechar o acesso antes de soltar o rato no meio das aranhas. Por um instante, ao colocar o rato na câmara, Melanie sentiu pena: o bichinho estava guinchando e arranhando o vidro, tentando escalar. Embaixo dele, embora não conseguissem ver o roedor na câmara acima, as aranhas estavam frenéticas. Elas sentiam o cheiro.

Melanie acionou a alavanca, e a portinhola embaixo do rato se abriu e o derrubou no meio do insetário com uma dúzia de aranhas ansiosas.

Era o quarto rato que ela sacrificava.

O barulho de mastigação ainda era difícil de suportar.

Obviamente, o barulho incomodou outra pessoa também, porque ela ouviu alguém vomitar.

— Cacete — disse Manny, a seu lado.

Entre outras qualidades — ele era engraçado e muito inteligente, talvez até mais do que ela —, o fato de que Manny nunca tivera medo de aranhas era um dos aspectos que Melanie mais amava nele.

— Pois é. Aranhas não deviam mastigar. Normalmente, elas liquefazem a comida e meio que bebem. Eu literalmente nunca vi nada assim.

— De onde essas aranhas vieram? — perguntou ele.

— FedEx.

A presidente se aproximou também, olhando para a caixa de vidro. As aranhas haviam comido metade do rato, e uma delas se afastou da carne do animal morto e começou a tentar atravessar o vidro até Steph.

— O que são essas coisas?

— É sério — disse Manny. — Onde você arranjou essas aranhas?

— Estou falando sério — respondeu Melanie. — FedEx. Do Peru. Sabe as Linhas de Nazca? Uma pós-graduanda minha tem um amigo que trabalha em uma escavação lá. Ele achou a bolsa de ovos e a mandou para nosso laboratório. Provavelmente tem dez mil anos.

— Como é que é? — disse Steph. — Você disse que a bolsa de ovos tinha dez mil anos?

— Mais ou menos. E seria de se imaginar que de jeito nenhum ia ter alguma coisa viva dentro dela, não é? Que teria fossilizado? Só que não.

— Como é possível que um negócio tão velho ainda consiga eclodir?

Melanie explicou a versão resumida, disse que alguns ovos podiam entrar em uma espécie de estado de suspensão, até aparecerem as condições certas. Ela falou sobre o ecólogo evolutivo de Oklahoma que tinha conseguido eclodir ovos de pulgas-d'água de setecentos anos.

— Talvez seja mais fácil pensar nas cigarras. Algumas infestações de cigarras são anuais, mas outras seguem ciclos de treze ou dezessete anos. Ninguém sabe direito como isso funciona, por que elas ficam adormecidas por tanto tempo, mas não é por que a gente não sabe que as cigarras vão deixar de vir. — Ela deu de ombros. — São anos de pesquisa pela frente. Não sei como responder muitas coisas. Agora, o que eu posso dizer é que, assim que percebemos que estava eclodindo, pareceu que ia demorar uma eternidade. Vinte horas olhando para aquela merda, mas aí, *pum*. E, antes que vocês perguntem, não, eu nunca vi nem ouvi falar de nada parecido antes. Pelo que sei, é uma espécie nova. Ou, o que é mais certo, uma espécie muito antiga. Completamente extinta, exceto por essa bolsa de ovos. É quase um milagre. O fato de terem encontrado isso e terem mandado para cá, de ela ter esperado dez mil anos pela hora certa de eclodir... Para ser sincera, tem muita coisa aqui que eu não entendo. Nunca vi nada assim.

Ela franziu a testa e se inclinou na direção do vidro. Todas as aranhas, exceto uma, tinham atacado o rato. Mas uma delas estava se mexendo inquieta no canto. Não parecia ferida, mas havia algo errado com ela. Como se não tivesse energia para comer o rato. Melanie estava prestes a bater no vidro quando se conteve e olhou para Billy Cannon. O secretário de Defesa tinha pegado uma toalha de papel da prateleira ao lado da pia e estava limpando a boca. Ela olhou de novo para Manny, mas ele estava encarando

Steph. Steph olhava para Melanie e parecia prestes a dizer algo quando alguém bateu à porta.

O agente do Serviço Secreto com quem Melanie tinha esbarrado enfiou a cabeça no laboratório.

— Ele chegou.

Manny assentiu, e a porta se abriu mais. Um homem branco de terno entrou. Melanie achou o cara bonito. Tinha aquela ligeira indicação de barriga que começava a aparecer na meia-idade, mas era só alguns anos mais velho que ela. E parecia confiante mesmo na presença da presidente e de todos aqueles agentes do Serviço Secreto. Ele parecia o que Melanie queria: um homem. Com certeza era mais adequado que um pós-graduando. Até de terno, ele parecia um policial, mas Melanie morava em Washington havia tempo suficiente para imaginar que ele era do FBI, da CIA ou de alguma outra agência, em vez de da polícia normal. Ele estava trazendo o que parecia... sim. Era um vidro de palmito. Só que não era palmito.

Melanie pegou o vidro e viu que a mão esquerda do cara estava enfaixada. Alguém tinha feito furos na tampa, e a única coisa dentro dele era uma aranha.

— Onde você achou isto? — perguntou ela.

— Senhora presidente — disse o homem para Steph. — É uma honra. Agente Mike Rich. De Minneapolis.

Steph apertou a mão do homem e, sem soltar, encarou Mike.

— É a mesma? Foi essa a aranha que saiu de Henderson?

Melanie tirou os olhos do pote.

— Espere. O quê? Saiu de... — Ela pousou o pote ao lado do insetário. — Onde você arrumou isto?

— Na verdade, ela saiu do rosto de um homem — respondeu Mike.

Melanie olhou para ele.

— Não. — A palavra saiu devagar, e depois ela repetiu. — Não. Quer dizer, onde no mundo?

Manny suspirou.

— Sabe quando você me perguntou agora há pouco se podia saber do que se tratava?

Melanie confirmou com a cabeça.

— Essas aranhas que você tem aqui — continuou Manny, apontando para o insetário — não são as únicas. Você disse que achava que elas estavam extintas, exceto por estas aqui, mas acho que você está enganada. Nós acreditamos que existam mais.

Melanie olhou para a aranha no pote e as que estavam dentro do insetário.

— Não tenho como garantir que são as mesmas aranhas. A princípio, são iguais, mas eu teria que examinar mais detalhadamente...

— Melanie — interrompeu Manny com a voz firme. — Quando eu digo que acreditamos existirem mais dessas aranhas, digo que acreditamos que existem *mais* delas. Muito mais.

Metrô Bhawan, Déli, Índia

Ele não estava feliz em fazer hora extra. O supervisor praticamente tinha sumido desde que aqueles dois cientistas chegaram de Kanpur. Com o bebê a caminho, o dinheiro ia ser bom, mas sua esposa esperava que ele passasse mais tempo em casa depois que a criança nascesse. Ao pensar nisso, ele ajeitou a calça e tirou o celular do bolso. Ela gostava quando ele se lembrava de mandar mensagens de texto de vez em quando, para perguntar se estava tudo bem. O parto estava dois dias atrasado em relação ao previsto, e o pavio dela estava um tanto quanto curto. Ele preferia muito tentar impedir uma briga antes de começar e, atencioso, digitou uma mensagem rápida para dizer que estava pensando nela e queria saber como ela estava. E depois outra para pedir desculpas mais uma vez por ter que trabalhar, mas também para lembrar que isso ia render um bom dinheiro extra. O médico tinha falado que, se demorasse mais uma semana, eles precisariam induzir o parto.

    Ele guardou o telefone de volta no bolso e seguiu pelo corredor. A equipe já estava esperando ao lado da porta. Os cientistas tinham criado um monte de caso por causa dos tremores, insistiram que precisavam descer lá e deviam ter conseguido descobrir qual era o problema, porque ele não ouviu mais nenhuma reclamação. E também não recebeu nenhuma notícia do supervisor. Provavelmente o sujeito estava bêbado em algum lugar de novo. Ele gostava do supervisor, mas a verdade era que o cara, mesmo se não fosse um pinguço, não era lá muito competente. Mas também não era lá muito exigente, o que era bom.

    Ele fez um gesto com a cabeça para os homens perto da porta. Os medidores do túnel estavam malucos, mas a equipe não conseguia abrir a porta para conferir. Eles tinham tentado de tudo, inclusive redefinir a senha, mas a porta estava emperrada. Ele não sabia que raios os cientistas tinham feito nela — ou, o que era mais provável, o supervisor dele —, mas não havia alternativa: eles precisavam entrar. Suspirou. Teria sido muito melhor se a decisão viesse do supervisor, mas aquilo precisava ser feito.

— Certo — disse. — Serrem os pinos.

Os homens começaram a trabalhar nas dobradiças, e ele ficou olhando por alguns segundos até sentir o celular no bolso vibrar com uma mensagem de texto: *Contrações. Acho que está na hora. Venha para casa.*

Ele hesitou, mas digitou *saindo agora.* Só ia levar mais um ou dois minutos para cortarem os pinos, e aí ele iria direto para casa.

O primeiro pino caiu, e a equipe segurou a porta enquanto um dos homens terminava o segundo pino. A porta era pesada. Os homens se esforçaram para tirá-la e empurrá-la para o lado, mas, depois disso, começou um falatório.

A princípio, ele achou que fosse sujeira, terra ou até carvão, mas logo ele e a equipe perceberam o que era aquilo que chegava quase na altura da cintura, dentro do túnel: aranhas mortas.

O túnel estava tão cheio que os corpos pretos pareciam tudo uma coisa só. Aquilo havia se acumulado na porta, mas lá para o fundo o volume diminuía, e, até onde ele podia ver, antes da curva no túnel, o volume parecia abaixar até a altura do joelho. Nas paredes e no teto, ele viu bolotas brancas. Teias. A maior parte das bolotas era do tamanho de uma bola de futebol, mas algumas eram maiores. Havia uma perto da porta, e a equipe ficou para trás enquanto ele avançava uns passos, pisando nas aranhas mortas como se fossem folhas secas. Ele esticou a mão para encostar em uma delas. Era grudento. Ele imaginou que estaria frio, mas era quente.

O telefone apitou de novo. *A gente se vê no hospital.*

Ele colocou o celular no bolso de novo e se virou. O barulho das aranhas rachando e estalando sob seus pés o deixou enjoado. Elas davam medo, mas não mais do que uma que estivesse presa dentro de uma caixa de vidro. Ele empurrou uma com a ponta do sapato. Era leve, como se estivesse oca. Morta. Seca. Esgotada. O que quer que aquelas aranhas fossem — milhares e milhares, dezenas de milhares — e fosse lá como tinham ido parar dentro daquele túnel, estavam todas mortas.

Ele sabia o que deveria fazer: descobrir onde raios estava seu supervisor e levá-lo até lá. E, se não conseguisse achar o sujeito, deveria ligar para o supervisor dele. Aquilo não só parecia um pesadelo, mas também uma situação nitidamente além do que ele devia resolver sozinho.

O telefone de novo: *Venha rápido.*

Mas, se ele fizesse o que devia fazer, levaria horas e horas. A perspectiva de fazer hora extra era muito mais interessante quando sua esposa estava esperando entrar em trabalho de parto do que quando o trabalho de parto *já* tinha começado. Se ele não saísse logo, ela ia reclamar para o resto da vida.

— Certo. Por enquanto, vamos deixar isso como está. Vocês dois, fiquem aqui e não deixem ninguém entrar no túnel. — Os homens para quem ele apontou resmungaram e desviaram os olhos, mas ele sabia que os dois obedeceriam. — Cuidaremos disso amanhã.

Ele deu mais uma olhada para a massa de aranhas e se virou para ir correndo até o hospital.

Talvez, se tivesse olhado com mais atenção, tivesse visto os ossos soterrados pelas aranhas, os corpos completamente descarnados. Talvez tivesse se dado conta de que havia um motivo para ele não ter visto o supervisor desde que os dois cientistas apareceram. E, talvez, se tivesse descido sozinho, se não tivesse tido tanto falatório, ele tivesse escutado o barulho às suas costas, lá no túnel. Um farfalhar. O som de algo se rompendo.

Se ele tivesse escutado, teria percebido que as aranhas não estavam todas mortas. Talvez aí ele tivesse gritado para os homens enfiarem a porta de volta no lugar e segurarem com força.

Talvez.

Mas não escutou.

Déli. A segunda cidade mais populosa da Terra. Contando as cidades-satélites, era o lar de vinte e cinco milhões de pessoas.

Navio cargueiro *Mathias Maersk*, classe Triple-E, oceano Pacífico, a seiscentos quilômetros de Los Angeles

Com uma tripulação de apenas vinte e dois homens, o *Mathias Maersk* Triple-E, de quatrocentos metros de comprimento, tinha capacidade para dezoito mil contêineres, e, navegando a passo lento, consumia cerca de um terço de combustível a menos que outros navios menores e mais antigos. O melhor da eficiência moderna, e já obsoleto: não ia demorar para o *Mathias* ser superado. Escala. Era tudo questão de escala. Contanto que o navio estivesse cheio, quanto maior ele fosse, mais dinheiro rendia. E o *Mathias Maersk* Triple-E estava cheio. Eles estavam vindo da China, trazendo contêineres e mais contêineres. Tinha de tudo, desde produtos têxteis até patos de borracha, tudo enfiado em seus próprios caixões de metal e pronto para circular nos Estados Unidos.

    Mar tranquilo e catorze dias de anotações rotineiras no diário de bordo. Se ele fosse religioso, teria dado graças aos céus. Boa parte da carga vinha do noroeste chinês, onde a bomba atômica tinha explodido. Ele estava com pena dos comandantes que ficaram esperando no porto da China. O cronograma deles ia furar. Aqueles comandantes não fariam anotações rotineiras no diário de bordo. Não iam atravessar o oceano tão cedo. Não como ele. Com o piloto automático travado para o porto de Los Angeles, a uma velocidade constante de dezessete nós, faltavam umas vinte horas. Ou faltariam vinte horas. Infelizmente, parecia que estava acontecendo algum problema.

    Mesmo com uma tripulação de apenas vinte e dois homens, eram nove idiomas a bordo. O comandante era falante nativo de italiano e fluente em inglês. Mas não dava para dizer o mesmo da maior parte da tripulação. Um inglês macarrônico miserável era o que tinha. Já não era fácil fazer todo mundo se entender cara a cara, mas, com o barulho das máquinas e a estática normal do rádio, o comandante não entendeu uma palavra sequer do oficial de máquinas de plantão. E não ajudava o fato de que o sujeito estava berrando.

O comandante conferiu o piloto automático, deu uma olhada no mapa que mostrava Los Angeles logo adiante e foi chamar o imediato. O que quer que fosse, eles consertariam quando chegassem ao porto no dia seguinte. Com um pouco de sorte, daria para resolver tudo a tempo de almoçar mais tarde em Los Angeles enquanto o navio estivesse sendo descarregado. Ele estava pronto para passar um dia na cidade.

Escritório da CNN, Atlanta, Geórgia

— Não sei se o esforço vale a pena — disse Teddie para seu chefe.

Teddie Popkins — Theodora Hughton van Clief Popkins, mas passara a ser Teddie desde sua primeira semana no mundo, e usar os sobrenomes Hughton van Clief em vez de um simples Teddie Popkins era uma ótima maneira de atrair golpistas — rodou o vídeo de novo. A imagem estava tremida, mas a qualidade era de alto nível. Ela sempre admitiu que os celulares haviam facilitado muito sua vida como produtora. Qualquer celular hoje em dia conseguia gravar um vídeo em alta definição. Claro, quando ela mandava repórteres para a rua, nada melhor que um operador de câmera com uma Panavision de vinte mil dólares, mas não estava com nenhuma equipe à toa na Índia só esperando para...

O que era aquilo, afinal?

Parte de seu trabalho como produtora, especialmente em uma manhã tediosa como aquela, era preencher a grade quando o dia estava devagar. Tudo bem. Assistente de produção. Nada mal para alguém com três anos de formada. Mas a questão era que, em dias de poucas notícias, parte do trabalho era ajudar a criar notícias, e aquele dia era a definição de tédio no meio de uma semana em que a China tinha detonado uma bomba atômica.

O problema era esse. A bomba tinha sido a única notícia. Durante as primeiras vinte e quatro horas, o prédio inteiro ficou fervilhando. Ela havia telefonado para um ex-namorado que trabalhava na FOX, e ele disse que lá estava a mesma coisa: todos os repórteres e produtores estavam na rua, os mesmos dez especialistas em política chinesa circulavam em todos os canais, especulação para todo canto, uns poucos fragmentos de vídeos rodando constantemente. E depois, nada. A notícia da bomba minguou. Não aconteceu nada de novo, e parecia que não havia mais nenhuma informação sobre o caso: a China havia explodido uma bomba atômica sem querer em uma parte pouco povoada do país. Basicamente, *ops*.

E o outro motivo para a notícia murchar tão rápido: foi na China. Teddie não era insensível. Ela havia se formado na Universidade de Oberlin, um exemplo de bastião de humanas onde os alunos aprendiam a se importar com tudo. Como fazia bastante tempo desde a formatura, ela já havia voltado a comer carne e aprendido a caminhar pelo centro da cidade sem precisar parar e conversar com todo morador de rua que encontrasse, mas, apesar de vir de uma família rica e extremamente conservadora — afinal, o pai de Theodora Hughton van Clief Popkins era William Hughton van Clief Popkins III, uma linhagem que sugeria que ela provavelmente teria se encaixado melhor na FOX se não fosse, nas palavras do pai, "uma ingenuidade juvenil quanto ao jeito como o mundo funciona" —, quatro anos em Oberlin tinham dado conta do recado. Teddie detestava o fato de que os jornais substituiriam uma explosão nuclear na China por uma subcelebridade de Hollywood com overdose de Botox. Ela detestava, mas também era realista. Os americanos não ligavam muito para notícias internacionais.

O que a trazia de volta ao problema quanto ao que fazer com aquele vídeo da Índia. A Índia era difícil de encaixar. De vez em quando aparecia alguma notícia quente, e eles embarcavam, mas não iam procurar um furo na Índia. Especialmente durante uma semana como aquela, em que a cota de assuntos internacionais já havia sido esgotada com a China. Mas ainda assim. O vídeo.

— Talvez — disse o chefe dela —, mas rode para mim.

Ele se inclinou por cima do ombro dela para ver melhor o monitor.

Teddie havia assistido ao vídeo sem som e em câmera lenta. Mesmo com um quarto da velocidade normal, o vídeo não chegava a um minuto, e sem dúvida o fator arrepio sumia. Céu e prédios e pessoas correndo. Em alguns lugares, dava para ver o que pareciam fitas pretas saindo de uma estação de trem, mas nada muito claro. Perto do fim, um homem tropeçava pela porta e caía, e as fitas se espalhavam por cima dele, mas até com uma câmera de celular razoável era difícil entender o que estava acontecendo. Só que na velocidade normal e com som? Embora a imagem tremida já indicasse o pânico, eram a gritaria, as buzinas e o barulho de batidas que assustavam pra valer.

Ela rodou na velocidade normal e olhou de esguelha para o chefe. Don estava de queixo no chão.

— Uau. Que porra é essa?

— Pois é — disse Teddie. — É por isso que eu estava assistindo várias vezes. Não tem muita coisa para ver, mas é meio assustador, não é?

— É, mas o que é isso?

— Parece que são insetos, não parece?

Don cruzou os braços. Teddie o considerava um bom chefe, mas ela não tinha muita referência para comparar. A CNN tinha sido seu primeiro emprego depois da faculdade, como assistente dele, e fora ele quem lhe dera a primeira chance de trabalhar como produtora. Assistente de produção. Teddie havia tentado imaginar uma ou duas vezes o que faria se ele desse em cima dela; seu pai até podia ter razão sobre sua ingenuidade juvenil quanto ao jeito como o mundo funcionava, mas ela não era completamente idiota. Sabia como certas coisas funcionavam. Ele não era casado nem gay, e só tinha quarenta e poucos anos, jovem o bastante para que a questão não fosse inconcebível. Então Teddie não entendia por que ele nunca tinha dado em cima dela, nem se insinuado, a não ser pelo fato de que ele parecia aquele tipo de pessoa rigorosa que nunca misturava trabalho e prazer. Ou talvez ele só não ligasse para prazer. Até onde Teddie sabia, Don só queria saber de trabalho. Então ele era um bom chefe, no sentido em que não parecia considerá-la uma jovenzinha de quem pudesse tirar proveito, mas também era um pouco irritante porque parecia não entender que às vezes ela podia querer fazer algo que não fosse trabalhar o tempo inteiro. Ele não era muito de se divertir, e naquele momento não estava achando aquilo nem um pouco divertido.

— Ora, Teddie. Não me faça perder tempo. Insetos?

— Don, eu...

Ela não teve a chance de tentar se defender, o que foi bom, porque tinha bastante certeza de que ia falar alguma idiotice. Mas eles foram interrompidos por Rennie LaClair, que chamou por eles do outro lado da sala.

Teddie acompanhou Don até o conjunto de telas na mesa de Rennie.

— Isso é Déli?

Rennie não olhou para nenhum dos dois.

— É. A NBC acabou de transmitir. Eles estavam com uma equipe lá gravando imagens de cobertura, mas agora começaram a transmitir via satélite. Ao vivo. Está um pandemônio do caralho lá, e eles não estão com nenhum repórter de verdade, só um câmera, mas, gente, vejam essa merda.

O fato de Teddie não ter reconhecido a Estação Ferroviária de Nova Déli não interessava. O importante era que a câmera estava gravando de algum ponto elevado. Talvez em cima de um edifício ali perto. E o importante era que o plano era aberto o bastante para capturar o pânico. As pessoas estavam correndo para todos os lados. Não. Correndo, não. Fugindo. Elas estavam fugindo. Por motivos óbvios, todas as telas estavam no mudo, mas parecia claro que o som não teria explicado nada. A chamada dizia "Pânico em Déli: possível terrorismo?". Obviamente, a pessoa responsável na NBC estava pensando nos atentados de Mumbai de 2008.

Eles estavam enganados. Teddie soube na hora. Soube até mesmo antes de a imagem da câmera fechar na entrada de um dos prédios.

Um fio preto.

O fio se transformou em uma fita.

Em um rio.

Em uma inundação.

Casa Branca

Manny não costumava correr. Ele caminhava com passos decididos, e era comum andar e falar ao mesmo tempo, mas, normalmente, correr dentro da Casa Branca não fazia parte da rotina. Normalmente. Mas aquele dia era especial.

Se tivesse sido qualquer outra pessoa voando na direção do Salão Oval, ela teria sido derrubada e segurada no chão, para dizer o mínimo, mas os agentes de plantão conheciam Manny e ficaram preocupados com a urgência dele. Manny já estava suando e sem fôlego, segurando um celular em cada mão e tentando falar nos dois ao mesmo tempo. Ele interrompeu as conversas para mandar os agentes e a assistente pessoal de Steph saírem da sala, mas Steph mal olhou para o homem.

A sala estava lotada. Dois parlamentares com sete ou oito doadores importantes, um rapaz que parecia familiar para Manny, talvez um ator ou cantor, e um punhado de pais com cara de cansados que acompanhavam um quarteto de escoteiras vestidas com uniforme completo. Steph, tranquila como sempre, terminou os apertos de mãos e sorrisos, abraçou as escoteiras e sorriu na hora do *puf* do flash das câmeras. E depois de um breve agradecimento, abriu um grande sorriso e se afastou para que os assessores pudessem tirar todo mundo dali. Tudo isso em trinta segundos desde que Manny entrou. Ela era uma profissional. Ele nem havia recuperado o fôlego quando a sala ficou vazia.

Assim que as portas se fecharam, o sorriso de Steph sumiu.
— Os chineses?

— Não. Índia. Alex e Ben devem chegar aqui a qualquer momento. Billy está vindo.

Os dois celulares começaram a tocar ao mesmo tempo, mas ele os ignorou.

— Índia? Merda. O Paquistão revidou?

Manny olhou para ela por um segundo, confuso, e balançou a cabeça. Era uma conclusão óbvia para Stephanie. A Índia e o Paquistão estavam em guerra ou quase desde a meia-noite do dia 15 de agosto de 1947. Uma daquelas ideias geniais dos ingleses: a divisão da Índia. Fazia algum tempo que aconteciam conflitos abertos, mas os dois países tinham bombas atômicas. Em alguns períodos, os governos eram mais estáveis que em outros, e naquele momento os líderes das duas nações não eram lá muito equilibrados. Mas eles tinham um plano de ação para o caso de haver hostilidades entre a Índia e o Paquistão. Cenários formulados por analistas. Planos de apoio e contingências e canais de comunicação coordenados. Eles tinham planos para armas e bombas e aviões e para caso a situação se intensificasse. Mas não haviam previsto aquilo.

— Não. Não o Paquistão. A China.

— China?

— As malditas aranhas.

— Certo — disse ela. — Quão ruim?

Sem hesitação. Sem descrença. Só a necessidade de informação.

Essa era uma das coisas de que Manny mais gostava em Steph, um dos motivos pelos quais ele a incentivara a tentar a presidência. Porque, apesar de toda a manipulação, apesar de ele tratar a política como um jogo, apesar de ser capaz de interpretar uma pesquisa de popularidade e identificar uma mensagem, apesar de ser muito bom em negociações por telefone e em torcer alguns braços, e de se dispor a arruinar a vida de uma pessoa se ela não se comprometesse, Manny ainda era um pouco romântico. Era realista, mas também romântico. E acreditava no conceito por trás do presidente dos Estados Unidos da América. Ele acreditava que a pessoa no cargo precisava assumir a responsabilidade e que na maioria das vezes não fazia diferença quem era essa pessoa, mas em algumas poucas, naqueles momentos que vêm uma vez a cada geração, fazia, e com Steph no cargo, com o dedo de Steph no botão, ele sabia que ela tomaria a decisão certa. Steph tinha jeito para filtrar o ruído, para ignorar distrações e ir ao cerne da questão, e assim que ouviu a palavra "aranhas" ela se ligou. China.

Bombas atômicas. O corpo de Henderson em Minnesota. E a Índia. Ela não ia perder tempo pensando que aquilo era impossível e não ia vacilar.

Algo sinistro vem por aí, pensou Manny. O momento de hesitar já havia passado.

— Manny, quão ruim? — perguntou ela de novo.

— Ruim — respondeu ele. — Está na televisão. Na NBC, mas acho que todo mundo vai começar a acompanhar em pouco tempo.

Manny a acompanhou para fora do Salão Oval até o escritório particular onde a presidente cuidava da maior parte do verdadeiro trabalho. Uma assessora olhou para eles, e Manny pediu para ela buscar algumas Cocas Diet e falar para Alex, Ben e Billy irem para lá assim que chegassem.

Ele pegou o controle remoto na mesinha de centro e ligou a televisão. Ou melhor, tentou. Depois de alguns apertões inúteis no botão, Steph pegou o controle da mão dele.

— Sério, Manny? Você não sabe mexer em um controle remoto?

Ela ligou o aparelho e colocou na NBC. O canal estava exibindo o mesmo vídeo sem parar: pessoas correndo e gritando, e então uma maré preta surgindo das portas.

Depois de uns trinta segundos, ela deu as costas para a televisão.

— Só isso? — disse Manny. — Você não quer ver mais?

— Tem mais para ver?

— Bem, não.

— Então bola para a frente. E, Manny?

— O quê?

— Ligue para sua esposa.

Manny não conseguiu se conter:

— Ex-esposa.

Steph fez um gesto frustrado com a mão.

— Tanto faz. Não seja babaca.

— Muito presidencial.

— Manny, que tal você ir se f...

Steph se calou assim que a porta se abriu. Sem nem se dar ao trabalho de entrar na sala, Alex Harris olhou para Steph e Manny.

— Acho que já passamos do ponto de ficar batendo papo no escritório particular — disse Alex. — Ben já foi para a Sala de Situação, e eu tomei a liberdade de chamar todo mundo.

— Ora, Alex, segure a onda. — Os dois celulares no bolso de Manny começaram a vibrar de novo. E eram as linhas que ele atendia pessoalmente. Seu assessor provavelmente estava levando uma surra. — A imprensa vai farejar isso e descer o pau nas nossas reações exageradas.

— Cresça, Manny! — disparou Alex. — Já passamos desse ponto. A imprensa vai descer o pau se não começarmos a exagerar. Se quer pensar em política, pense no Onze de Setembro.

— Como é que é? — disse Manny. — Você está dizendo que isso é um ato de terrorismo?

— Não. Quero dizer que, se não fizermos algo logo, Steph vai parecer muito pior do que Bush lendo sobre uma cabra idiota enquanto aviões acertavam arranha-céus. Se quer se preocupar com a imagem que isso vai passar para a imprensa, bem, é por essa perspectiva que você tem que olhar, Manny. Não se alguns jornalistas vão descobrir que estamos entrando em modo de crise. — Ela deu um passo para dentro da sala e estendeu a mão para encostar no braço de Stephanie. — Porque é bom a senhora acreditar que estamos entrando em modo de crise, senhora presidente. Quando estávamos olhando para a China, imaginamos que poderíamos tratar a situação como se fosse uma gripe ou qualquer outra pandemia, não foi? Áreas de quarentena e a Guarda Nacional para ajudar em áreas particularmente afetadas. E, como uma gripe ou qualquer outra pandemia, imaginamos que conseguiríamos nos preparar de antemão.

Alex respirou fundo e voltou a se virar na direção da porta.

— Então, Manny, pode se preocupar o quanto você quiser com a imprensa, mas eu estou preocupada com a vida das pessoas. Vamos. Levante-se, Manny. Sala de Situação.

Manny obedeceu, não por ter sido chamado, mas porque percebeu que Alex estava falando tanto com a presidente quanto com ele. E Alex não era assim. Já fazia tempo que ela não dava a mínima para o futuro de sua carreira — ela havia insinuado que talvez fosse aceitar um cargo de embaixadora na Itália depois que deixasse a função de conselheira de segurança nacional, porque não ia mais querer saber de política de verdade —, mas Alex se importava com a presidência dos Estados Unidos da América, e, se ela estava essencialmente convocando a presidente, era porque estava muito preocupada. Alex continuou falando no corredor.

— Imaginamos que conseguiríamos nos preparar de antemão. Bom, não tem antemão. Já aconteceu. É o que dá para concluir com a China e a Índia. Eles foram afetados e tudo já está um caos. Na melhor das hipóteses, isso ainda não chegou aqui e podemos cancelar todos os voos e fechar as fronteiras do país o mais rápido possível. Se for um exagero, a imprensa não vai gostar. — Manny abriu a boca, mas Alex não se deixou interromper. — Não é problema meu, Manny, e você pode dar um jeito mais tarde. Mas, Steph, senhora presidente, se sou sua conselheira de segurança nacional, meu conselho é que a senhora entenda que, se a situação é ruim a ponto de os chineses usarem armas nucleares e agora aquilo ter atingido a Índia, isso não é um exagero.

Alex parou de andar e se virou para encarar Manny e Steph.

— Não acho que seja ainda uma situação de "se". Acho que é uma questão de "quando", e nós só estamos ganhando tempo até aquilo chegar aqui.

Minneapolis, Minnesota

O agente Mike Rich não teria reclamado de ficar mais uns dias em Washington se ele tivesse tido a chance de convidar aquela cientista para jantar. O hotel que a agência tinha reservado para ele era ruim, Mike não havia pregado os olhos, e não gostava muito de aranhas, mas a professora Guyer era bonita. Ela era alta o bastante para olhá-lo nos olhos e tinha o porte atlético e esbelto que ele apreciava. Tinha alguma coisa estranha no relacionamento dela com o chefe de gabinete da presidente, um cara insípido com jeito relaxado que, mesmo assim, parecia muito confiante, mas, caramba, tudo estava meio estranho esses dias. Mike começou a semana preocupado com a Nação Ariana, anfetaminas e drogas, e de repente passou a lidar com aranhas canibais, a presidente Stephanie Pilgrim e ordens explícitas para ficar de boca fechada. Canibais? Era isso mesmo? Isso não seria só para dizer que elas comiam umas às outras? Elas eram canibais se comessem seres humanos, em vez de outras aranhas? *Foda-se*, pensou Mike, não importava. O que importava era que ia demorar bastante até ele conseguir dormir sem ter pesadelos.

Ele havia tentado dormir durante o voo. Classe econômica. Eles o haviam levado à capital em um jatinho oficial e o enviaram de volta a Minneapolis em um avião comercial. Mike meio que tinha a esperança de fazer o upgrade para a primeira classe, mas não. Beleza de governo federal. Mesmo assim, ele havia tentado fechar os olhos, recostar a cabeça na janela e se deixar embalar pela vibração da turbina, mas, sempre que o sono parecia chegar, Mike imaginava que alguma coisa estava andando em cima dele. Na perna. No braço. Na nuca. Depois do primeiro choque de adrenalina, da terceira vez em que começou a se estapear, decidiu que seria melhor desistir de tentar e ver um pouco de televisão. Não foi uma viagem confortável.

Mike esperou até quase todos os passageiros saírem do avião para se levantar do assento perto da traseira e seguir pelo corredor. Ele não tinha levado nenhuma bagagem. O diretor havia deixado bem claro que ele deveria ir imediatamente para Washington, e "imediatamente" era um código para "se você fizer as malas, vai ser transferido para algum lugar desagradável". Mike tirara um tempo para tomar pontos, fazer um curativo na mão e vestir um terno que não estivesse sujo de sangue ou vômito, mas na viagem ele só levou a carteira, o celular — que estava morto, porque ele não havia levado o carregador —, o documento de identificação da agência e a Glock. A arma era um privilégio para quem trabalhava na agência. A segurança do aeroporto ainda não permitia entrar na aeronave com uma garrafa d'água, mas com a Glock não tinha problema. Ele queria ter parado para pegar o coldre de ombro em vez do de cinto. O coldre de ombro teria disfarçado muito melhor a arma, mesmo sendo uma porcaria para trabalhar de verdade nas ruas. O saque era lento, e era difícil não direcionar o cano da arma sem querer para outras pessoas durante o caminho até o ponto pretendido. Mas não tinha como negar que era intimidador. Mike meio que queria ter um desses no laboratório daquela professora. O terno não era grande coisa, um conjunto velho, mas ele teria ficado bonito sem o paletó e com o coldre de ombro. Não fazia flexões e barra sem motivo. Mas não. Acabou voltando para Minneapolis, saindo de um avião depois de três dias direto na ativa, e o coldre na cintura estava em cima de uma mancha de suor. Ele havia tomado banho no hotel, mas roupas limpas ainda estavam por vir.

Mike ouviu o burburinho de vozes antes de sair do túnel de desembarque, mas foi só quando chegou ao terminal que percebeu que havia algo errado. O ambiente desagradável normal dos aeroportos tinha sido amplificado. Muito. Em vez da inércia da área de embarque, com famílias aglomeradas e entediadas, consultores de meia-idade que se consideravam importantes demais e precisavam ocupar três assentos quando não havia o suficiente para todo mundo, pais cansados com carrinhos de bebê e caixinhas de suco, em vez disso tudo, o que havia era um ar de rebelião. Os balcões das linhas aéreas estavam cercados de gente, uma mistura agitada de gritos e dedos em riste em um lado, grupos pequenos de gente chorando em outro. O que o preocupava mesmo era o fato de que as pessoas nervosas eram uma pequena minoria. O resto estava formando o que parecia um êxodo em massa. Deprimido, mas ainda assim um êxodo em massa.

Mike pensou que no Onze de Setembro devia ter acontecido algo parecido.

Ele viu um agente uniformizado da TSA, a agência de segurança de transportes, agindo como guarda de trânsito, aproximou-se do jovem e apresentou a identificação da agência.

— Acabei de sair de um voo e meu telefone está sem bateria. Qual é a comoção?

— Nenhuma comoção. Voos cancelados.

— Isso tudo só por causa de alguns voos cancelados?

O agente olhou para Mike com uma expressão que parecia vagamente debochada. Por um instante, Mike entreteve a fantasia de dar um murro no nariz do garoto. Era uma fantasia legal, mas insensata.

— Não são alguns voos cancelados. São todos.

— Todos?

— É. Todos os voos.

— Todos os voos de Minneapolis foram cancelados?

Dessa vez não foi vago. Era um deboche evidente.

— Todos os voos do país. Nenhum avião tem permissão para decolar.

Mike não teve chance de admitir que sim, ele não fazia a menor ideia de nada, porque o sujeito já havia se afastado. Mas Mike não ficou constrangido. Estava distraído pelo ambiente esquisito no terminal. Em 2001, a última vez em que o tráfego aéreo tinha sido bloqueado, ele não estava viajando, mas imaginava que tivesse sido uma situação parecida. No Onze de Setembro, as pessoas provavelmente se aglomeraram na frente das televisões dos aeroportos e ficaram vendo sem parar as imagens das torres caindo. Agora, Mike não sabia bem o que estava vendo; as telas mostravam *Déli, Índia* na legenda, mas o que ele viu não fazia muito sentido. E, ao mesmo tempo, fazia. As pessoas que viajavam com suas famílias ou a trabalho ficariam presas no aeroporto e talvez não entendessem o que estava acontecendo, o que aquele fragmento de vídeo da Índia queria dizer, mas Mike levou só alguns segundos para ligar os pontos ao descobrir que todos os voos tinham sido cancelados. Aranhas. Tinha que ser. Mais nada faria sentido. Não que as aranhas fizessem. Mas, depois do que havia acontecido com Henderson, da viagem a Washington, do encontro com a presidente, só podia ser isso. O que significava que a presidente, a cientista bonita, as pessoas que eram pagas para dar ordens a agentes como ele, todo mundo estava surtando. Cancelar todos os voos do país? A merda era séria.

    Ele passou por uma banca de revistas que estava fechando. A dona da banca estava abaixando a grade de metal no meio do dia. Logo ao lado, uma área de espera estava se esvaziando rapidamente. Homens de terno irritados guardavam laptops, famílias com crianças chorosas carregavam carrinhos de bebê. Quando chegou até as placas que indicavam que quem saísse não poderia mais voltar para a área de desembarque, Mike pegou o celular e apertou o botão de ligar com o polegar, sem lembrar que a bateria tinha acabado. Mas não fez diferença: elas já estavam lá, esperando. Annie estava concentrada bebendo um milk-shake, e Fanny digitava algo no celular. Nenhuma das duas olhava para a frente, então Mike teve a chance de observá-las enquanto se aproximava. Fanny estava bonita. Ela sempre estava bonita. Nunca tinha sido muito vaidosa, mas corria e tinha um bom olho para roupas. Até quando ainda estavam juntos, antes de ela se casar de novo e passar a ter acesso a outra escala de compras, ela sempre teve jeito para arranjar boas combinações. E havia cortado o cabelo, um corte que dava mais destaque para o rosto. Mas, mesmo reconhecendo que ela ainda era bonita, e a maioria dos homens até diria sexy, Mike percebeu que, pela primeira vez desde que a conhecera, não sentia mais atração por Fanny. Aquela fagulha, aquele choque que ele sentia ao beijá-la — o que quer que fosse — não existia mais. E o mais interessante era que o fato de isso não existir mais não o incomodava. Na verdade, era um alívio. Ele não sabia se era porque ela estava grávida e, portanto, final e irreversivelmente fora de alcance, ou se havia passado tempo suficiente, ou se aquela cientista, Melanie, o lembrara de que ele poderia se interessar por outras mulheres, mas não interessava. O importante era que Mike podia ver Fanny como alguém com quem ele tinha uma filha, não alguém que estava tentando recuperar.

    Quanto a Annie, ele não a via fazia quanto tempo? Dois, três dias? Será que ela podia mesmo parecer mais velha? Mais velha e mais nova ao mesmo tempo. Ela usava um agasalho amarelo, com o capuz na cabeça e o cabelo amarrado em um rabo de cavalo meio solto, e de perfil Mike viu como ela seria dali a alguns anos. E aí Annie se virou, tirou o canudo do copo e pingou o milk-shake na boca, e voltou a parecer a criança que ela era.

    — Oi, linda — disse ele, abaixando-se para abraçar a filha.

— Papai! — Ela passou os braços em volta do pescoço dele e apertou com toda a força. Mike sempre queria dizer que ela precisava ir com um pouco mais de calma, que estava ficando grande a ponto de um abraço forte daqueles machucar, mas não tinha coragem. Era como se a filha achasse que apertá-lo com mais força significasse que ela o amava mais. — Ops! Desculpa. Sujei seu terno de milk-shake.

— Não tem problema, querida.

Mike ficou aliviado por ela não ter reclamado de ele tê-la chamado de "linda" de novo. Ele se levantou e deu um meio-abraço em Fanny. Não foi tão mal. Os dois tinham um passado complicado, e, depois de ter se dado conta de repente de que não estava mais interessado em reconquistá-la, Mike não sabia o que restava entre eles. Mais do que só um interesse comum por Annie? Talvez uma amizade? Seria assim tão simples? Uma amizade?

— Obrigado por virem me buscar. Eu podia ter pegado um táxi, mas assim é legal.

Fanny deu aquele sorriso que não era exatamente um sorriso, e Mike entendeu por que ela havia tomado a iniciativa de buscá-lo. Ela queria conversar. Dito e feito.

— Eu queria mesmo conversar.

Annie deu um pulo e pegou a mão de Mike.

— A mamãe vai ter um neném.

Mike deu risada. Talvez porque já esperasse, e talvez porque tivesse percebido que podia ficar feliz por Fanny, feliz por ela ter conseguido superar o casamento deles e tentar de novo, feliz por Annie ter tirado de letra o estresse de ter pais divorciados. Por um minuto, aquilo bastou para ele esquecer o burburinho das pessoas que saíam do terminal, a sensação esquisita de que saber que o aeroporto inteiro estava fechando no meio do dia.

— Parabéns, Fanny. — Mike a abraçou, um abraço de verdade dessa vez, com força e por mais tempo. — Estou muito feliz por você. Por você e por Rich — acrescentou ele, percebendo que estava sendo sincero.

Base do Corpo de Fuzileiros Navais
Camp Pendleton, San Diego, Califórnia

A cabo Kim Bock não sabia o que estava acontecendo, mas sabia que a situação estava uma merda. Um dia após a bomba atômica na China, eles tinham recebido ordens de desdobramento e, em seguida, ordens para permanecer na base. Então, no dia anterior, tiveram uma sessão às pressas para rever os procedimentos de uso de trajes de proteção biológica e máscaras de gás, e parecia que iam chegar ordens de desdobramento de novo. Mas aí todos foram enviados de volta à caserna e, depois de algumas horas arrumando e rearrumando os equipamentos, tudo permaneceu igual. Não havia nenhuma novidade, e nem Joe Branquelo, que tinha telefonado várias vezes para o pai, sabia de nenhuma informação concreta.

E aí, do nada, o rádio, a televisão e a internet explodiram com notícias e era tudo Índia e aranhas e absolutamente todos os voos do país cancelados e todo mundo com divisas ou medalhas na farda berrando para eles limparem as armas, arrumarem o equipamento e subir em um ônibus. Vai, vai, vai!

Então lá estavam eles. Em um ônibus escolar. Um ônibus escolar amarelo de verdade. Punhos olhou para Kim, e ela deu de ombros. Aquilo também não fazia muito sentido para ela. Eles eram bons fuzileiros, então entraram nos ônibus escolares, com a bolsa com as roupas no colo e a M16 no braço. Elroy estava com os fones de ouvido, e Kim escutava a música dele — a mesma porcaria country de sempre —, e Punhos, Duran e Joe Branquelo jogavam baralho com Capanga. Kim se virou no assento para conversar com Sue.

Dizer que a soldado Sue Chirp vinha de um mundo muito diferente de Kim era pouco. Os pais de Kim haviam se conhecido na Universidade Howard; a mãe dela era oncologista pediatra, enquanto o pai dava aula de história para adolescentes na escola National Cathedral, e gostava de brincar que ele — e Kim, quando ela era aluna lá, um dos benefícios a que tivera direito por ele fazer parte do corpo docente — era um belo toque de cor na escola. Até onde Kim sabia, ela tinha sido a única pessoa da turma que não foi direto para a faculdade depois de se formar, e, embora com o tempo seus pais tivessem aceitado sua vontade de se alistar, eles ainda esperavam que Kim fosse para a faculdade em algum momento. Embora a família de Kim não fosse rica em comparação com a maioria dos amigos dela na National Cathedral, eles levavam uma vida confortável e pareciam bilionários se comparados à família de Sue.

Sue Chirp tinha vindo para o Corpo dos Fuzileiros Navais direto dos cafundós de West Virginia. Kim não imaginava que ainda existiam cafundós nos Estados Unidos, mas, ao conhecer Sue, ela se convenceu de que existiam, sim. Sue era inteligente e seria uma boa fuzileira, mas só porque ela não tinha mais nenhuma opção. Ela nunca conhecera o pai, e a mãe tinha se alternado entre uma série de namorados e temporadas na cadeia, normalmente por causa de drogas. Depois que as duas passaram a se conhecer melhor, Sue contou a Kim que a cicatriz em seu braço era de uma queimadura por causa de um acidente com a produção de anfetamina de sua mãe quando tinha seis anos. Mas os Fuzileiros Navais faziam tábula rasa de tudo, e, apesar da diferença enorme de criação entre Sue, branca, pobre e praticamente abandonada, para quem as forças armadas eram a única opção, e Kim, negra, relativamente rica, cercada de atenções paternas, para quem o Corpo de Fuzileiros Navais era melhor do que o caminho mais fácil que ela poderia ter escolhido, as duas ficaram muito amigas. Talvez fosse só o fato de serem duas mulheres tentando progredir em um universo que sempre havia sido exclusivo dos homens, ou talvez fosse porque Sue era legal e inteligente. E engraçada.

— Quanto tempo você acha que a gente vai ficar nesses ônibus? — perguntou Sue. — Será que antes os oficiais vão perceber que alguns fuzileiros não conseguem mijar em uma garrafa?

Duran, que tinha uma quedinha por Sue, se recostou no banco, segurando as cartas junto ao peito.

— Eu posso segurar a garrafa se você quiser tentar.

— Você curte chuva dourada, Duran? — disse Sue, rindo, e Kim sorriu.

Ela vinha tentando convencer Sue a dar uma chance para Duran. Ele era uma boa pessoa, e, pelo que Sue havia contado sobre seus ex-namorados, ela não estava acostumada a boas pessoas. Além do mais, com bombas atômicas na China, aranhas assassinas na Índia e aquele desdobramento bizarro, por que não?

Kim empurrou a mala para o chão, ajoelhou-se no assento e se virou de vez para trás, cruzando os braços por cima do encosto do banco para ficar mais confortável.

— Não vai demorar tanto, não é? Duvido que fossem colocar a gente em ônibus escolares se a viagem demorasse mais que uma ou duas horas. Não faria muito sentido.

Sue soltou a máscara de gás que estava pendurada no lado de fora de sua bagagem e a segurou na frente do rosto.

— Está vendo isto aqui? É três vezes maior que a minha cara, parece que eles resolveram fazer uma máscara de gás para um urso-pardo. Se tiver perigo de gás ou algo biológico, ou sei lá para o que eles estão tentando nos preparar com tanta urgência, não vai fazer diferença se eu estiver de máscara ou não. Esta porra não cabe em mim. — Ela voltou a prender a máscara na mala. — Fomos para uma guerra com Humvees incapazes de aguentar o impacto de uma bomba caseira e passamos os últimos dias entrando e saindo de aviões, levantando e sentando de novo. Você acha que alguma coisa faz sentido para os militares? Quer dizer que o fato de estarmos em ônibus escolares significa que não estamos indo para muito longe? — Ela deu de ombros. — Quer apostar quanto?

— É, mas ônibus escolares querem dizer que...

— Ônibus escolares querem dizer que estamos muito fodidos — interrompeu Sue. — Você sabe como as pessoas reagem a esse tipo de coisa. Qualquer distribuição de soldados armados em solo americano faz os cidadãos pirarem, então o que você acha que vai acontecer quando as pessoas nos virem enfiados em ônibus escolares amarelinhos? — Ela se abaixou para encostar no M16. — Nós não estamos carregando lancheiras do Scooby Doo. Se a situação está séria a ponto de eles usarem ônibus escolares, obviamente estamos na merda. Então, sim, estou um pouco preocupada por minha máscara de gás não ser do tamanho certo.

— Qual é. Você sabe que não vai precisar de máscara de gás — respondeu Kim.

Joe Branquelo mostrou três ases. Punhos soltou um palavrão, e Capanga entregou as cartas tranquilamente para Duran. Joe Branquelo também passou as cartas para Duran e se virou para Sue e Kim.

— Máscara de gás? Talvez. Talvez não. Mas também acho que estamos na merda. Com a bomba atômica, talvez fizesse sentido sermos enviados para algum lugar mais perto da China, mas estamos indo para algum lugar dentro do país. Isso, minha amiga, é importante. — Ele se inclinou por cima de Sue e bateu na janela. — Está vendo aquilo?

O ônibus estava ultrapassando uns caminhões abertos carregados de postes e rolos de arame. Todos os caminhões estavam cheios, e a sequência de carretas formava uma linha contínua que se estendia por mais de um quilômetro. Os ônibus escolares levaram mais de dois minutos para ultrapassá-los.

— Já dá para ver que a situação é grave quando as tropas são desdobradas em solo doméstico — disse Joe Branquelo. — Mas aquilo é mais sério. Para que vocês acham que eles vão usar aquelas cercas? Provavelmente vamos estabelecer campos de concentração ou algo do tipo. Para quem, desta vez? Quem é que vamos tentar prender?

Kim olhou para a máscara de gás pendurada na mala de Sue. Os olhos de vidro e a lata do filtro davam um aspecto ameaçador, como se fosse a cara de um inseto.

— Não — disse Kim. — Não se distribui tropas pelo país se não se espera uma invasão. Ou algo do tipo. Eu aposto em algo do tipo. Máscaras de gás? Não é alguém. É alguma coisa. E as cercas não são para campos de concentração. Acho que é para quarentena. A questão não é *quem*, mas *o que* vamos tentar manter fora do país.

Sue levantou a máscara enorme de novo.

— Merda — disse ela, prolongando a palavra. — Eu vou morrer, não é?

American University, Washington, D.C.

Tronco estava chorando de novo. Eram oito da manhã na costa leste. Melanie havia dormido, no máximo, quatro horas, e Tronco estava chorando de novo.

Inacreditável. Tudo bem, Melanie até reconhecia que talvez pudesse ter lidado com a situação com um pouco mais de tato, que aquele não era o melhor momento, considerando que nenhum deles tinha dormido direito e estavam trabalhando muito desde que a bolsa de ovos chegara, mas, assim que disse que queria terminar, a única coisa que Melanie sentiu foi alívio. Alívio e irritação. Sério. Inacreditável. Ele tinha começado a chorar como se Melanie fosse sua namorada desde a escola. Ela antes tinha bastante certeza de que Julie e Patrick não sabiam de seu caso com Tronco, mas toda esperança de discrição tinha ido pelos ares por causa do descontrole dele. O lado positivo era que nem Julie nem Patrick pareciam censurá-la por isso. Antes eles teriam torcido o nariz e chamado Melanie de vadia pelas costas, mas agora pareciam mais irritados pela choradeira constante de Tronco. Julie até parecia admirada por Melanie ter conseguido um pouco do que queria. Ponto para o feminismo. E, em vez de encarar com firmeza, Tronco estava parado ali no meio do laboratório, lágrimas escorrendo soltas. Ele parecia uma torneira com goteira e nem se dava ao trabalho de secar o rosto. Julie extraía o veneno da aranha morta, Patrick preparava a solução, Melanie estava indo até o escritório dela para ligar para Manny, e Tronco estava parado, chorando.

Embora já fizesse algum tempo que ela pretendia terminar com Tronco, Melanie resolveu agir, pelo menos em parte, por causa do agente Rich. Fisicamente, ele não era tão maravilhoso quanto Tronco, mas também não tinha um aspecto tão sem graça quanto Manny. Não para falar mal de Manny, que era um cara legal, mas ele não era o mesmo que o agente Rich. Que era um homem. Aquele agente era um homem de verdade. Com algemas. Havia uma parte considerável de Melanie, mesmo com tudo o que estava acontecendo no laboratório, que teria ficado feliz se ele passasse mais tempo em Washington e lhe desse a chance de descobrir como ele ficava usando nada além de algemas.

Mas era só uma parte dela que queria que o agente Rich tivesse ficado, porque a outra parte, a maior, não sabia nem se ela algum dia ia querer sair do laboratório. Aquelas coisas eram incríveis. E Melanie havia começado a chamá-las de "coisas" porque não sabia se elas eram realmente aranhas. Pelo menos não o que ela havia aprendido que eram aranhas. Existiam trinta e cinco mil espécies de aranhas, e elas estavam na Terra há pelo menos trezentos milhões de anos. Desde os primeiros instantes da humanidade, as aranhas sempre estiveram presentes, rastejando em volta das fogueiras, formando teias nas florestas e fazendo todo mundo morrer de medo, muito embora, tirando algumas poucas exceções, elas não fossem perigosas de fato. Mas aquelas eram diferentes.

Melanie nunca havia entendido o pânico que as pessoas sentiam de aranhas. Por que todo mundo tinha tanto medo? Eram as oito patas, sendo que cada membro era independente e, ao mesmo tempo, fazia parte da aranha? Ou, nas aranhas maiores, seria o pelo? Será que ver algo tão comum como pelos em algo tão estranho como uma aranha fazia as pessoas perderem o juízo? Mesmo considerando que a subordem dos migalomorfos, que incluía as tarântulas, tinha pelos urticantes, esses pelos também não eram nenhum grande perigo para os seres humanos. Na pior das hipóteses, eles causavam um pouco de irritação. E as poucas espécies de aranhas que podiam fazer mal aos humanos, e até matar, nem sempre eram as mais assustadoras. Nada disso fazia sentido para Melanie. Todo ano, quase um milhão de pessoas davam entrada nas emergências dos hospitais por causa de mordidas de cachorro, mas aranhas — exceto no caso de mordida de aranha-marrom, que mesmo assim era algo bem raro — não faziam muito além de controlar a população de mosquitos. E, ainda assim, uma aranha na banheira conseguia fazer um adulto gritar. Melanie não tinha medo nem quando era pequena. Ela se lembrava nitidamente de ter capturado uma aranha para a mãe quando tinha cinco anos. Melanie havia coberto a aranha com um copo, feito ela entrar e a levado para fora de casa. Talvez isso não fosse extraordinário; as crianças aprendiam a ter medo com os pais. Mas com quem os pais aprendiam a ter medo? Não, ela nunca havia entendido o medo de aranhas.

Até aquele momento.

Finalmente, ali estava um motivo para se ter medo.

Ela havia explicado tudo para Manny quando ele ligara no dia anterior, antes de Steph cancelar todo o tráfego aéreo civil do país, mas estava indo se trancar no escritório para telefonar para Manny, porque, depois de mais uma noite de análises, Melanie havia percebido que uma única daquelas aranhas era impressionante, e a ninhada no insetário era assustadora, mas o jeito como elas interagiam era para se cagar de medo. Melanie estava começando a achar que cancelar os voos talvez não fosse o suficiente.

O telefone caiu na caixa postal, mas, antes mesmo de ela começar a deixar um recado, o telefone apitou com o alerta de que Manny estava ligando de volta.

— Se é para falar sobre nosso relacionamento, Melanie, é melhor deixarmos para outro dia.

— Vá se foder, Manny. Foi você que me procurou. — Melanie não estava irritada de fato. Ela conhecia Manny. Sabia que ele estava brincando porque estava preocupado com o motivo da ligação. — É sobre as aranhas.

— Por favor, diga que você decidiu que estamos exagerando. Os voos cancelados estão ferrando a gente, Alex está surtando, e chegamos até a distribuir soldados pelo país para instalarmos zonas de quarentena. A União Americana pelas Liberdades Civis está criando caso, infringimos meia dúzia de leis e ainda não sabemos se isso é para valer.

— E a Índia? — perguntou Melanie. Manny não respondeu, então Melanie insistiu. — Vocês receberam mais notícias da Índia, não foi?

— Não para o público — respondeu Manny.

— Mas vocês não revogaram o bloqueio do tráfego aéreo e não enviaram as tropas de volta para as bases.

— Não.

— Então é ruim?

— Melanie, por que você ligou?

— Acho que é ruim, Manny. Em parte, é especulação, e vou precisar estudá-las muito mais, conseguir mais informações, passar um bom tempo...

— Melanie — interrompeu ele. — Já entendi. Não é para divulgar. Isso não vai entrar no seu currículo acadêmico nem passar pela revisão de seus colegas, tudo bem? Espere. Só um minuto.

Ela ouviu o som abafado de conversa ao fundo. A voz de Manny era reconhecível, mas não dava para entender as palavras, misturadas ao barulho de telefones e de um monte de gente falando ao mesmo tempo.

Manny voltou.

— Estamos com outros cientistas e consultores e o diabo a quatro aqui, e todo mundo está dando palpite sobre o que está acontecendo. Nada faz sentido, Melanie. Isso tudo poderia ser uma invasão alienígena.

— E é.

— O quê?

— Invasão alienígena. Quer dizer, não exatamente — corrigiu ela —, mas é como se fosse.

— Certo.

— Certo o quê?

— Certo — repetiu Manny. — Nós procuramos você porque Steph e eu sabíamos que você seria discreta e que era uma especialista, mas agora o que eu preciso é de alguém em quem eu possa confiar. E essa pessoa é você. Então não quero saber se você não conseguiu pesquisar tudo o que precisa. Não quero saber se o trabalho passou por revisão de colegas ou nada do tipo. Só preciso saber o seguinte: é sério?

Melanie hesitou. Ela odiava aquilo. Era uma cientista e queria mais informações. Queria provas. Mas era sério.

— Basicamente, aranhas são eremitas. São antissociais e agressivas com outras aranhas. Elas gostam de ficar sozinhas. Mas nem toda aranha é assim. Existem aranhas sociais, embora sejam raras. Qualquer aranha, em cativeiro, forma colônias pequenas. Até viúvas-negras. Mas em liberdade, na natureza, só algumas espécies fazem isso. A mais conhecida é a *Anelosimus eximius*. Elas formam colônias de quarenta ou cinquenta mil aranhas.

— Cinquenta mil? Você só pode estar de sacanagem. Cinquenta mil daquelas coisas enormes no seu laboratório?

— Não, aí é que está. As *Anelosimus eximius* são pequenas. Elas trabalham juntas para tomar conta das ninhadas e para criar teias capazes de capturar presas maiores e melhores, mas isso se resume a insetos maiores, um ou outro morcego ou pássaro. É tipo uma cooperativa. Elas não caçam juntas. Não de verdade, ou pelo menos não o tipo de caça que as pessoas costumam imaginar. E elas são sociais, não eussociais. Mas estas são diferentes. Acho que elas não são só sociais. Acho que são eussociais.

— Como assim? Qual é a diferença?

— Animais sociais trabalham juntos, mas eussociais... Bom, tem a definição original e a definição ampliada de E. O. Wilson.

As vozes de fundo atrás de Manny aumentaram de repente e depois baixaram.

— Melanie, não tenho tempo para você entrar no modo professora. Preciso que seja rápida. Passe um resumo agora pelo telefone e depois faça o favor de pegar um táxi e vir para cá. Vou querer que você diga isso diretamente para Steph e esteja pronta para responder perguntas. Então, em poucas palavras, o que estamos vendo?

— Formigas — respondeu ela. — Formigas, abelhas e cupins. Há dois tipos de toupeira também, mas pense em formigas. Essas aranhas não são como aranhas. São como formigas.

— Formigas?

— Em grupos eussociais, cada indivíduo assume uma função específica na colônia. Cavar túneis, pôr ovos e por aí vai. E, a partir de determinado momento, em algumas espécies de animais eussociais, os indivíduos chegam a um ponto em que não são capazes de fazer outra coisa. Viram um especialista e só conseguem fazer o que fazem. Como uma máquina em uma linha de montagem. Eles só têm uma função.

— Então você está dizendo que essas aranhas aí são especializadas, que elas viraram maquininhas?

— Veja bem, a gente dissecou duas, e as duas eram idênticas; nenhuma tinha capacidade de pôr ovos. Então não há dúvidas de que existe mais de um tipo dessas aranhas. Elas precisam ser capazes de se reproduzir. Mas as que examinamos são especializadas. Repito, não posso dar certeza absoluta, nem dizer que a maioria ou todas são assim...

— Melanie. — Manny não estava bravo, mas foi firme. — Chega. Já entendi. Você pode estar enganada. Mas também pode estar certa. O que estamos enfrentando? As pessoas aqui estão começando a entrar em pânico. Estou disposto a assumir o risco de que você pode estar errada, porque agora, neste instante, não sabemos o que está acontecendo. As aranhas no seu laboratório são iguais à que saiu do rosto de Bill Henderson, e achamos que provavelmente são as mesmas que estão arrasando a Índia e fizeram a

China detonar uma bomba atômica. Pelo que sei, você é a única pessoa que estudou uma delas de perto. Quando eu estive aí no seu laboratório, você disse que elas eram assustadoras, mas eram só aranhas. Agora você está me ligando para dizer que elas talvez não sejam. Que talvez sejam outra coisa. Você está dizendo que essas aranhas são como pequenas máquinas que só conseguem fazer uma função. Então, por favor, diga, Melanie, qual é a única coisa que essas aranhas conseguem fazer?

— Comer — disse Melanie. — Elas foram criadas para se alimentar.

Desperation, Califórnia

O dia anterior tinha começado como outro qualquer. Bem, tirando aquele vídeo pavoroso da Índia e os boatos de que havia aranhas mutantes devorando pessoas em Déli, e logo depois a notícia de que todo o tráfego aéreo dos Estados Unidos havia sido interrompido, o dia tinha começado como outro qualquer. Gordon fez panquecas e, em seguida, saiu com Amy para um longo passeio com Claymore. Depois, enquanto Amy via dois episódios de *Buffy, a caça-vampiros*, Gordon correu na esteira, tomou banho e navegou na internet em busca de informações. Mas não encontrou muita coisa. Ele passou a maior parte do tempo chafurdando em boatos. Depois do almoço, Espingarda e Fred os convidaram para uma partida de Catan. Um dia normal. E depois, um golpe de estado.

Foi um golpe pacífico, mas nem por isso deixou de ser golpe: Gordon e Espingarda não estavam mais no comando. Depois que Amy derrotou os três homens no Catan, o que era normal, Gordon desceu até a oficina para dar uma olhada na nova serra de fita de Espingarda. Quando os dois voltaram, os planos haviam mudado: Fred e Amy tinham decidido que os dois casais iriam passar as próximas semanas juntos e ponto final. De uma hora para outra, em vez de os casais se recolherem em seus respectivos abrigos de sobrevivência quando o apocalipse — zumbi, nuclear, ambiental etc. — chegasse, a ideia passou a ser que, para sobreviver, seria melhor os quatro ficarem juntos.

— Olhem — falou Fred, com o braço em volta da cintura de Amy —, se vocês dois vão insistir em se isolar, vai ser muito mais legal se ficarmos todos juntos. Admitam. Essa ideia é muito mais fabulosa.

Gordon e Espingarda não reclamaram, porque os dois perceberam a verdade imediata: *era* muito mais fabuloso.

Gordon precisava reconhecer. Espingarda era um engenheiro e, provavelmente, o gay mais hétero que ele já havia conhecido. E, quase como se fosse uma resposta, Fred, o marido dele, parecia estar no limite da direção contrária. Parecia que Fred só sabia ser gay se fosse escandaloso e estereotipado. O que, para falar a verdade, era muito divertido. E Fred e Amy davam energia um para o outro. Fred já era um espetáculo por si só, mas, com Amy, eles pareciam uma dupla dinâmica. Enquanto Gordon e Espingarda conseguiam passar horas na garagem calibrando velas de ignição e conferindo rolamentos, Fred e Amy passavam a mesma quantidade de tempo na cozinha, preparando aperitivos e coquetéis. Gordon amava a esposa, mas precisava reconhecer: quando Fred e Amy estavam juntos, o que era bom ficava ainda melhor. Era, bem... fabuloso. Gordon demoraria um pouco para se acostumar à ideia, porque ele sempre havia imaginado que o fim do mundo seria um cenário bastante sombrio — cinzas e chamas e cadáveres e todo aquele ar de Cormac McCarthy —, mas, com Amy e Fred no comando, iriam esperar pelo fim do mundo com uma lista de músicas muito boa e molho de alcachofra em um abrigo subterrâneo que mais parecia um apartamento sem janelas incrivelmente estiloso, e não em um bunker antibombas deprimente que costumava ser a norma com sobrevivencialistas.

— A gente vai passar muito tempo só esperando. — Amy foi até Gordon e deu um beijo nele. — Eu prefiro que a gente fique esperando em companhia do que sozinhos. Tem limite para quanto tempo dá para passar vendo televisão enquanto você limpa suas armas e vistoria o isolamento antirradiação do abrigo. Sinto muito, mas faz sentido e você sabe.

— E nós temos espaço — acrescentou Fred. — Alguém, e não vou citar nomes, mas todo mundo sabe que estou falando do meu marido, montou um estoque suficiente para cinco vidas inteiras aqui. Quer dizer, fala sério. O cara estocou até absorventes. A única coisa que vocês vão precisar e que nós não temos é roupa e ração de cachorro. Se bem que, se Claymore não tiver problema com pêssego em calda — acrescentou ele, abaixando-se para coçar atrás da orelha do cachorro —, então está tranquilo.

Assim, Amy e Gordon voltaram para casa para empacotar tudo. Amy encheu duas malas de roupas enquanto Gordon carregava a caçamba da picape com sacos de vinte quilos de ração — se desse merda mesmo, Claymore podia passar a consumir comida humana, mas Gordon sabia por experiência que o labrador ficava com uma flatulência bem forte — e tentava decidir o que Espingarda não tinha e que poderia ser necessário. Quando Amy já estava pronta, Gordon percebeu que a genialidade do plano dela e de Fred era o fato de que, tirando a ração e a roupa deles, não havia *nada* que Espingarda e Fred já não tivessem estocado. No fim das contas, a única coisa que ele resolveu levar foi o fuzil Cooper Arms Modelo 52 Western Classic e uma dezena de caixas de munição com vinte cartuchos de .30-06. Não era seu fuzil mais caro, mas era o favorito. Ele conseguia cravar três balas em um círculo de oito centímetros a quatrocentos e cinquenta metros de distância. Se chegasse mesmo a tanto, o arsenal de Espingarda estava lotado de armas e algumas outras coisas que não eram exatamente armas, nem exatamente lícitas, mas a Cooper Arms 52, mesmo com um pente de apenas três cartuchos, era praticamente um conforto. Gordon não ia encarar uma horda de zumbis enlouquecidos com ela, mas, se precisasse abater uma pessoa à distância, aquele fuzil seria sua primeira opção.

Menos de duas horas depois, eles já estavam de volta e instalados em um dos quartos de hóspedes. Às sete, os quatro estavam jantando; às oito, todos estavam em um estado de embriaguez agradável e jogando Scrabble; às dez, Gordon e Amy estavam na cama; e, às seis do dia seguinte, Gordon já estava com uma xícara de café e bastante satisfeito com a decisão de se mudar para a casa de Espingarda, a ponto de começar a achar que talvez a ideia tivesse sido, em parte, dele. Espingarda tinha uma estrutura muito bacana, e eles teriam mais chances de sobreviver ao fim do mundo se trabalhassem juntos. Além do mais, embora Gordon detestasse admitir, até que era mesmo mais empolgante estar preparado *com* Espingarda. Sobreviver era ótimo, mas era ainda mais legal ter alguém para se gabar. Qual era a graça de sobreviver se não desse para aproveitar a certeza de se estar mais preparado e ser mais esperto do que todo mundo? Ele estava empolgado de pensar que os vários anos de preparação, todo o esforço, seriam recompensados.

Gordon colocou um pouco de creme de leite no café e o desfrutou calmamente. Aquilo seria a primeira coisa a acabar: laticínios frescos, legumes frescos, carnes frescas. Desidratados, congelados, enlatados. Isso era o que sobraria assim que eles tivessem que selar o abrigo. Mas, até lá, havia creme de leite fresco e nenhum motivo que impedisse Gordon de tomar o café do lado de fora. Além do mais, Claymore já estava correndo de um lado para outro. Gordon havia ensinado o cachorro a fazer suas necessidades em um quadrado de grama sintética de um metro e meio de comprimento, mas fazia sentido sair para passear com o labrador enquanto ainda era possível. Gordon subiu a escada, passou pelas portas duplas antiexplosão e antirradiação e entrou na casa de fachada que ficava em cima do abrigo. Assim que ele abriu a porta de entrada, Claymore saiu correndo, desceu a escada da varanda e foi para o quintal de terra batida. O labrador marrom mijou em um pedregulho e começou a rolar na terra. Parecia muito contente. Gordon tomou um gole do café e se virou ao escutar o som de madeira rangendo.

— Não vi você aí — disse Gordon.

Espingarda assentiu. Ele estava sentado em uma cadeira de balanço na varanda, com uma xícara de café na mesinha ao lado e um tablet na mão.

— Fiquei sem sono. Estava só conferindo as notícias.

— E?

— Nada. Bom, tudo. O mesmo de ontem. Acho que tinha um pouco mais sobre a Índia. Aranhas gigantes, supostamente. Tem um monte de fotos, mas, para falar a verdade, parece que alguém se divertiu com o Photoshop. É difícil acreditar que não é uma farsa. Dito isso, saiu na imprensa que houve pelo menos duas explosões enormes, e as pessoas estão em pânico. Evidentemente, quase todos os sistemas de comunicação em Déli estão sobrecarregados. Com certeza, tem *alguma coisa* acontecendo.

— E aqui?

— Só boatos. Coisa de maluco. Um monte de reportagens sobre mobilização de tropas. O pessoal que gosta de teorias da conspiração está surtando: é o primeiro passo do governo para escravizar toda a população. Espero que você tenha dormido abraçado com aquele seu fuzil bonito, porque, de acordo com os doidos, a presidente vai mandar agentes para nos privar do nosso direito divino ao porte de armas.

Gordon riu. Essa era uma das coisas de que ele gostava em Espingarda. Ele sabia que era um pouco de maluquice se preparar para o fim do mundo, se mudar para Desperation, na Califórnia, e construir um abrigo, mas dava para passar um caminhão inteiro no espaço entre o *pouco* de maluquice que Gordon gostava de pensar que ele e Espingarda tinham e o *muito* de maluquice de alguns sobrevivencialistas. A maioria dos sobrevivencialistas parecia habitar um mundo em que o governo estava sempre a um passo de escravizar as pessoas, a um passo de uma conspiração global gigantesca liderada pelos judeus, de um complô dos negros, de uma invasão pelos chineses, de outro ataque terrorista. Parte disso era racismo, antissemitismo ou paranoia, mas a maioria era pura loucura.

— A brigada dos helicópteros pretos saiu em peso — disse Gordon.

Claymore se levantou do chão, sacudiu o corpo inteiro e ficou cercado por uma nuvem de poeira.

— Realmente — disse Espingarda. — Helicópteros pretos por toda a parte. Alguém postou que...

— Ei — interrompeu Gordon. — Está ouvindo? Parece...

Os dois ficaram em silêncio por um instante, mas Claymore começou a latir e enfiou o rabo entre as patas. Ele estava virado para Gordon e Espingarda, mas olhava para o alto, por cima do telhado. Espingarda se levantou e ficou de pé ao lado de Gordon. Os dois se entreolharam, desceram da varanda e correram até o cachorro. Não dava para ver nada. Gordon se abaixou, coçou atrás da orelha de Claymore e segurou o focinho dele, para fazê-lo parar de latir.

Ele e Espingarda escutaram. Um *fop*, *fop*, *fop* baixo que foi ficando cada vez mais alto. O som ecoava na terra, no deserto, nas pedras.

O helicóptero passou voando baixo e rápido, logo acima da casa, deixando para trás uma nuvem de poeira. Foi rápido demais para que os dois pudessem fazer qualquer coisa além de vê-lo ir embora.

— Que porra é essa? — Gordon soltou o focinho de Claymore.

O cachorro correu por uns vinte ou trinta metros na direção do helicóptero, parou e começou a latir de novo.

— Certo — disse Espingarda. — Não foi impressão minha, não é? Aquilo era um helicóptero preto.

— Era — respondeu Gordon.

— Ah.

— Espingarda. O que você acha de pegar seu avião para dar uma volta e ver o que está acontecendo?

— Com certeza.

Espingarda foi preparar o avião, e Gordon levou Claymore de volta para o abrigo, deixando-o no quarto com Amy, que ainda estava dormindo. Ele deu um beijo na testa dela e pegou um binóculo. Quando chegou à garagem, Espingarda já estava com o portão aberto e o avião pronto para decolar. Quinze minutos depois de o helicóptero passar, eles já estavam no ar.

E, dois minutos depois disso, Gordon ficou preocupado.

Desperation, Califórnia

Kim provavelmente não teria reparado no pequeno avião no céu se Joe Branquelo não tivesse apontado.

— É civil — disse ele. — É melhor eles darem o fora daqui, senão vão acabar engolindo um míssil.

— Qual é — respondeu Duran. — Eles não vão derrubar um Cessna qualquer só porque estão sobrevoando a gente.

O comboio tinha passado por Desperation, uma cidadezinha ridícula, se era que dava para chamar de cidade um lugar com alguns bares, um posto de gasolina e uma pizzaria, e recebido ordem de parar a cerca de um quilômetro e meio de distância em um espaço aberto cheio de mato baixo e terra. A única coisa que se via nos arredores era um trailer de aspecto miserável, e, claro, quando eles mal tinham saído dos veículos, um caipira em um quatro por quatro foi correndo na direção deles. Kim estava perto o bastante para ouvir partes da discussão, mas Joe Branquelo, como sempre, pegou a história toda.

— O cara praticamente teve um aneurisma. Cheio de "Saiam da minha propriedade isso, e a Constituição aquilo" e blá-blá-blá. Eu chamei a atenção dele para o fato de que na verdade ele estava em um terreno do estado e que ele nem deveria estar aqui, e ele começou a discutir por *isso*, e aí chamei atenção também para o fato de que tínhamos mais metralhadoras do que ele. O cara chegou bem perto de ser expulso à força. — Todos deram risada, mas Joe Branquelo balançou a cabeça. — Vocês não estão entendendo. Isso *não* é legal. Por que estamos sendo instalados neste lugar de merda? Por que não em alguma base? O terreno ao redor desta estrada pode ser do governo, mas o que tem aqui? Por que esta cidade? Nós estamos no meio do nada. O único elemento relevante é que é mais ou menos perto da rodovia. Acho que estamos aqui porque é um lugar fácil para orientar o tráfego. É um curral.

— Para quê? — perguntou Kim.

— Pessoas.

Ninguém respondeu. Todo mundo se entreolhou com pesar e obedeceu às ordens recebidas.

Ficaram acordados a noite inteira, e, quanto mais eles trabalhavam debaixo dos refletores portáteis, mais Kim achava que o que Joe Branquelo tinha falado fazia sentido. Eles tiraram os arames dos caminhões e montaram um grande perímetro, e não tinha como negar: parecia um curral. Não, na verdade, parecia uma versão limpa de um acampamento de refugiados. Não paravam de chegar caminhões e tropas; materiais de apoio, banheiros químicos, caminhões-pipa e barracas. Havia um fluxo constante de veículos. Caminhões com suprimentos e caminhões que pareciam prédios sobre rodas. Kim se perguntava de onde aquilo tudo estava vindo. Los Angeles? San Francisco? Las Vegas? Todas as três? Às seis da manhã, o cenário era assustador: a mobilização das forças armadas dos Estados Unidos. Pelo que Kim estava vendo, havia algo em torno de quatro ou cinco mil soldados ali, uma brigada inteira. Que merda. Aquilo não era nenhum exercício de treinamento.

Ela estava cansada e feliz pelo café. A comida às vezes podia ser bem ruim, e o café parecia ter sido coado com uma meia, mas sempre tinha muita cafeína. Kim olhou para cima e viu o aviãozinho sobrevoar devagar a pequena cidade que eles estavam construindo. Um helicóptero preto pairava a pouco mais de um quilômetro de distância. Alguns Apaches AH-64 estavam carregados de mísseis e prontos para quebrar o pau, mas estavam em solo, com os rotores parados. O helicóptero no ar não tinha identificação, mas, pelo que Kim sabia, era o tipo de aeronave que os engravatados gostavam de usar. Quando já fazia alguns minutos que o avião estava circulando a área, o helicóptero, que estava pairando perto do lugar onde as carretas continuavam a chegar, deu uma guinada para cima e seguiu na direção do avião. Quem quer que fosse, o piloto civil não ficou curioso a ponto de esperar; o avião mudou de curso e foi embora. O helicóptero o seguiu por mais algum tempo antes de retornar, descer e pousar.

O tenente gritou para o pelotão terminar de comer. Kim virou o café, vestiu as luvas e olhou para sua unidade, Joe Branquelo, Sue e os outros soldados à sua volta.

— Certo, pessoal — disse ela. — Não faço ideia do que está acontecendo, mas fiquem espertos. Tem alguma coisa chegando.

Parque Point Fermin, Los Angeles, Califórnia

Sparky estava ficando louco. Verdade fosse dita, Sparky era um coonhound de doze anos de idade, então já era normal ele ser um pouco pirado, mas o cão estava latindo como se um monstro fosse surgir na esquina. Ele puxou a guia de novo, mas, dessa vez, Andy estava preparado e não tropeçou. Chegando perto dos oitenta anos, Andy Anderson, advogado especializado em entretenimento, era viúvo e aposentado. Não tinha netos, e seus amigos estavam morrendo dia sim, dia não, então só havia duas coisas com as quais ele ainda se importava: beisebol e aquele maldito cachorro. As duas coisas se misturavam. Ele tinha batizado o cachorro em homenagem a seu técnico preferido: Sparky Anderson. Andy teria escolhido o nome de qualquer um de seus heróis, mas gostava da ideia de que Sparky Anderson fosse uma lenda de Detroit que havia sido criado em Los Angeles. Pouca gente que sabia que Sparky Anderson havia se mudado para Los Angeles quando era pequeno. Aqueles que conheciam Sparky Anderson, o conheciam apenas como o técnico do Cincinnati Reds ou do Detroit Tigers. Com certeza não o conheciam por causa da carreira completamente esquecível como jogador da liga principal. Mas Andy não o censurava por isso. Ele mesmo nunca tinha sido um grande jogador e arrebentou o braço apenas dois anos depois de iniciar sua carreira como arremessador medíocre de um time medíocre em uma faculdade medíocre. Mas ele nasceu e se criou em Detroit, e tinha sido pelo período de Sparky Anderson naquela cidade que Andy resolvera homenageá-lo. O ano em que os Tigers ganharam, 1984, tinha sido o melhor da vida de Andy. E isso era dizer muito, porque Andy tivera uma vida boa.

Mas o ano em que os Tigers venceram o World Series havia sido o melhor de todos; tudo tinha dado certo para Andy, incluindo os rebatedores de Detroit. Mesmo morando em Los Angeles desde 1971, ele ainda se considerava um moleque de Detroit. O fato de que tinha um cachorro chamado Sparky Anderson nunca perdia a graça.

Mas Sparky — o cachorro, não o falecido técnico de beisebol — estava fazendo um escarcéu. O cachorro tinha começado cagando bem no meio da cozinha durante a noite, algo que costumava fazer uma ou duas vezes por mês. Normalmente, Andy não teria se incomodado. O cachorro era idoso e não dava para fazer nada além de manter um bom estoque de papel-toalha e desinfetante em casa. Mas, naquela manhã, ele estava cansado. Tinha ido dormir tarde depois de ver o discurso da presidente e a lenga-lenga interminável dos noticiários sobre os vídeos ruins e chatos de aeroportos vazios, aviões parados e aquele trecho idiota e tremido da Índia. A presidente não havia dito nada muito informativo — a gravidade da ameaça era tal que ela estava disposta a adotar "medidas inéditas em defesa do país e de nossos cidadãos, interrompendo todo o tráfego aéreo e fechando as fronteiras em caráter temporário", mas não estava disposta a dizer especificamente qual era a ameaça, nada além de referências aos "acontecimentos recentes na China e na Índia" —, e o pessoal dos jornais não tinha nada concreto para relatar. Só um monte de especulações idiotas. Alguns dos comentaristas diziam que a China estava se preparando para invadir o Japão, e alguns dos vomitadores de opinião afirmavam se tratar de um vírus, uma praga. Mas o consenso, se havia algum, era de que havia uma infestação de aranhas. Ou uma disseminação de aranhas. Qualquer que fosse o termo que se dava a um monte de aranhas. Andy achava que, na verdade, um monte de aranhas devia ser chamado de babaquice.

Assim, ele tinha ido dormir tarde e acordado antes das cinco da manhã com o latido alto de Sparky, que fez bastante escândalo antes de cagar no chão da cozinha. Andy limpou tudo e se acomodou na poltrona para ver o mesmo ciclo de besteiras nos noticiários, até que, pouco antes da hora do passeio de meio-dia, Sparky cagou de novo na cozinha. Mesmo se não estivesse na hora do passeio, o cheiro bastaria para fazer Andy sair de casa, mesmo depois de tudo estar limpo. Ele dirigiu até o parque Point Fermin. O cachorro uivou a viagem toda. Sparky parecia determinado a ser um cretino o dia inteiro. Era um cachorro idoso e normalmente se limitava a farejar coisas, levantar a pata de vez em quando e ficar bamboleando pela trilha, mas, naquele dia, Sparky estava puxando a guia. Andy estava ficando irritado. Ele não tinha muitas preocupações — havia juntado bastante dinheiro, e sua saúde era boa o bastante para que ele pudesse ter uma vida tranquila até morrer de velhice —, mas quebrar a bacia era uma das poucas coisas das quais ele realmente tinha medo. Uma velhice solitária era uma coisa, mas passar seus últimos dias na cama e cheio de dor era outra.

Mesmo com a cretinice de Sparky, o dia estava lindo. Mas era Los Angeles. Sempre era lindo. Como estava no final de abril, fazia frio o bastante para Andy vestir o casaco de couro, mas, por volta de uma da tarde, uma e meia, estaria quente o bastante para que ele ficasse com Sparky em uma mesa na calçada do café. Eles iam a parques diferentes em dias diferentes, mas, na maioria das vezes, tentava fazer os passeios de meio-dia perto do mar. Essa era outra qualidade de Los Angeles. Tinha as celebridades do cinema, as palmeiras e o céu ensolarado, e tinha o mar. Eles haviam começado em uma das pontas do parque, e Andy praticamente havia arrastado Sparky até o outro. O cachorro danado puxava a coleira e latia sem parar. Andy imaginou que talvez houvesse um terremoto a caminho. Ele sabia que cachorros faziam isso, prever coisas como terremotos e tornados. E não seria uma grande maravilha se o terremoto do milênio acontecesse quando ele estivesse caminhando em um parque de frente para o mar? O negócio todo iria parar embaixo d'água.

Sparky começou a vir na direção de Andy e depois se virou e puxou pela coleira de novo. Andy pensou em interromper o passeio de vez, mas não queria que o cachorro achasse que podia vencer. Ele puxou a guia, abaixou-se e coçou embaixo do pescoço do animal.

— Ei, garoto — disse Andy. — Será que a gente pode terminar o passeio sem me deixar inválido? Se você caminhar como um cachorro bonzinho, a gente pode comer um hambúrguer e batata frita depois. Que tal? Batata frita? Quem quer batata frita?

Evidentemente, Sparky queria batata frita. Aquilo não bastaria para fazê-lo virar um cachorro bonzinho de repente, mas Andy percebeu que ele reconheceu as palavras. Devia reconhecer mesmo. Fazia parte da rotina deles. Subir no carro, passear em um parque perto da praia, um cochilo para Sparky enquanto Andy ficava em um banco lendo ou olhando para o nada e esperando o tempo passar, e depois uma parada para comer hambúrguer e batatas fritas antes de voltar para casa. Eles sempre paravam em algum lugar com mesas na calçada, e Sparky acabava comendo tanto do lanche quanto Andy. Não fazia bem para nenhum dos dois. Andy não tentava se iludir achando que as caminhadas tranquilas compensavam o almoço gorduroso que ele partilhava com o cachorro, mas, àquela altura, já não ligava muito. Nada era melhor que um hambúrguer, e dar uma batata frita atrás de outra para Sparky, que as pegava dos dedos dele com cuidado, era um dos pequenos prazeres da vida. Mas, primeiro, eles precisavam terminar o passeio. Como sempre.

Quando eles estavam chegando ao fim da trilha, Sparky começou a ser um cretino de novo. O cachorro parou de andar e puxou pela coleira com força suficiente para fazer Andy tropeçar. Ao mesmo tempo, começou a uivar outra vez. Normalmente, Andy imaginava que o barulho de Sparky era uma espécie de cantoria, mas naquele dia ele não aguentava mais. Estava a ponto de desistir e deixar Sparky ditar o caminho — ele estava mesmo puxando a guia, desesperado para ir a algum lugar — quando viu o navio.

Era um daqueles navios cargueiros. Nada especialmente notável ali, perto do porto de Los Angeles. Pelo menos não costumava ser notável. Era um navio gigantesco. Um daqueles novos, provavelmente vindo da China. Nem imaginava como seria ver aquilo de perto. Considerando o tamanho e o lugar onde Andy estava, na beira do mar, imaginou que o navio devia estar a mais ou menos um quilômetro e meio do porto. Dois quilômetros, no máximo. E estava avançando depressa. Não foi o tamanho do navio que chamou a atenção de Andy. Ele era um leviatã, mas outros navios eram grandes o bastante para fazer com que aquele não parecesse *tão* maior. A diferença era que aquele estava vindo muito rápido. Andy não entendia muito de navegação, mas aquilo não parecia certo. Era como um ônibus vindo a toda na direção de um estacionamento. Só que o ônibus estava cheio de contêineres. Cada caixote de metal tinha uma cor diferente, e o navio era um caleidoscópio, um lindo quebra-cabeça.

Andy ajeitou os óculos no nariz. Tinha umas sombras estranhas no topo dos contêineres. Não pareciam normais. Pareciam linhas, faixas de tinta preta. Não. Era como se alguma criança tivesse rabiscado em vários lugares com uma caneta de ponta grossa por cima de um desenho. Só que... as linhas estavam se mexendo?

Sparky tinha começado a uivar sem parar, quase chorando, e puxava a guia com força. Andy precisou firmar o pé para segurá-lo.

— Ora, Sparky. Pare com isso, seu monstrinho. Só quero ver...

Andy se calou, porque percebeu de repente o que ia ver. O que quer que fossem as sombras ou faixas, o navio continuava a avançar. Ele não fazia muita ideia da velocidade. Vinte, talvez trinta quilômetros por hora? Era rápido o bastante para parecer rápido em comparação com os navios que estavam parados. Rápido o bastante para não estar mais a um quilômetro e meio do porto. Rápido o bastante para Andy saber que de jeito nenhum o navio ia parar a tempo.

O cachorro ainda estava puxando com força para eles saírem da trilha e irem para onde o carro estava estacionado. Depois de mais uma olhada rápida no navio, Andy se virou e deixou Sparky carregá-lo. O negócio com o navio parecia ruim.

Foi de ruim a pior em pouco tempo.

O *Mathias Maersk* Triple-E estava carregado com produtos de todos os cantos da China. Artigos eletrônicos, camisetas, facas de cozinha. Dezoito mil contêineres para abastecer os shoppings e lares americanos. Mas alguns desses contêineres tinham vindo da província de Xinjiang, e já não havia mais nenhum tripulante vivo para impedir que o navio colidisse com o porto de Los Angeles.

Teria sido uma conta extremamente corriqueira para gente como Gordon e Espingarda. O navio estava a uma velocidade de vinte e nove quilômetros por hora pesando quase cento e sessenta milhões de toneladas ao atingir a costa. Para calcular a energia cinética, eles só teriam precisado inserir os números: $½[M × V^2]$, ou $½[160.000.000$ quilogramas $× (8m/s × 8m/s)]$. Mais ou menos 5.120.000.000 joules. Ou, em termos mais simples, quando o *Mathias Maersk* Triple-E acertou o porto às 12h47, horário do Pacífico, o impacto foi equivalente à explosão de mil centro e trinta e quatro quilos de TNT.

Mas Gordon e Espingarda estavam no abrigo, conversando com Amy e Fred sobre por que o exército estava armando cercas no quintal deles. Nenhum dos dois estava lá para fazer as contas, nem para ver o *Mathias Maersk* Triple-E bater na costa. A verdade foi que não havia quase ninguém olhando. Tantas atividades no porto eram automatizadas que, durante a hora do almoço, não havia praticamente ninguém lá. A primeira pessoa a morrer no impacto de fato foi Cody Dickinson, que também era a única pessoa que devia ter percebido que havia algo errado com o *Mathias Maersk* Triple-E. Mas, em vez de fazer seu trabalho, Cody Dickinson havia fumado vinte dólares em maconha e estava dormindo em sua cadeira Herman Miller Aeron de setecentos dólares. Ele tinha o cargo confortável no escritório porque era o funcionário mais antigo, e ele era o funcionário mais antigo porque tinha sessenta anos e havia trabalhado de estivador por quarenta e dois anos, e, como havia trabalhado de estivador por quarenta e dois anos, havia trabalhado de estivador quando trabalhar de estivador realmente significava trabalhar, o que acabara com suas costas, o que justificava a cadeira Herman Miller Aeron de setecentos dólares, mas suas costas ainda davam trabalho, e fumar maconha era a única coisa que aliviava a dor de fato. Então ele estava dormindo quando o navio bateu na costa e o impacto derrubou o teto e o matou na hora.

A onda de choque foi grande o suficiente para se propagar por mais de setecentos metros desde o ponto de impacto, até a Agência de Seguros P. Lanster, logo em frente ao gradeado que cercava o porto de Los Angeles. A Agência de Seguros P. Lanster era um edifício comercial térreo, e, às 12h47, horário do Pacífico, Philip Lanster Jr., o filho do próprio P. Lanster, era a única pessoa no escritório. Fazia anos que Philip Lanster Jr. tentava convencer o pai a transferir a agência para uma localização melhor. O edifício era inconveniente para todo mundo, decrépito e grande demais para os únicos cinco funcionários. A vantagem era que havia janelas por todos os lados, e todas tinham vista para o mar. Contudo, naquela tarde, Philip Lanster Jr. estava feliz pela localização inconveniente do escritório. Seu pai e os outros funcionários tinham saído para almoçar, então ele teria mais tempo para terminar de maquiar os livros-caixa. Só havia desviado seis mil, só o suficiente para cobrir o que tinha perdido em Las Vegas no fim de semana anterior. Um pouquinho de contabilidade criativa e pronto. Ele estava bastante satisfeito e tinha acabado de se levantar da cadeira quando o impacto do *Mathias Maersk* Triple-E fez a janela às suas costas explodir. Se ele não estivesse de pé, talvez não tivesse sofrido nada, mas era alto o bastante para ser atingido por um dos cacos de vidro na lateral do pescoço. Morreu de hemorragia em sessenta segundos.

Sorte a dele por ter morrido de hemorragia em sessenta segundos. As primeiras aranhas passaram pelas janelas quebradas em oitenta.

No alto da colina, Julie Qi estava descansando quando o navio colidiu. Ela caiu sentada. Tinha acabado de correr oito quilômetros. Ela odiava correr. Só fazia isso porque sabia que a única coisa mais odiosa do que correr era a ideia de que seu marido a trocasse por alguém mais jovem e magra, o que, em Los Angeles, se ela não se matasse de malhar, poderia ser praticamente qualquer mulher. Bem, pelo menos cobria a parte do mais magra. Ela não podia fazer nada quanto ao mais jovem. Mas Bradley tinha quarenta e sete anos, e Julie, trinta, então provavelmente restava um pouco de folga quanto à idade, se não quanto à celulite. Então era aeróbica de manhã, corrida, um almoço tardio leve, e ioga à tarde. Bradley trabalhava, e ela não; o trabalho dela era ser bonita.

Julie demorou um instante para perceber que não tinha caído de madura — o chão tremeu com força suficiente para fazê-la perder o equilíbrio e cair de bunda — e outro para perceber que aquilo não tinha sido um terremoto. O navio estava a pouco mais de um quilômetro de distância. Ele havia batido na costa, mas o peso e a inércia o fizeram avançar tanto pela terra que parecia quase cômico. Julie se levantou e tirou os fones de ouvido enquanto a música continuava tocando.

— Meu Deus.

Não havia nenhum incêndio, mas nem precisava: aquele negócio tinha uns trezentos metros de comprimento. Todo destruído e devorando a costa, era espetacular. Mas Julie reparou que havia uma fumaça preta estranha. Ela parecia escorrer para fora do navio, mas, em vez de subir para o céu, transbordava pelas beiradas e descia para a rua.

Julie abriu a pochete e pegou o celular. Pensou em tirar fotos, mas resolveu gravar um vídeo. A câmera do telefone era boa, e ela poderia tirar um quadro do vídeo depois, se quisesse. Poderia vender o vídeo para algum canal de notícias. Não que ela e Bradley precisassem de dinheiro, mas, ah, seria divertido. Só que, pela tela, a imagem não parecia tão legal. O navio parecia de brinquedo. Não passava muito bem a dimensão da coisa.

Ela tirou os olhos da tela e viu que a fumaça praticamente havia parado de sair do navio. Havia apenas uns fiapos escorrendo pelas laterais. Mas a fumaça que já havia saído continuava deslizando pelo chão. Tinha se dispersado um pouco, então não parecia mais um grande tapete de fumaça, mas sim faixas e linhas maiores que se expandiam pela rua e pelas colinas, e alguns pedaços entravam em alguns dos pequenos edifícios comerciais na frente do gradeado do porto, perto de onde o navio tinha batido. Ela lembrou que, no Onze de Setembro, muitas pessoas acabaram com problemas de saúde por terem aspirado muita poeira e fumaça, e ela se perguntou se os funcionários do porto teriam problemas.

Julie não percebeu a linha negra arrastando-se colina acima na direção dela.

No estacionamento da praia Cabrillo, Harry Roberts estava revoltado. Ele não gostava de pretos — perdão, afro-americanos —, e, se isso era racismo, paciência, e ele também não gostava de policiais, embora gostasse de se considerar um cidadão republicano de bem, então o fato de que estava sendo preso por dois policiais pretos era o tipo de coisa que o deixava puto. Tudo bem, seu almoço na verdade tinha sido uma refeição líquida constituída exclusivamente de bloody marys, mas quem não tomaria algumas a mais com toda aquela história maluca nos jornais sobre a Índia, os preparativos da China para invadir a Europa e aquela vadia metida a presidente bloqueando o tráfego aéreo? Realmente, ele não se lembrava mesmo de ter saído do restaurante e dirigido desde a praia Manhattan, e, realmente, não se lembrava de bater no poste de luz, e, tudo bem, realmente, era compreensível a preocupação deles, já que o airbag tinha feito seu nariz sangrar, e ele estava com o rosto e a camisa ensanguentados, mas ele não acreditou quando os policiais o algemaram e o enfiaram no banco traseiro da viatura. Babacas. E aí, para piorar, quando estavam escrevendo alguma coisa, ouviu aquele barulho incrível, uma explosão no mar.

— Fique aí — ordenara um dos policiais.

Os dois deixaram o vidro um pouco abaixado, mas foram até o outro lado do estacionamento e sumiram no meio do mato. E depois, mais nada por alguns minutos. Bom, nada além do barulho de sirenes, alarmes de carros, alguns gritos. Harry não fazia ideia do que estava acontecendo, mas sabia que estava furioso.

E aí ouviu dois tiros. Dois. Só isso. E depois um dos policiais apareceu correndo no mato, vindo na direção da viatura, mas olhando para trás por cima do ombro. Ele chegou a avançar uns três metros no estacionamento, então começou a ser coberto por... Harry não conseguiu identificar, mas o policial continuou correndo, avançando mais cinco, sete, nove, onze metros. Antes de o policial cair, a menos de quatro metros da viatura, Harry já vira que ele estava coberto por insetos. Não. Aranhas. Mas foi só o que Harry teve tempo de ver antes que elas deixassem o corpo e fossem até ele.

Cinco minutos depois de o navio bater, Philip Lanster Jr., Julie Qi e Harry Roberts estavam mortos. Além de outras cem pessoas. Ninguém chegou a ver os fiapos de seda que começavam a rodopiar no ar, as aranhas que eram levadas pela brisa suave vinda do litoral de Los Angeles por cima das areias, das ondas e do concreto, flutuando por cima de ambulâncias, caminhões de bombeiros, viaturas policiais e lançando-se sob o sol ameno, indo para o sul na direção de Compton, Lynwood e Chinatown, na direção das rodovias.

Stornoway, Ilha de Lewis, Hébridas Exteriores, Escócia

— Quem sabe um telefonema, um e-mail ou...

— Senhor — interrompeu o funcionário da British Airways —, não foi decisão nossa cancelar o voo da sua noiva, e não tenho como colocá-la em outro voo no momento. O senhor não está sabendo?

De fato, Aonghas não sabia que o primeiro-ministro tinha dado ordem para cancelarem todos os voos. Na ilha Càidh, eles tinham escutado a BBC e acompanhado as notícias da China até o destaque passar para a Índia e alguma histeria sobre aranhas, e eles haviam ouvido falar da decisão exagerada da presidente americana de bloquear o tráfego aéreo. Típico dos americanos, dissera Padruig. Mas, no fim das contas, o Reino Unido ia seguir os passos apavorados dos Estados Unidos de novo. Depois do avião que tinha acabado de pousar, não ia sair nem chegar mais nenhum até que revogassem o bloqueio. Normalmente, Aonghas teria sabido: se estivesse sozinho em Stornoway, teria começado o dia do mesmo jeito de sempre, lendo o jornal. E, se ele e Thuy não tivessem saído da ilha Càidh, o rádio estaria tocando a BBC. Mas Aonghas não estava com o avô na ilha Càidh e definitivamente não estava sozinho em Stornoway: eles haviam saído da ilha assim que amanheceu. Mentiram para o avô de Aonghas. Os dois haviam falado para Padruig que o voo de Thuy era cedo, mas, na verdade, ela só viajaria à noite: eles queriam passar o dia a sós, na cama, sem ter que se preocupar com o velho pensando no que eles estavam fazendo. Não que o avô de Aonghas fosse puritano, mas Aonghas sabia que, depois que Thuy embarcasse no voo para Edimburgo, ele só veria a namorada — não, a noiva — dali a duas semanas.

Ele ainda estava um pouco impressionado com o sucesso da viagem. Tudo bem, seu avô havia pedido Thuy em casamento por ele, sem querer, mas ela havia aceitado, então não foi nenhuma tragédia. E, apesar de todos os receios de que Padruig não fosse gostar de Thuy, quando os dois se despediram dele de manhã cedo — o avô vestido de forma impecável até para levá-los ao atracadouro —, Aonghas já estava começando a achar que Padruig talvez gostasse mais de Thuy do que do próprio neto. E Thuy tinha se apaixonado perdidamente pela ilha Càidh e pelo castelo. Ela adorou ficar na biblioteca e ler na frente da lareira, passou uma hora inteira na adega com Padruig, sentou-se nas pedras para olhar o mar. O passeio tinha sido um sucesso absoluto. O único problema foi que, depois do trabalho de escaparem cedo para passarem um pouco de tempo juntos, parecia que Thuy não ia conseguir ir embora. Pensando bem, isso era tão ruim assim?

A boa notícia era que, em um aeroporto pequeno como o de Stornoway, o estacionamento não ficava muito longe e, mesmo com o fluxo de passageiros que tinha chegado no último voo, foi tranquilo de entrar e de sair com o carro.

— Podemos comprar macarrão e alguns legumes, quem sabe ver um filme. Com certeza você vai poder pegar um avião amanhã. Duvido que o primeiro-ministro engula essa besteira de aranhas por muito tempo. O lado positivo é que não tem desculpa melhor para faltar a algumas aulas, e quando começar a residência você não vai ter tanto tempo livre. Além do mais, sabe — disse Aonghas, colocando a bolsa dela de volta no Range Rover —, tem coisa pior do que ser obrigada a passar mais um dia com seu noivo. Noivo... — repetiu ele, prolongando a palavra. — Soa bem.

Ele se sentou atrás do volante, ligou o carro, engatou a marcha e hesitou. Um homem estava vomitando na frente da entrada do aeroporto.

— Jesus — disse Aonghas. — Deve ter sido um pouso complicado. Aquele indiano está botando tudo para fora.

O homem vomitou de novo e apoiou o corpo em uma coluna. Até de onde Aonghas e Thuy estavam, no Range Rover, dava para ver que o indiano estava passando mal. O homem começou a agarrar a gravata, como se não estivesse conseguindo respirar, e os poucos passageiros que tinham conseguido chegar em Stornoway no último voo antes do bloqueio estavam se desviando dele ou mantendo uma boa distância. O indiano soltou a gravata e começou a puxar a camisa para cima e rasgá-la. Jesus. Aonghas viu um botão sair voando e traçar um arco suave até cair no concreto.

Thuy tirou o cinto.

— É melhor eu ir ajudar.

— Você ainda não é médica.

Ela revirou os olhos, mas Aonghas a segurou pelo braço.

— Espere um pouco. Só um instante.

— Aonghas, eu preciso ajudar.

Aonghas ficou segurando o braço dela, mas não tirou os olhos do homem. Ele reparou que as pessoas não sabiam se deviam ir para trás ou para a frente. A pele no peito e na barriga do homem parecia lustrosa, como se estivesse muito estirada.

— Não sei, não. Espere um segundo.

Só precisou de um segundo.

O peito do homem se abriu como um zíper.

— Aonghas! — gritou Thuy.

Aonghas pisou fundo no acelerador.

— Aonghas! Precisamos ajudar.

Aonghas acelerou o carro ao máximo, ignorando a função de economia que devia melhorar a eficiência de consumo miserável do Range Rover, ignorando o sistema eletrônico do motor que queria mudar a marcha. Ele girou o volante e tirou um fino de uma senhora de meia-idade com um vestido florido que parecia ter saído de um museu de "coisas dos anos 1970 que não deveriam ser usadas em público". Thuy estava virada para a janela, e Aonghas deu uma olhada por cima do ombro enquanto girava o volante. Não conseguiu ver o indiano, mas as pessoas que estavam perto da entrada pareciam estar gritando e balançando os braços. Ele viu as coisas pretas — aranhas, mesmo sem conseguir discernir os detalhes ele sabia que eram aranhas — avançarem, pularem, subirem nas pessoas. Uma mulher estava arranhando a bochecha, e seu rosto sangrava.

— Meu Deus. — Thuy se ajeitou no banco. — Que merda é aquela?

— Bote o cinto — disse Aonghas.

Ele tirou o pé do acelerador e pisou no freio, diminuindo de cinquenta para trinta quilômetros por hora para virar no final da fileira de carros. Naquele instante rápido em que ele parou de acelerar, o Range Rover mudou de marcha. Os pneus deram uma pequena cantada até ele endireitar o carro.

Quando chegou à saída do estacionamento, Aonghas já estava a setenta por hora. Ele nem pensou em pisar no freio. O Range Rover arrancou a cancela de madeira.

Quando virou à direita na A866, Thuy falou de novo.

— Aquelas coisas eram... aquelas coisas eram aranhas, não eram?

— Acho que sim — respondeu Aonghas. — Eram.

— E elas saíram do peito e da barriga daquele homem.

— Foi.

— Do indiano.

— Talvez ele fosse paquistanês.

— Talvez fosse paquistanês. É. Acho que sim.

— Mas provavelmente não — disse Aonghas.

— Não. Provavelmente não. — Ela ficou alguns segundos em silêncio. — Aquilo aconteceu mesmo?

— Acho que sim — disse Aonghas.

— E?

— E meu trabalho é escrever livros de detetive — disse ele. — Só estou ligando os pontos.

— Certo.

— Certo?

Thuy se virou no assento e olhou para ele. Aonghas estava respeitando o limite de velocidade, porque não queria ser parado pela polícia, e aquelas coisas não pareciam capazes de alcançar um carro em movimento. Ele arriscou uma olhada para Thuy. Ela tocou no rosto dele.

— Certo — disse ela. — Aquilo foi impressionante. Você só reagiu.

— Eu não costumo ser assim — respondeu ele. — Na verdade, acho que nenhuma namorada me disse que eu era impressionante.

— Bom, não sou mais sua namorada. Então o que vamos fazer agora? Vamos para onde?

— Vamos para a ilha Càidh.

— E meu voo para Edimburgo?

Eles passaram por uma casa com um escorregador pequeno no quintal. Uma parte de Aonghas queria parar e bater à porta e gritar para a família fugir, dar o fora dali, mas ele não parou. Continuou dirigindo.

— Thuy — disse ele —, mesmo se seu voo não tivesse sido cancelado, acho melhor ficarmos longe daqui por enquanto. Pense no que a gente escutou no rádio. Naquele vídeo que as pessoas não paravam de comentar. Quer dizer, a gente não viu, mas, se o vídeo é minimamente tão ruim quanto parecia, e se as fotos que as pessoas estão comentando são para valer. E agora essa, bom, essa... Parece...

— E a China.

— China?

— Você não acha que tem alguma relação?

— Por que teria?

— Não sei — disse Thuy. — Mas você não acha?

Aonghas ficou em silêncio por um instante, e então ligou o rádio e sintonizou a BBC. Estavam falando de Los Angeles.

Parecia assustador.

Escritório da CNN, Atlanta, Geórgia

Teddie só havia vomitado duas vezes naquele dia, o que achava ótimo. A princípio, aquela sensação no fundo do estômago tinha sido entusiasmo: *aquilo* sim era uma reportagem. Eles haviam recebido relatos sobre o acidente, e Teddie tinha enviado uma equipe de câmera do estúdio em Los Angeles até o porto. Era o tipo de reportagem pela qual ela seria promovida: imagens excelentes, fácil de resumir, e vários jeitos de abordar. Ela já estava pensando em uma série sobre "a ameaça desconhecida dos navios cargueiros". Mas aquele arrepio de empolgação logo se transformou em algo diferente.

A equipe não conseguiu chegar nem perto do porto. O trânsito estava todo parado, o que não era tão incomum em Los Angeles, mas ela havia desistido da reportagem sobre o navio bem rápido. A notícia eram as aranhas. Os vídeos de celular e os telefonemas eram apavorantes. Na Índia, era tão longe que dava para se convencer de que talvez fosse uma fraude ou de que não era tão horrível quanto parecia, mas agora aquilo estava em Los Angeles, porra. Um garoto perto de Long Beach tinha postado um vídeo de seis segundos que mostrava as aranhas avançando em um homem que estava se exercitando e o cobrindo como se fosse óleo, e uma mulher tinha telefonado de algum lugar perto do porto para berrar que estava vendo aranhas comerem uma mãe e seu bebê, até que a mulher ao telefone começou a gritar e depois só conseguiram ouvir um barulho estranho de estalos. Foi aí que Teddie vomitou pela primeira vez, quando percebeu que o barulho de estalos na verdade era o som das aranhas mastigando uma pessoa.

A equipe de câmera acabou desistindo de vencer o trânsito e se instalou no Campo McCarthy da Universidade do Sul da Califórnia. Era a opção perfeita para repórteres que não conseguissem pegar a ação de verdade, a dicotomia da reportagem sobre o medo e o caos feita no meio do oásis da torre de marfim. No fundo, estudantes circulavam como se nada estivesse acontecendo a quarenta quilômetros dali. O repórter tagarelava com entusiasmo, ocupando o tempo do jeito que só um profissional experiente conseguiria quando os fatos eram compostos quase que completamente de especulação.

E aí as aranhas apareceram planando no céu.

A princípio, não eram muitas. A câmera captou alguns pontos pretos no céu azul e fiapos esvoaçantes de seda que pareciam rastros de vapor. Mas, depois, algumas começaram a descer. Durante alguns minutos, foi quase cômico. A câmera mostrou uma caindo perto do repórter, que logo a esmagou com o sapato. Pronto. Para que ter medo daquilo? Era só estar calçado que não teria problema. No entanto, os estudantes em volta do repórter começaram a apontar e a gritar. E aí a câmera mostrou uma estudante sacudindo os braços, e cinco ou seis grandes pontos pretos a percorriam, e um jato de sangue esguichou de seu rosto, manchando a blusa de vermelho. E mais gritos. E mais gritos. E mais e mais e mais e mais. E de repente a câmera caiu. Na tela, Teddie só viu o chão, sapatos, meias, o movimento estranho das aranhas e a parte inferior do corpo do repórter, as pernas se debatendo, se debatendo com menos força, até parar de se mexer de vez. E Teddie percebeu que aquilo tudo estava sendo transmitido ao vivo porque ela não tinha mandado interromper o sinal. Foi nesse momento que ela vomitou pela segunda vez.

Depois disso, eles tinham colocado um helicóptero no ar e conseguido uma imagem espetacular, e ainda por cima era do Mann's Chinese Theatre. Era bom demais para ser verdade. Era o tipo de imagem que faria Teddie se levantar e procurar alguém só para contar vantagem se a situação fosse um pouquinho menos mórbida. Era alguma matinê de estreia: um daqueles filmes que não ganhavam holofotes e noites de première, então os astros de primeira linha do projeto na verdade eram subcelebridades de segunda ou terceira linha, e grande parte da tropa de fãs perto da entrada era composta por figurantes pagos, e os fotógrafos que gritavam nomes também eram de segunda ou terceira linha. Mas aquela imagem do helicóptero? Aquilo era de primeiríssima linha. O câmera estava filmando a região, enquanto um dos âncoras falava que a catástrofe parecia não ter afetado toda Los Angeles, quando um carro que vinha correndo pela Hollywood Boulevard furou um sinal vermelho na North Orange, acertou de raspão uma van, desviou para a esquerda e atravessou três faixas até atropelar a multidão na frente do cinema. Em um dia normal, isso já teria bastado para gerar um caos e fazer com que Teddie lançasse um plantão ao vivo, mas aquilo já estava ao vivo, já era um caos, e piorou na mesma hora: logo depois de o carro parar, antes até que os âncoras pudessem fazer qualquer coisa além de gritar, uma massa preta se espalhou para fora da janela quebrada. O câmera percebeu antes de Teddie, porque aumentou o zoom, e a massa preta se transformou em mil pedaços separados.

Havia um padrão no movimento das aranhas. Teddie sabia que havia um padrão, mas não conseguia identificá-lo. Primeiro as pessoas fugiram do local da batida, mas depois voltaram para tentar ajudar e, quase em seguida, a maré virou de novo, mas não adiantava: fosse pela quantidade de gente ou de bichos, as aranhas foram mais rápidas. Teddie viu as pessoas caindo. Uma mulher gritou ao desaparecer por baixo de uma massa amorfa de aranhas. Um jovem negro parecia estar com um tapete de aranhas nas costas e avançou uns dez ou quinze metros antes de cair no chão e ficar cercado por uma poça horrível de sangue. Mas, aqui e ali, Teddie viu os tentáculos de aranhas contornarem algumas pessoas, passando por elas como se tivessem sido repelidas por alguma força magnética: Teddie não conseguiu identificar o padrão, não soube dizer por que algumas pessoas eram engolidas pela infestação e outras eram poupadas. E também por que — enquanto a maioria das aranhas parecia avançar em conjunto, como se em uma dança sincronizada, um único organismo interligado — aqui e ali algumas aranhas se afastavam.

Já fazia algumas horas que isso acontecera.

Os primeiros relatos tinham anunciado ondas, verdadeiros rios de aranhas inundando a cidade, caindo do céu como pequenos fragmentos de morte, mas elas tinham se espalhado. As torres de celulares estavam sobrecarregadas, e quase dois terços da cidade estavam sem luz — caminhões e carros derrubaram postes, relatos confusos descreveram aranhas devorando fios —, mas, onde havia luz e internet, as pessoas estavam enviando vídeos de aranhas isoladas que saíam de ralos ou entravam por janelas abertas, corriam pelo chão ou em cima de bancadas, pulavam em pessoas e animais. Teddie tinha certeza de que outras pessoas também estavam gravando vídeos que terminavam com gritaria e com o celular no chão, enquanto uma tela rachada exibia apenas um teto vazio, mas todos os vídeos que apareciam na internet chegavam à mesma conclusão: uma aranha esmagada. Aparentemente, todos os vídeos diziam que uma aranha sozinha não conseguia comer ninguém.

Por que aquelas pessoas resolviam pegar o celular no meio daquela confusão? Qualquer um que estivesse perto de uma televisão ou de um rádio, ou até segurando um celular, com certeza sabia o que estava acontecendo. Tudo bem, talvez no começo ainda houvesse gente postando fotos de celebridades e gatinhos e tuítes egocêntricos, mas isso sumiu assim que ficou óbvio que alguma coisa horrível estava acontecendo. Agora, só quem vivia dentro de uma bolha não saberia das aranhas. E, até para os céticos — Teddie se imaginava nesse grupo e provavelmente era o tipo de mulher que, se ouvisse falar de aranhas comedoras de gente, só acreditaria vendo —, era impossível estar em Los Angeles sem saber que havia algo muito bizarro acontecendo. E, no entanto, de vez em quando aparecia um vídeo novo, pessoas que só viam na situação uma oportunidade para ter um pouquinho de fama, enquanto Teddie achava que elas deviam ver uma oportunidade de dar o fora. Sério. Ela achava incrível o fato de que muita gente em Los Angeles parecia achar que a melhor reação para uma catástrofe daquela magnitude era registrá-la.

Mas já eram sete da noite, horário da costa leste, ou quatro da tarde em Los Angeles. Mais de três horas depois de o navio atingir o porto e o inferno se alastrar pela cidade, a presidente Pilgrim estava pronta para mais um discurso presidencial, o primeiro desde o bloqueio do tráfego aéreo. Os âncoras anunciaram o corte para a transmissão ao vivo. Coisa séria. Quando os voos foram cancelados, a presidente tinha percorrido o tapete vermelho do corredor central da Casa Branca e se pronunciado na frente do Salão Leste, mas dessa vez ela estava sentada à sua mesa no Salão Oval.

— Os Estados Unidos — disse a presidente — estão sendo atacados.

Teddie se inclinou na direção do monitor, mas percebeu que não precisava. Ela nunca tinha ouvido um silêncio tão absoluto na CNN. O único som no prédio inteiro parecia vir das telas e dos monitores, que transmitiam a imagem e a voz da presidente a novecentos quilômetros de distância.

Casa Branca

— Os Estados Unidos estão sendo atacados.

Manny, posicionado atrás do operador de câmera, percebeu o ligeiro retardo entre a fala da presidente na tela e na vida real. Ela deixou as pessoas assimilarem as palavras por um instante. "Os Estados Unidos estão sendo atacados." Eles haviam pensado várias vezes na formulação da frase. Havia muitas incertezas. Guerras e terremotos, furacões e deslizamentos de terra, atentados terroristas e acidentes industriais — Manny sabia lidar com tudo isso. Ele já sabia que palavras usar nesses casos. Eram todas situações que o povo americano compreendia. Mas aquilo era diferente. Até aí era óbvio. E, por fim, isso os levou a decidir falar com o máximo de clareza possível. Algumas pessoas recearam que isso fosse fomentar o pânico, mas, depois de alguns minutos de discussão, todo mundo percebeu que já passara da hora de terem receio de que haveria pânico; o pânico já era uma realidade.

— Não digo essas palavras em vão — disse Stephanie para a câmera. — A esta altura, muitos de vocês já devem ter visto as imagens terríveis de Los Angeles. Embora possa ser difícil compreender isto na atual era de tecnologia e terrorismo, a ameaça que temos diante de nós parece ser da natureza. Há pouco mais de três horas, aproximadamente às 15h45 no horário da costa leste, um navio cargueiro colidiu com o porto de Los Angeles. O navio estaria transportando uma espécie de aranha muito agressiva e perigosa. Não sabemos ao certo como as aranhas foram parar no navio, mas acreditamos que elas estivessem no meio da carga, talvez com ovos dentro de um contêiner. Sabemos que alguns dos contêineres vinham da mesma província chinesa onde houve a explosão nuclear no começo da semana. O governo chinês mantém sua declaração de que o incidente nuclear foi acidental, mas, com base em nossos próprios informes de inteligência, acreditamos que tenha sido uma medida deliberada dos chineses a fim de tentar conter um foco dessas mesmas aranhas. Embora não possamos confirmar com certeza absoluta que são a mesma espécie, acredito que seja razoável supor que a ameaça em Los Angeles possui relação com o incidente na China e com os relatos vindos da cidade de Déli. O governo indiano foi muito mais prestativo, apesar da própria crise, e nos forneceu algumas informações, então esperamos obter confirmação nas próximas vinte e quatro horas. Eu, como presidente, digo com pesar: nosso país enfrenta uma ameaça real e imediata.

Stephanie parou por um instante. Para Manny, ela parecia ao mesmo tempo presidencial e exausta. Com o peso do mundo nos ombros. E ele sabia por que ela tinha parado: porque o que estava prestes a dizer fora uma decisão brutal.

— Se você estiver em Los Angeles ou nos arredores, procure abrigo. Estou decretando quarentena de emergência em toda a área situada dentro de um raio de quatrocentos quilômetros da cidade de Los Angeles. Isso significa que, se você mora a até quatrocentos quilômetros de Los Angeles, deverá permanecer nessa área. A Guarda Nacional, polícias municipais e a polícia do estado aplicarão essa zona de quarentena, com a assistência do exército, da marinha, dos fuzileiros navais e da força aérea. Repito: se você mora em Los Angeles ou a até quatrocentos quilômetros da cidade, ou seja, entre a fronteira com o México, ao sul, o limite do estado, ao leste, e pouco depois de Fresno, ao norte, está sujeito à ordem de quarentena. Nenhum veículo ou cidadão terá permissão de sair dessa área. Digo isto com pesar, mas com esperança para o futuro: para vocês que se encontram nessa zona, quero que entendam que não estão sozinhos. O país está com vocês.

Manny não conseguiu reprimir uma careta. Ele havia redigido o discurso, mas odiava aquelas últimas duas frases. Sabia que não eram verdade. Talvez fosse possível resolver a questão dali a alguns dias e enviar soldados, policiais e paramédicos para a região, mas, naquele momento, eles só estavam tentando conter a situação. O governo planejava mandar aviões pulverizadores e de combate a incêndios para espalhar inseticida em cima da cidade, mas isso ia levar pelo menos algumas horas, e, mesmo assim, ninguém sabia se ia funcionar. A verdade terrível era que as pessoas naquela zona *estavam* sozinhas.

O país só estava com elas na condição de espectador. A Guarda Nacional e a polícia, o exército e a marinha, os fuzileiros navais e a força aérea não estavam a postos com as armas apontadas para fora, para protegê-las contra uma força invasora, mas sim com as armas apontadas para dentro. Porém, por mais que Manny detestasse aquelas duas frases, ele gostava ainda menos do que estava prestes a acontecer. Sim, fazia sentido, e ele concordava, com relutância, com a conselheira de segurança nacional, o secretário de Defesa e praticamente todo mundo que dizia que aquilo era necessário, mas ainda seria algo difícil de engolir para o público.

— Nos últimos dias, os noticiários e a internet têm sido inundados por especulações, e a verdade é que os fatos da situação presente não estão perfeitamente claros. — Stephanie se inclinou na direção da câmera, e, apesar de saber as palavras que estavam prestes a sair de sua boca, apesar de tudo, Manny reagiu do mesmo jeito, inclinando-se na direção dela. — No entanto, o que eu sei com certeza é que americanos estão morrendo, e meu trabalho é proteger este país.

Ela parou para tomar fôlego. *Lá vem*, pensou Manny. Ele não estava se sentindo bem. Manny sabia que não era uma reação adequada para um momento como aquele, mas ele era um político e não conseguia se conter. Só pensava que Steph ia perder a eleição com a frase seguinte.

— Estou declarando estado de sítio na Califórnia, no Oregon, no Arizona e em Nevada.

O discurso continuava. Toques de recolher. Pedidos de calma. Um aviso sério para que as pessoas permanecessem em casa com portas e janelas fechadas e tentassem vedar qualquer entrada possível. Mas, acima de tudo, era Stephanie com postura presidencial. Com autoridade. Manny tinha orgulho do discurso que ele havia redigido, especialmente considerando que teve muito pouco tempo para redigi-lo, mas foi Stephanie quem o apresentou. Ela fez o que qualquer presidente deveria fazer; olhou para a câmera, olhou nos olhos do povo americano, e disse: "Temos tudo sob controle".

Mas Manny sabia que Steph também não acreditava nisso.

Lago Soot, Minnesota

Era meia-noite e quinze, e ainda havia trânsito na rodovia 6. Ele tinha imaginado que haveria carros e caminhões ao longo do trecho de duas horas entre Minneapolis e Crosby, mas já fazia vinte e cinco minutos que eles tinham passado por Crosby, e o trânsito continuava congestionado. Aquilo era preocupante. Mike achava que estava sendo cauteloso demais, até um pouco paranoico, ao pedir para Rich e Fanny fazerem as malas e irem para a cabana de Rich com Annie, mas o fato de que muitas outras pessoas tiveram a mesma ideia, de que ele não era o único ansioso para tirar a família de Minneapolis, era um pouco assustador. Ele havia discutido sobre isso com Fanny durante mais de vinte minutos até Rich finalmente sair de cima do muro e falar que achava que Mike tinha razão. Isso obrigou Mike a gostar ainda mais do novo marido de sua ex-esposa.

— Eu tenho alguns dias de férias para tirar — disse Rich —, e não vai ter nenhum caso nas próximas semanas. — Fanny começou a protestar de novo, mas Rich balançou a cabeça. — Talvez Mike esteja errado, querida, mas e se ele tiver razão e as coisas piorarem? — Ele deu de ombros. — Além do mais, passar uma ou duas semanas na cabana não é nenhum sacrifício.

Mike estava em casa, já um pouco agoniado, quando a presidente declarara o estado de sítio no oeste. E então, cinco minutos depois, embora ele fosse estar de folga no dia seguinte, chegou o e-mail para informá-lo de que tinha que trabalhar, que todo mundo tinha que trabalhar, a contar a partir do instante em que o e-mail fosse lido e até segunda ordem. Ele não abriu o e-mail. Bastava ler o assunto. Além do mais, se ele abrisse, ficaria registrado que ele leu. Em vez disso, Mike largou o celular da agência na bancada — daria para dizer que ele só viu o e-mail na manhã seguinte —, pegou o celular pessoal, encheu a picape com tudo o que ele tinha de comida enlatada e desidratada e outras coisas e foi à casa de Fanny e Rich. Quando Rich finalmente aceitou a ideia e eles terminaram de carregar o Land Cruiser e prender o reboque do barco, Annie já estava dormindo. Ela acordara apenas quando Mike a levou para sua picape — ele tinha deixado o carro da agência em casa junto com o celular da agência, mais uma desculpa para dizer que não estava sabendo de nada — e, felizmente, a filha não perguntou por que eles iam sair da cidade no meio da noite, nem por que ela estava no carro de Mike, em vez de ir com a mãe e Rich.

A luz de freio do reboque do barco ficou vermelha e a seta para virar piscou. Rich tinha falado que o posto da BP em Outing era a última chance de abastecer até a cabana. Mike abaixou um pouco o rádio. Não havia nenhuma novidade mesmo, mas o que estavam falando já bastava: Déli, Los Angeles, Helsinki e Rio de Janeiro com certeza. Suspeitas na Coreia do Norte, mas ninguém nunca fazia a menor ideia do que acontecia naquele lugar. Mais relatos sem confirmação em várias regiões rurais. Escócia, Egito, África do Sul. Mas Mike não queria saber se tinha confirmação ou não. Ele havia visto aquela aranha de merda sair do rosto de Henderson e tinha levado aquele bicho até um laboratório universitário, para ser recebido pela presidente dos Estados Unidos, e depois voltara para casa em um país que estava em estado de sítio. Ele estava inquieto antes mesmo de Los Angeles e do discurso da presidente.

Rich entrou no posto, e Mike parou a picape na outra bomba ao lado do Land Cruiser do homem. Ele tentou fechar a porta de leve para não acordar Annie, e ela nem se mexeu.

— Tem certeza disso, Mike? — perguntou Rich, quando Fanny foi comprar café para todo mundo. O tom dele não era de desafio.

Para Rich, qualquer rivalidade entre os dois acabou mais ou menos na mesma hora em que ele se casou com Fanny. Tinha sido um pouco mais difícil para Mike se desfazer da animosidade. Ele gostava de pensar que era o mais maduro, mas não era verdade. Ainda provocava Rich de vez em quando, mas sabia que não era hora para isso. Era significativo o fato de Rich ser o tipo de cara que fazia aquilo: quando o ex-marido da mulher dele apareceu em uma hora nada razoável da noite e disse que todo mundo precisava correr para as montanhas, Rich estava disposto a ser convencido, estava disposto a ficar ao lado de Mike e contra Fanny.

— Não, Rich. Para falar a verdade, não tenho. Mas prefiro estar errado quanto a ir do que quanto a não ir.

Rich assentiu, e, exceto para agradecer em voz baixa quando Fanny voltou com os cafés, os dois homens não falaram mais nada. Mike voltou para a picape e tomou um gole enquanto esperava Rich encher também o tanque da lancha e as duas latas de combustível extras que Mike havia pedido para ele trazer.

Depois do posto, eles seguiram por mais vinte e cinco minutos em estradas secundárias, saídas e atalhos, e passava de uma da madrugada quando eles chegaram à rampa para lanchas. Quando terminaram de carregar tudo, Mike voltou para a picape. Ele pensou em pegar Annie no colo e levá-la até a lancha, mas preferiu acordá-la com uma sacudida leve.

— Olhe, Annie — disse ele. — Está acordada? — Annie fez que sim com a cabeça, e, embora Mike não soubesse se ela estava mesmo, precisava acreditar que ela lembraria. — Você vai ficar um pouco lá, tudo bem? Fique com a mamãe e o Rich. Eu vou voltar para você. Não se preocupe comigo. Eu vou voltar.

— Promete?

Ela falou com a voz baixinha e cheia de sono, e o coração de Mike se apertou. Dois anos antes, quando um agente foi morto em ação e Annie ficou sabendo, ela o havia obrigado a prometer que usaria o colete à prova de balas sempre que estivesse trabalhando, mas isso não pareceu nada de mais. No entanto, por algum motivo, ele hesitou com o pedido dela. Será que podia mesmo prometer que voltaria? Não entendia muito bem o que estava acontecendo, e isso o apavorava. Mas, quando viu o jeito com que Annie o encarava, Mike percebeu que não interessava. O importante era fazê-la se sentir segura.

— Prometo, linda. Prometo que volto para você. Volto para *buscar* você. Eu vou voltar para buscar você, tudo bem?

Annie fez que sim de novo, e então Mike a acompanhou até a lancha. Deixá-la ir embora foi o ato mais difícil do mundo.

— Mais alguma coisa? — perguntou Rich.

— Na verdade, sim. — Mike pegou uma bolsa. — Minha pistola extra está aqui dentro.

— Meu Deus, Mike. Você acha mesmo que isso é necessário?

— Espero que não.

— Eu nem sei atirar.

— Fanny sabe. Eu ensinei. A pistola é para ela. É uma Glock 27. É uma arma pequena. Tem duas caixas de munição aqui dentro, mais um pente extra. Tem também uma espingarda. Essa é para você. Amanhã, peça para Fanny mostrar como carregar e dê alguns tiros para sentir como é.

— Mike...

— Rich. — Mike se aproximou e baixou a voz. — Instalaram uma quarentena no oeste. Estado de sítio. Eu vi uma daquelas porras saindo da cara de Henderson. Você está com a minha filha. Entendeu o que eu estou te pedindo?

Em vez de responder, Rich olhou para trás por cima do ombro na direção da lancha. Annie estava apoiada na mãe. A luz dos faróis da picape produzia sombras estranhas, mas os dois homens viam Fanny e Annie nitidamente.

— Sim. Entendi, Mike.

— É uma Mossberg 500. Calibre doze. Tem quatro caixas de munição aqui. Aprenda a usá-la. Ela vai acabar com qualquer coisa na sua frente. O chumbo vai se espalhar. Essa munição é uma merda para grandes distâncias, mas para defesa pessoal vai servir. É só apontar e atirar.

Mike entregou a bolsa para ele. Os dois apertaram as mãos.

Mike se virou para voltar à picape, mas ouviu Annie chamá-lo e foi até a lancha de novo.

— Por que você não vem com a gente, papai?

— Preciso trabalhar, linda. Tudo bem? — Mike se inclinou por cima do guarda-corpo do barco, e Annie se levantou e foi até ele, abraçou o pai e enfiou o nariz no pescoço dele. — Não se preocupe. Sua mãe e Rich vão cuidar de você.

— Não estou preocupada comigo — disse ela.

Ele a abraçou com mais força.

— Eu vou ficar bem, linda. Vou ficar bem. E logo, logo vou voltar para você. Prometo.

American University, Washington, D.C.

Melanie tentou impedir a queda, mas seus dedos só rasparam no vidro.

Só restava olhar enquanto aquilo caía.

Eram quase duas da madrugada, e eles estavam cansados. Estavam todos muito cansados.

Eles tinham colocado a aranha dentro do recipiente em segurança, mas Patrick o deixara perto demais da beirada, e depois Tronco esbarrou com o quadril na mesa. O recipiente balançou, e, por um instante, pareceu que tudo ia ficar bem. Foi um daqueles momentos que Melanie queria recuperar. Mas não ficou tudo bem, e o recipiente tombou e começou a cair, e Melanie mal roçou no vidro, que se arrebentou no chão. O barulho dos estilhaços acordou todo mundo. Todos os quatro gritaram, correram e tentaram capturar a aranha. Estranha e veloz, ela subiu pelo pé da mesa, passou pelo jaleco de Julie, subiu na camisa de Tronco e...

Um corte fino na pele dele. Um pouco de sangue. A aranha sumiu. Dentro dele.

Eles haviam separado aquela aranha dentre as outras porque Julie tinha percebido que ela tinha marcas ligeiramente diferentes. O grupo tinha preparado e dissecado três idênticas, além das outras sete que haviam morrido sozinhas, que também pareciam iguais. A única diferença com as sete que tinham morrido — por nenhum motivo aparente — foi que elas estavam quase completamente ressecadas. Como se meio que tivessem se consumido. Não fazia muito sentido para Melanie. Nada daquilo fazia sentido.

A princípio, eles haviam alimentado aquelas aranhas como alimentavam todas as outras. As aranhas do laboratório possuíam uma agenda rigorosa de alimentação, com grilos, larvas e outros insetos, mas aquelas aranhas não pareciam interessadas em insetos. Elas quiseram sangue desde o início. Era uma imagem grotesca e fascinante. O jeito como avançavam em um rato e arrancavam a carne dos ossos era incrível. Parecia um vídeo de passagem do tempo horrendo. Eles haviam imaginado que as necessidades nutritivas daquelas aranhas corresponderiam às das aranhas já conhecidas, mas estavam enganados. Aquelas aranhas eram vorazes. E não tinham paciência.

Quando a bolsa de ovos explodiu, elas tinham atacado umas às outras, comendo várias irmãs no frenesi da eclosão, mas logo voltaram a atenção para os ratos. Porém, no dia anterior, eles haviam refeito a contagem e percebido que, mesmo incluindo as mortas, havia três aranhas a menos. Depois de alguns minutos de pânico, Julie sugeriu conferir as gravações, e eles viram no vídeo que as aranhas dentro do tanque atacaram e comeram umas às outras. As aranhas que morreram sozinhas, as ressecadas e consumidas, eram ignoradas, mas, na hora de comer, parecia que qualquer aranha viva estava valendo. Então, em vez de colocar um único rato, Melanie decidiu colocar um monte ao mesmo tempo para ver o que aconteceria. As aranhas pareceram ficar felizes. O som foi asqueroso, mas não demorou até sobrarem apenas alguns ossos.

E um rato ileso.

O rato sobrevivente estava colado à parede de vidro do insetário, encolhido em um canto, irradiando um terror absoluto. Melanie não costumava atribuir uma faceta emocional aos seus ratos. Não dava para fazer isso. Eles eram objetos para serem usados em testes ou, naquele momento, como alimento, e Melanie não queria sofrer uma crise moral sempre que quisesse trabalhar. Mas não tinha nenhuma outra forma de descrever a imagem. O rato parecia apavorado. Ele guinchava, tremia, tentava se afastar o máximo possível das aranhas. E as aranhas, por sua vez, ignoravam o rato, o que Melanie achou bizarro. Elas praticamente haviam engolido os outros roedores. Quando elas comiam, a cena parecia uma luta descontrolada de vale-tudo aracnídea. Mas aquele rato parecia quase invisível para elas.

— Julie — disse Melanie. — Quantos ratos a gente colocou?

— Hoje?

— Não. Ao todo. Este foi qual?

Julie reviu as anotações no tablet.

— Nove. Não. Dez. Contando o primeiro e os que acabamos de colocar, foram dez ratos.

Patrick encostou de leve no vidro do lado em que o rato estava.

— Você acha que essas aranhas estão contando ou algo do tipo?

— Ou algo do tipo — respondeu Melanie. — Por que elas não foram atrás desse?

— Elas foram — disse Tronco. — Mais ou menos.

Melanie olhou para ele. Tronco tinha se acalmado um pouco desde que ela dissera que queria terminar, mas havia ficado meio calado.

— Como assim?

— Ele está com um corte. Na barriga.

Tronco apontou para o vidro.

— Espere — disse Patrick. — Está faltando outra aranha.

— Como é que é? — Melanie mexeu no rabo de cavalo e tirou o elástico. O cabelo parecia oleoso. Ela não sabia nem se tinha escovado depois de tomar banho. — Julie, coloque o vídeo de quando pusemos os últimos ratos ali dentro.

Eles viram na tela de Julie, e depois viram de novo com a velocidade reduzida. O que antes parecia quase instantâneo ficou apavorante quando a taxa de quadros caiu para um décimo da velocidade normal: as aranhas já estavam pulando antes mesmo de a portinhola terminar de se abrir e pegaram os ratos no meio do ar. As aranhas começaram a comer antes de os ratos atingirem o fundo do insetário. Exceto um rato e uma aranha. Foi tão rápido, e as outras aranhas faziam tanto caos para comer, que Melanie entendeu por que aquilo tinha passado despercebido. As aranhas haviam avançado em massa para cima dos outros ratos, mas só uma tinha atacado o rato sobrevivente. Mas essa aranha não o comeu. Ela... desapareceu? Não. O corpo do rato ficou na frente da câmera, mas deu para ver mais ou menos. A aranha avançou, deu uma tremida e sumiu. Ela tinha desaparecido para dentro do corpo do rato.

— Volte o vídeo de novo. Pause em um quadro nítido da aranha antes de ela se enfiar no rato. — Julie pausou, e Melanie tocou na tela e ampliou a imagem. — Vejam essa marca no abdome. Será que significa alguma coisa?

Eles passaram alguns minutos observando enquanto as outras aranhas andavam pelo insetário, até que Tronco viu outra com essa mesma marca.

Eles tomaram cuidado. Isolaram a aranha diferente. Seguiram todos os protocolos. Mas algo simples como deixar o recipiente perto demais da beirada da bancada?

Sempre havia espaço para erro humano.

Às vezes demorava, mas sempre acontecia.

E agora a aranha tinha sumido. Vidro quebrado. Gritaria. Sangue. Sumiu.

Em algum lugar no corpo de Tronco.

Julie registrou a hora: 1h58.

Rodovia 10, Califórnia

Às vezes, para Kim, parecia que fazer parte do Corpo de Fuzileiros Navais era só figuração. Primeiro eles tinham sido enviados para Desperation, a cidadezinha mais fajuta do universo, para montar o que parecia ser um campo de concentração, e depois, do nada, minutos antes do discurso da presidente, a companhia recebeu ordens para sair imediatamente de lá. A companhia inteira, quase cento e cinquenta fuzileiros, deixou para trás quase cinco mil pessoas, transportada por um comboio misto de Veículos Táticos Ligeiros novos em folha e Hummers velhos e arranhados. Eles tinham ouvido a ordem de quarentena pelo rádio enquanto percorriam quinze quilômetros de estrada até voltarem à rodovia. E, quando chegaram à rodovia, já havia dois tanques M1 Abrams — tanques! — bloqueando o trânsito. Ninguém podia passar.

O comandante deu ordem para eles se posicionarem ao largo, com os dois tanques na pista e os VTL e Hummers no acostamento da rodovia e no meio do mato, até formarem uma barreira de quase noventa metros de cada lado, grande o bastante para desestimular qualquer motorista engraçadinho que tentasse furar o bloqueio, porque com certeza alguém tentaria. Os civis estavam ficando inquietos. Já passava das duas da madrugada. Kim imaginou que, àquela altura, depois de horas e horas se acumulando, o congestionamento devia estar chegando até Los Angeles, com ou sem ordem de quarentena. Até mesmo lá em Desperation, montando cercas e trabalhando sem parar, eles tinham começado a ouvir falar do que estava acontecendo em Los Angeles. A princípio, parecia que a situação estava confinada a um bairro, e que tudo era um monte de pânico desnecessário. Pessoas surtando só por surtar. Nenhum vídeo muito claro: imagens tremidas com muita gritaria. Mas aí, de repente, todas as notícias — internet, televisão, rádio — eram sobre aranhas, aranhas e aranhas. Aranhas se espalhando pela cidade, aranhas comendo algumas pessoas e ignorando outras, aranhas flutuando pelo céu e caindo em telhados, aranhas saindo de ralos e passando pelas frestas das portas. O soldado Capanga disse que um primo dele tinha falado que Los Angeles estava em chamas. Ninguém sabia se isso era verdade. E quando eles receberam ordens de sair de Desperation e ir para a rodovia, Kim se viu de frente para cidadãos americanos com uma metralhadora calibre .50. A esquadra de tiro de Kim tinha ficado com um dos VLT novos. Eles estavam na ponta do lado esquerdo, no meio do mato, dos arbustos e da terra. A princípio, achou que fosse besteira. Havia tanques na pista. Quem é que tentaria passar por aquilo? Era mesmo necessário se posicionar tão longe da rodovia? Mas, ao anoitecer, Kim começou a achar que talvez um par de tanques e um punhado de Hummers e VTL não fossem suficientes se todas aquelas pessoas resolvessem ignorar a quarentena da presidente. As torres dos refletores portáteis lançavam um brilho esbranquiçado até uns quinhentos metros de distância, mas, além disso, de onde Kim estava, em cima do VTL na ponta do bloqueio, os faróis pareciam ir a perder de vista. O rádio tinha divulgado um anúncio, e o comandante mandou alguns soldados andarem até uns três quilômetros rodovia adentro para avisar as pessoas de que a pista estava bloqueada e sugerir que elas voltassem para casa, mas aquilo virou uma zona — com o bloqueio geral, as pessoas tinham começado a dirigir na contramão da rodovia, e agora ela estava parada nos dois lados. Ninguém podia ir para a frente. Ninguém podia voltar. A única saída era passar pelos tanques, pelos Hummers e VTL, por Kim e a calibre .50, e eles tinham ordens para não deixar ninguém passar. Isso não era nada bom.

Um babaca em um Roadster da BMW a três carros de distância do bloqueio saiu do carro e foi bater boca com o capitão Diggs provavelmente pela quinta ou sexta vez, e Kim não conseguiu deixar de sorrir quando viu o sujeito ser carregado de volta até o carro dele. Ela não estava com o dedo no gatilho da .50. Tinha enfiado um pente vazio embaixo do gatilho borboleta para servir de trava improvisada. Mas ainda assim. A Browning M2 conseguia cuspir quinhentas balas por minuto, e matar alguém por acidente em uma zona de guerra no exterior era uma coisa, mas Kim não queria matar um civil sem querer.

— Chiclete? — Elroy botou a mão para fora do veículo. Kim se abaixou para pegar um.

— Alguma novidade?

Elroy botou a cabeça para fora e mostrou o celular.

— Não tem sinal aqui, nem bateria, então não, nenhuma novidade. Só o que dá para ouvir no rádio.

A dez metros de seu veículo tático na ponta do bloqueio, Kim viu o Hummer de Sue. Os Hummers não estavam em condições tão boas — tinham sido bastante usados no deserto, e o exército não estava com nenhuma pressa para aposentá-los —, mas Kim não tinha medo de bombas caseiras no sul da Califórnia.

— Sue! — gritou Kim. — Vocês ficaram sabendo de alguma coisa?

Antes que Sue pudesse responder, Kim ouviu o chamado no rádio.

— Utilitário branco saindo da área de contenção. Cabo Bock, líder da esquadra de tiro, no seu lado. Responda.

— Positivo — disse Kim.

A uns quinhentos metros de distância, quase no limite do alcance dos refletores portáteis, ela viu o utilitário branco que tinha saído da pista e se afastado da rodovia pelo meio do mato. Tinha gente fazendo isso em alguns lugares, em geral picapes e utilitários, explorando o congestionamento, tentando ver qual era o problema, mas todos davam meia-volta assim que percebiam que ninguém iria para lugar nenhum. Algumas pessoas ainda estavam com o motor ligado, e de vez em quando Kim ouvia um pouco de música ao longe, mas a maioria já havia desligado o carro horas antes, o que era bom. A última coisa que eles queriam era carros sem gasolina empacados na rodovia. Parecia que a maior parte das pessoas tinha se conformado com a espera. No começo da noite, algumas pessoas tinham saído do carro para esticar as pernas, se sentar no capô, e teve até gente que ficou jogando *frisbee*, mas, às duas da madrugada, estava tudo silencioso. As pessoas tinham reclinado o encosto do banco e estavam dormindo nos carros, uma festa do pijama rodoviária. Mas o motorista do utilitário branco não estava dormindo e parecia que não ia voltar para a pista. Estava se afastando da rodovia. Cinquenta metros. Talvez cinquenta e cinco. E vinha na direção deles. Rápido.

— Líder da esquadra de tiro, se o veículo tentar furar o bloqueio, você tem ordens para atirar.

— Senhor? — questionou ela no rádio. — É um civil.

Houve uma pausa curta.

— Líder da esquadra de tiro, dispare uma rajada de advertência na frente do veículo.

— Agora?

— Positivo.

Kim respirou fundo e acompanhou o movimento do utilitário branco. Ele estava acelerando, levantando poeira e avançando em uma trajetória diagonal. Se continuasse, com certeza passaria por ela. O utilitário estava a uns cento e quarenta metros de distância. Ela contou uns dez metros de distância para garantir, tirou o cartucho vazio de debaixo do gatilho borboleta e disparou uma rajada de cinco tiros. Já fazia algum tempo que Kim havia treinado com a calibre .50, e ela não se lembrava do barulho. O clarão dos disparos parecia o sol, e uma das balas era traçante, mas nem a luz nem o som pareceram importar. O utilitário não parou. Nem diminuiu a velocidade.

Kim hesitou.

— Líder da esquadra de tiro.

Ela estava com o dedo no gatilho.

— Bock. Abata.

Kim não contou nenhum espaço até o carro. Ela apontou para o motor e apertou o gatilho.

Desperation, Califórnia

Reconhecimento facial preciso — a identificação de uma pessoa no meio de uma multidão e em movimento — ainda era uma tecnologia exclusiva do cinema e da televisão, mas a detecção do som de disparos já existia havia anos. Quando a cabo Kim Bock apertou o gatilho da calibre .50, os sensores de áudio na superfície em volta da casa de Espingarda enviaram um alerta para o tablet na mesa de cabeceira dele. Um apito baixo. Não deu nem para incomodar Fred do outro lado da cama, mas bastou para acordar Espingarda. Ele vestiu uma camiseta e a calça jeans e foi para a cozinha. Gordon estava sentado à mesa, iluminado por uma única lâmpada acima dele.

— Sem sono?

Gordon tirou os olhos da tela do computador.

— Não muito. Isto é ruim, Espingarda. Muito ruim.

Espingarda concordou com a cabeça.

— É.

Gordon hesitou, pensou e deu de ombros.

— Tenho que admitir, acho que foi bom termos feito isto. Foi bom Amy e eu termos vindo para cá. Acho que vamos ter que ficar aqui por um tempo.

— Houve alguns disparos lá fora.

Gordon se endireitou na cadeira.

— O quê? Sério?

— Alguma coisa grande. Militar.

— Foi por isso que você acordou?

— Foi — respondeu Espingarda, balançando a cabeça em seguida. —

É, mas não foi só isso. Eu quero dar mais uma conferida em tudo de novo. Estamos tranquilos aqui embaixo. Contra qualquer coisa, exceto o impacto direto de uma bomba antibunker, mas você sabe como é.

Gordon sabia, e os dois verificaram as portas antiexplosão, verificaram se estava tudo fechado e bem travado. De fora, nenhum observador casual — ou soldado pensando em evacuar civis à força — perceberia que existia um bunker enorme embaixo da casa de Espingarda.

Eles estavam bem protegidos no subterrâneo. Podiam esperar um pouco até precisarem colocar a cabeça para fora.

Casa Branca

Manny estava jogado na cadeira. Chegava um ponto, e ele não queria admitir que já estava nesse ponto, em que Coca Diet já não dava mais conta. Os últimos dias tinham sido difíceis. Ele achou que o mais grave seria a reação do público ao bloqueio do tráfego aéreo, mas a situação tinha ido de mal a pior muito rápido.

Durante alguns minutos depois do discurso de Steph na noite anterior, ele achou que tudo fosse ficar bem. Os indianos relataram que as aranhas pareciam estar morrendo. Do nada. Só estavam morrendo. Havia aranhas mortas em toda Déli. Aos montes. Centenas de milhares, milhões de aranhas mortas, como se ondas tivessem avançado sobre a praia e congelado. Manny havia visto imagens gravadas de um helicóptero: o vento gerado pelos rotores agitava os corpos, e aranhas mortas eram carregadas pela brisa. Só por um instante, Manny precisava acreditar que seria simples assim. Que as aranhas morreriam do mesmo jeito que as cigarras. Melanie tinha sugerido uma possível comparação com as cigarras periódicas, e Manny estava torcendo para que ela tivesse razão. Em Washington, as cigarras da Ninhada II e da Ninhada X seguiam ciclos de dezessete anos. Elas haviam aparecido pela última vez em 2013 e em 2004, respectivamente. Talvez as aranhas durassem algumas semanas e depois sumissem como as cigarras, deixando apenas o exoesqueleto para trás.

Mas não era tão fácil. As aranhas em Déli podiam estar morrendo, mas agora Manny tinha que se preocupar com as aranhas em Los Angeles, e logo depois ele ficou sabendo de relatos em Helsinki, no Rio de Janeiro, no Líbano, na África do Sul e na Rússia. Nada daquilo fazia sentido. O sol estava nascendo em Washington, e o mundo inteiro estava caindo aos pedaços. O que ele deveria fazer? Eles estavam tratando tudo como uma pandemia de gripe. Pelo menos ele teria entendido se fosse uma pandemia de gripe. Mas aranhas?

O que ele precisava mesmo era tirar um cochilo. Cinco minutos. Ele só queria cinco minutos para fechar os olhos e deixar o barulho da sala se distanciar. Só cinco minutos para zerar o contador. Cinco minutos de sono.

Ele teve trinta segundos.

China.

Puta. Que. Pariu.

China.

Estavam todos em silêncio, vendo as manchas de luz nas imagens via satélite. Uma sala cheia de coronéis e generais. Duas estrelas, três estrelas, quatro. O secretário de Defesa, a conselheira de segurança nacional, o secretário de Estado e o diretor da Homeland Security. A porra da presidente. Trinta ou quarenta assessores e pessoal autorizado, e todas as cabeças, incluindo a de Manny, estavam viradas para a tela e viam o que parecia um punhado de flores desabrochar na região ocidental da China, uma linha de explosões nucleares que ia da Mongólia até o Nepal. Não se ouvia nenhum som humano dentro da sala, só os apitos constantes de e-mails, mensagens de texto e telefonemas.

— O que é isso?

Manny não sabia quem havia rompido a barreira do silêncio, mas aquilo deu início a um mar de gritaria. Primeiro: negação. Aquelas coisas não podiam ser bombas atômicas. Segundo: confirmação. Bombas atômicas. Os chineses tinham acabado de varrer um terço do próprio país de propósito. Terceiro: mais silêncio. O silêncio começou aos poucos e, depois, todo mundo na sala se virou ao mesmo tempo para olhar para Stephanie. Para olhar para a presidente dos Estados Unidos.

Ninguém precisava perguntar. A questão pairava no ar. A questão estava em todos os cantos. O que a gente vai fazer?

Não era um bom momento para o celular de Manny vibrar, mas, enquanto Steph começava a disparar ordens — secretários para a sala de reunião, militares em alerta máximo — e a sala voltava a mergulhar no caos, Manny deu uma olhada na tela e viu o nome de Melanie.

Ele pressionou o telefone na orelha com força e cobriu a boca com a outra mão.

— Estou um pouco ocupado agora.

— Manny — disse ela. — Você não está entendendo. É pior do que eu imaginava.

Manny esfregou os olhos. Ele queria acreditar que não tinha escutado direito. Pior? Como podia ser pior? A China ia brilhar durante mil anos, Los Angeles era uma zona de guerra, e a ex-esposa dele estava ao telefone para dizer que a situação era pior do que isso? Manny se levantou e gesticulou para um assessor pegar as coisas para que ele pudesse ir atrás de Steph.

— Certo.

— Certo?

— Certo — disse ele. — Pode falar, Melanie. Acho que você não entende o quanto este é um péssimo momento para eu estar ao telefone. Você já me disse que essas aranhas são criadas para se alimentar. O que pode ser pior que isso?

Ele viu de relance uma das telas que estava exibindo imagens ao vivo via satélite. Estava cheia de estática, mas enquadrava a maior parte do território chinês, e mesmo a essa distância a poeira, terra, fumaça ou o que quer que fosse que bombas atômicas deixavam para trás era uma visão assustadora.

— Certo. Então preste atenção. Esse tempo não faz nenhum sentido, não é? Elas já nascem adultas e comem como se fossem gafanhotos. Está acelerado.

— O que está acelerado?

— Tudo. Elas parecem foguetes. Comem até se esgotarem. Foi isso que aconteceu em Déli. E vai acontecer em Los Angeles daqui a pouco.

Manny levantou a cabeça. Então ele tinha razão.

— Então quer dizer que elas vão morrer sozinhas? Em quanto tempo?

— Não. Você não está entendendo. Eu estava errada. Quando disse que elas foram criadas para comer, eu estava errada. Elas são colonizadoras.

— Como assim?

— Algumas se alimentam. Mas outras põem ovos, e isso também está acelerado. Eles vão eclodir em pouco tempo.

— Como você sabe?

— Porque estou olhando para uma nova bolsa de ovos. Tenho certeza absoluta de que esta foi criada apenas algumas horas atrás, mas não parece. Parece que vai eclodir a qualquer minuto.

— O quê? Onde é que você está?

— No National Institutes of Health. Em Bethesda.

Manny foi para o corredor, juntando-se ao mar de ternos e fardas. Ele viu Steph segurando o braço de Ben Broussard e conversando com ele enquanto os dois andavam.

— Por que você está no NIH?

— Você me deu carta branca. E precisávamos de um cirurgião e de um hospital que tivesse unidade de biocontenção. Só existem quatro lugares no país com unidades de biocontenção. As outras três ficam no hospital da Universidade Emory, em Atlanta, no centro médico da Universidade do Nebraska e no Hospital St. Patrick em Missoula, no estado de Montana. Então ir até Bethesda, em Maryland, parecia a opção óbvia.

— Por que você não me ligou? — perguntou Manny. — Não, deixa pra lá. Não importa. Mas por que precisa de um cirurgião? Espere, o quê? Biocontenção? Por favor, diga que aquelas coisas também não transmitem doenças.

— Não, elas não são vetores de doenças infecciosas. — Melanie hesitou. — Bom, pelo menos tenho bastante certeza de que não são. Seria incrível, não é? Se as aranhas transmitissem a praga. Não. Acho que isso não é um problema, mas não queríamos ir a um hospital normal e acontecer de a bolsa de ovos eclodir e uma aranha, sei lá, escapar por um duto de ventilação ou algo do tipo. A gente precisava de um lugar que dispusesse de condições de conter qualquer coisa. Portanto, NIH.

— E por que você precisava de um cirurgião? Não — disse ele, respondendo à própria pergunta —, provavelmente não quero saber, mas, tudo bem, eu preciso perguntar: por que você precisa de um cirurgião?

— Porque a bolsa de ovos está dentro de um dos meus alunos.

National Institutes of Health, Bethesda, Maryland

Melanie olhou para Tronco, que estava inconsciente na mesa de cirurgia com a barriga aberta. A princípio, todos ficaram aliviados: quando o cirurgião abriu a cavidade abdominal de Tronco, a aranha caiu para fora. Estava morta. Consumida, na verdade, pelo que Melanie viu. Como as outras que tinham morrido aparentemente sem motivo no laboratório. Como as aranhas que estavam sendo varridas nas ruas de Déli. E como ela estava torcendo para que acontecesse logo, logo em Los Angeles. Mas a sensação de alívio não durou muito, porque a aranha parecia ter se consumido para instalar uma bolsa de ovos dentro de Tronco. Era parecida com a que tinha sido enviada ao laboratório, só que aquela não estava calcificada. A seda era muito pegajosa, e a bolsa era quente e zumbia. O cirurgião parecia apavorado, e uma das enfermeiras tinha tentado fugir da sala até lembrar que aquela era uma unidade de biocontenção — um lugar construído para conter doenças que faziam o Ebola parecer brincadeira de criança, e cuja entrada e saída era protegida por uma câmara de pressurização e todo tipo de processo de descontaminação —, mas Melanie não conseguiu resistir a colocar a mão na bolsa de ovos. Ela sabia que deveria estar surtando. Até aquela semana, vinha dormindo com Tronco com regularidade, e ali estava ele, dopado e aberto na mesa de cirurgia porque a aranha tinha resolvido brincar de esconde-esconde em seu corpo. E *havia* uma parte de Melanie que estava surtando. Ela sentia a presença dessa parte. Um pedacinho de Melanie queria gritar e tentar fugir da sala que nem a enfermeira, mas esse pedacinho estava sendo vencido pela parte que queria entender o quebra-cabeça.

Através da luva, ela sentiu a pulsação da bolsa de ovos, e, na outra mão, o celular estava quente junto à sua orelha.

— Manny.

— Desculpe — disse ele. — Eu não... certo. Por que tem uma bolsa de ovos dentro do seu aluno?

Ela lhe contou um resumo rápido. A queda do recipiente, o vidro quebrado, a aranha se enfiando na pele de Tronco como se não fosse nada, o pânico e, por fim, a conformação com o fato de que a única medida a tomar era retirá-la de dentro dele. A corrida até o NIH, agentes do Serviço Secreto exibindo distintivos, gritando, atropelando a burocracia como se ela nem existisse.

— Que bom que você deixou um monte de agentes e as ordens presidenciais de Steph comigo, não é? — disse ela, mas a brincadeira não teve graça. Fazia sentido. Não era hora para brincadeiras, mas Melanie não sabia mais o que fazer.

— Comedoras e procriadoras — repetiu Manny.

— E tem um padrão — disse Melanie.

Ela tirou a mão da bolsa de ovos. Julie Yoo estava usando uniforme cirúrgico, e Melanie observou enquanto ela e o cirurgião começavam a cortar os fios de seda que ligavam a bolsa de ovos ao interior do corpo de Tronco. Eles haviam levado um insetário do laboratório, e a bolsa iria para dentro dele no instante em que saísse de Tronco.

— Percebemos nas aranhas do insetário e nos ratos. E Patrick, um dos meus alunos, reparou no vídeo que gravaram em Los Angeles. As comedoras ficam longe dos hospedeiros, que são marcados de alguma forma. E isso cumpre dois propósitos: os corpos servem tanto para abrigar os ovos quanto para disseminar a colônia. A pessoa, ou, imagino, o animal pode se deslocar com os ovos dentro do organismo até eles eclodirem. O hospedeiro, o que quer que seja, provavelmente poderá percorrer distâncias maiores do que as aranhas. Bloquear o tráfego aéreo foi uma decisão muito boa.

Manny ficou quieto por alguns segundos, e Melanie ouviu o barulho de fundo no lado dele. Ela percebeu que, enquanto eles estavam trabalhando sem parar no laboratório para lidar com algumas daquelas aranhas, o trabalho de Manny era ajudar Steph a lidar com *todas* elas. Melanie era uma pesquisadora, mas, mesmo sendo um político, às vezes Manny lidava com o mundo real de um jeito que ela nunca fazia.

— A situação está ruim, não é? — perguntou ela. — Muito pior do que imaginávamos.

— Melanie — disse ele. — Mel.

E foi nesse momento que Melanie ficou preocupada. Ele nunca a chamava de Mel. A última vez tinha sido quando pediu o divórcio.

— Antes eu te pedi para vir à Casa Branca responder algumas perguntas, mas agora *preciso* que você venha responder algumas perguntas.

— Tudo bem. Tipo o quê?

— Tipo como matá-las.

Centro da CNN, Atlanta, Geórgia

Teddie reviu o vídeo várias e várias e várias vezes. Havia um padrão, ela tinha certeza.

Minneapolis, Minnesota

Leshaun parecia péssimo, mas Mike ficou feliz em vê-lo. Depois de deixar Annie, Rich e Fanny nas docas, ele tinha voltado para casa, pegado o celular e o veículo da agência e se apresentado. Ele foi o último a chegar ao escritório.

O chefe da seção tinha feito um discurso murcho para transmitir as ordens nacionais e disse que o arsenal estava à disposição.

— Equipem-se — ordenou ele. — Lidaremos com desordem urbana, basicamente. É o modelo que vamos seguir. Ainda não precisamos nos preocupar com nada aqui na área, então só vamos ajudar a polícia local a manter a paz e a evitar excessos de pânico.

— Claro — sussurrou Leshaun apenas para Mike escutar —, porque o melhor jeito de acalmar os ânimos é fazer a gente ficar circulando por aí com metralhadoras.

Mas ele e Mike fizeram o mesmo que todos na sala: colocaram jaquetas da agência por cima do colete à prova de balas, pegaram carabinas M4, espingardas Remington Modelo 870, pentes e cartuchos adicionais e entraram no carro oficial de Mike para começar as rondas.

Foi um pouco tedioso.

— Tem certeza de que você está bem? — perguntou Mike. Leshaun tinha reclinado o banco para trás e estava de olhos fechados, mas acordado. — Não está acontecendo nada de mais aqui. Quer dizer, Los Angeles parece um pesadelo distópico e apocalíptico, mas aqui é a boa e velha Minneapolis. Acho que a hora do rush vai começar daqui a pouco, mas, convenhamos, ainda estamos no Meio-Oeste.

Leshaun riu. Ele era de Boston e sempre gostava de rir do tédio que era o Meio-Oeste.

— Estou bem. O braço está bem. As costelas ainda doem, mas não posso fazer nada quanto a isso, então é melhor eu me mexer mesmo.

Os dois não falaram muito mais na meia hora seguinte. Uma parada para tomar café. E então Mike recebeu uma ligação do chefe da seção.

— Se você visse aquela aranha de novo, conseguiria identificá-la?

Mike estremeceu. Ele provavelmente não a esqueceria nunca mais.

— Sim, senhor.

— Recebemos uma ligação sobre uma aranha morta. Na verdade, um monte de gente ligou para falar de aranhas, mas esta pode ser um pouco diferente. Fica a duas quadras de onde o avião de Henderson caiu.

Mike colocou o celular de volta no porta-copo no console e ligou a sirene. Com o trânsito ainda leve e a luz rotativa do carro para abrir caminho, eles atravessaram a cidade em pouco tempo.

O edifício era o armazém de uma empresa que vendia materiais hidráulicos. Havia duas viaturas estacionadas na frente, e dois policiais estavam recostados nos carros, fumando. Eles cumprimentaram Mike e Leshaun quando os dois passaram. Dentro do armazém, Mike e Leshaun seguiram as vozes até encontrarem outros dois policiais junto com uma mulher de cinquenta e poucos anos com roupas de civil.

— Eu telefonei assim que Juan me chamou — disse ela. — Juan é o gerente noturno. Preparamos a maioria das nossas encomendas à noite para que os clientes possam passar aqui bem cedo. Ela está ali — disse a mulher, apontando.

Mike se apoiou na estante para olhar melhor. O corte na mão ainda incomodava, mas ele estava com uma boa mobilidade. Na verdade, juntando os pontos na mão dele e as costelas fraturadas e o ferimento a bala no braço de Leshaun, Mike e o parceiro não estavam nas melhores condições. Mas era preciso trabalhar com o que se tinha.

Sem dúvida era a mesma espécie de aranha.

— Mas aqui é um armazém. — A mulher ainda estava falando. — De vez em quando encontramos aranhas, ratos e um ou outro esquilo. Se não fosse por tudo aquilo no jornal, não sei se teria avisado. E tem uns casulos horrorosos também.

Mike olhou para ela.

— O quê?

— Ah, ali no final da estante. Parecem casulos.

Mike, Leshaun e os dois policiais acompanharam a mulher. Ela apontou uma lanterna na direção das vigas de sustentação. Havia uma malha de teias. E, de onde estava, Mike viu pelo menos três bolotas do tamanho de uma bola de tênis. Depois de um segundo, ele se deu conta do que aquilo parecia: eram versões inteiras da bolsa de ovos eclodida no laboratório de Washington.

Aquilo não era nada bom.

Rodovia 10, Califórnia

Ainda estava saindo um pouco de fumaça do utilitário.

Kim tinha sentido um alívio imenso quando as pessoas de dentro do carro, dois rapazes, saíram com as mãos para cima, apavorados, mas aparentemente ilesos. O comandante mandou prender os dois e os enviou para o campo de concentração temporário perto de Desperation. Mais ou menos uns dez minutos depois de Kim atirar com a calibre .50, alguém percebeu que o carro estava pegando fogo, mas o comandante não ordenou que apagassem o incêndio.

— Deixem queimar — disse ele. — Talvez ajude a evitar que algum outro idiota tente furar o bloqueio, pelo menos até começarmos a tirar todo mundo da rodovia e levar para o campo.

Já era manhã, e a recondução do trânsito havia começado. Kim não sabia por que as pessoas não eram simplesmente orientadas a voltar para casa, mas Joe Branquelo disse que, se Los Angeles estava tão ruim quanto parecia, não daria para mandar as pessoas de volta, mas também não dava para deixá-las irem embora da zona de quarentena. Para isso serviam os campos temporários. Ou, nas palavras nada reconfortantes de Joe Branquelo, "pensem que é um campo de refugiados momentâneo".

O sol ofereceu uma promessa agressiva para o calor que o dia traria. Um fiapo de fumaça subia da massa de metal em chamas que, algumas horas antes, tinha sido um utilitário. Os fuzileiros tinham liberado a estrada que levava ao campo perto de Desperation, e, de trás do volante do VTL, Kim percebeu que todos os motoristas e passageiros olhavam para o carro incendiado conforme saíam da rodovia. A equipe de Kim e todas as outras — inclusive os dois tanques — receberam ordens de permanecer alinhadas; a estrada que levava ao campo de concentração estava cercada pelos Hummers e VTL, dispostos a intervalos de cerca de noventa metros, mas eles pareciam praticamente dispensáveis. Depois que o trânsito começou a andar, as pessoas pareciam estar tão satisfeitas de poderem sair da rodovia que ninguém questionou o lugar para onde todos estavam sendo levados. Kim pensou que o povo americano gostava de ser gado. Já fazia quase uma hora que eles estavam orientando o trânsito para os currais perto de Desperation, e só houve uma ocorrência de um carro que tentou escapar da rota. Na verdade, os civis estavam com um ar quase de comemoração. Sim, eles pareciam um pouco assustados diante do utilitário fumegante, mas, de modo geral, todo mundo acenava e sorria para os fuzileiros ao passar. As pessoas cresceram acreditando que os militares eram heróis, embora Kim achasse que naquele momento eles estavam atuando mais como guardas de trânsito.

As janelas do veículo tático estavam abertas, mas ainda estava um fedor bem forte. Duran tinha arranjado um carregador em algum lugar e estava no banco do carona, lendo as notícias, uma atividade frustrante considerando que o sinal ali era uma merda. Elroy estava na calibre .50, e Punhos cochilava na parte de trás. Não havia muito a fazer além de ver o trânsito fluir vagarosamente para a estrada secundária. O que exatamente os militares pretendiam fazer, quando todos os carros chegassem lá? Quanto tempo ia durar aquela quarentena? Devia haver quantas pessoas engarrafadas na rodovia? Quarenta ou cinquenta mil? Mais, talvez? Kim olhou para a carcaça do utilitário de novo, para os buracos que as balas tinham aberto no capô. Ela ainda achava incrível que ninguém tivesse morrido. Aquilo tinha sido horrível. Ela fora treinada para abrir fogo contra forças hostis, para disparar antes que alguém conseguisse chegar perto o bastante para detonar um carro-bomba. Era nesse mundo que as forças armadas viviam. Mas Kim nunca havia imaginado que precisaria agir em solo americano. Ela tinha entrado para o Corpo dos Fuzileiros Navais para *proteger* os americanos.

— Estão dizendo que agora há aranhas no Japão também.

Kim olhou para Duran.

— Em Tóquio?

Ele balançou a cabeça.

— Não. Nunca ouvi falar neste lugar. Uma área rural, no meio das montanhas.

— E Los Angeles? Alguma novidade?

— Nada. Telefones, satélites, a porra toda está congestionada. Quer dizer, tem algumas coisas, mas parece tudo meio confuso. Palpites.

Kim se virou para dar uma olhada em Punhos, mas ele ainda estava ferrado no sono, de boca aberta e soltando um ronco baixinho.

— Então, basicamente, ninguém sabe o que está acontecendo?

Duran colocou o telefone em cima do painel.

— São os militares. Alguém provavelmente sabe o que está acontecendo, mas vai demorar um bocado até essas informações chegarem aos meros soldados.

— É, bom, eu sou cabo. Como minha patente é absurdamente superior à sua — disse ela, em tom de deboche —, obviamente vão me contar primeiro. — Ela ficou feliz de vê-lo sorrir. — Então, o que vai acontecer agora? A gente vai ficar aqui bancando os guardas de trânsito pelos próximos dias?

— Para falar a verdade, não pensei muito no assunto.

— Como é que você consegue não pensar nisso?

— Bom, na minha cabeça, como você adora me lembrar, você é a líder da esquadra de tiro, srta. Cabo, então seu trabalho é pensar nas coisas. Eu só obedeço às ordens.

— Vá se foder, Duran.

Ela sorriu, mas ainda assim Duran balançou a cabeça vigorosamente com uma expressão séria.

— Não, não. Não estou brincando, Kim. É sério. A gente confia em você. Não é à toa que você é a líder da esquadra de tiro, em vez de um de nós. Eu meio que acho que, se tivesse algum motivo de preocupação, você pensaria nele com antecedência. Eu não sou bom nisso.

— Tudo bem. Certo. Mas tem algumas questões importantes, entende? Quer dizer, se essas aranhas estão no mundo inteiro, a gente deve mesmo achar que elas vão continuar em Los Angeles? E o que vai acontecer quando este campo lotar? — Ela fez um gesto na direção dos carros. O trânsito estava avançando devagar, no mesmo ritmo de uma caminhada, mas estava avançando. — Porque tem um monte de carros ali.

— Kim, o que é...

— Não, é sério. A gente precisa se preocupar com...

— Kim — disse ele com um tom firme, erguendo a mão. — Ouviu isso?

Ela ficou quieta, mas, quando parou de falar, dava para ouvir facilmente o *pop-pop-pop* de uma arma de grosso calibre. Estava vindo de algum lugar à esquerda, na direção do campo temporário. Kim se virou e cutucou Punhos para acordá-lo, e então abriu a porta e saiu. Mesmo com o calor, era um alívio sair do VTL. Foi bom respirar ar fresco. Ela viu Elroy olhar para ela de cima do veículo. Ele estava com um cartucho vazio debaixo do gatilho e as mãos longe da arma, mas não parecia relaxado. Houve um momento de silêncio, e depois um, dois, talvez três disparos de calibre .50, e também tiros de armas menores. Parecia vir de longe. Pelo menos um quilômetro de distância. Silêncio no rádio.

— O que você acha, Kim?

Elroy tirou os óculos escuros.

— Alguém tentando escapar? — sugeriu ela.

Elroy deu de ombros.

— Talvez. Alguns cartuchos de cinquenta, se for isso.

Ele não precisou dizer que aquilo tinha sido mais do que alguns disparos de uma calibre .50. Kim assentiu.

— Tire o cartucho de debaixo do gatilho.

Ela passou por trás do veículo e foi até onde a seção de Sue tinha estacionado. Sue estava fora do Hummer, sentada no chão e recostada em uma das rodas. Ela olhava para o celular com uma expressão chateada e, quando viu Kim, mostrou a tela para ela.

— Sinal de merda — disse Sue. — Celular de merda. É tudo uma merda.

— Podia ser pior, não é?

— Sempre — respondeu Sue, ficando de pé. — Os tiros pararam?

— É, mas...

Kim se calou. Ela ouviu mais um barulho e demorou um instante para identificar o que era. Buzinas? Agora vinha da rodovia. De longe. Longe o bastante para que ela e Sue precisassem ficar bem quietas e se esforçar para escutar. O começo de uma comoção. Gritos, talvez? Era difícil saber. E aí qualquer som que pudesse estar vindo da rodovia foi abafado pelo barulho de rotores. Duas aeronaves, Apaches AH-64, carregadas de mísseis e indo rápido pra cacete, passaram por cima delas e voaram por sobre a rodovia. Kim e Sue se olharam por um instante e voltaram correndo para os veículos.

Kim mal tinha fechado a porta quando as aeronaves começaram a disparar. A marretada dos canhões — os AH-64 eram armados com um canhão M230 de trinta milímetros na torre embaixo do nariz que dava trezentos tiros por minuto — parecia quase abafada a mais de um quilômetro de distância.

— Todas as unidades, todas as unidades! — gritou o rádio. — Preparem-se para encontro hostil!

Ela deu partida no VTL, e o motor começou a rugir na mesma hora em que o barulho dos canhões das aeronaves parou. Kim já havia visto a munição que os Apaches usavam: cada cartucho era mais ou menos do tamanho da mão dela. Às suas costas, ouviu Punhos ir para sua posição, e à sua frente os veículos começaram a romper a formação. Dava para ver uma coluna de fumaça no lugar onde os helicópteros tinham disparado e, depois, uma pequena explosão. As aeronaves se afastaram uma para cada lado da pista, viraram para o meio e baixaram o nariz para que os pilotos tivessem uma visão desobstruída da estrada. E aí, no Apache da direita, ela viu o rastro de vapor de um míssil e uma explosão muito maior.

Depois do míssil, um silêncio estranho, que Duran rompeu após alguns segundos.

— Certo. Isso não parece bom. — Ele se virou para Kim. — E aí?

— Puta merda! — Kim ouviu o grito de Elroy no teto do veículo, mas nem precisou escutar quando ele falou "Aeronave rápida", porque viu o caça surgir de repente. E aí. Santo Deus. O caça disparou um míssil.

Caos.

Uma bola de fogo de quinze metros de altura.

O movimento vagaroso e ordenado dos carros e das picapes na estrada secundária rumo a Desperation virou uma confusão na mesma hora. Na frente deles, carros, picapes e utilitários avançaram para o deserto por onde foi possível, e Kim viu pessoas saindo dos carros e correndo. A algumas centenas de metros de distância, ela viu um homem que corria pela terra ser atropelado por um sedã que tinha saído da rodovia. O sedã não reduziu a velocidade. Os helicópteros voltaram a disparar os canhões. Kim viu cada vez mais gente saindo dos carros. As pessoas estavam fugindo da fúria dos helicópteros e das cinzas do bombardeio do caça. Ela nunca imaginou que veria aquilo: cidadãos americanos fugindo do poderio militar americano.

Não. Não. Não era isso. As pessoas não estavam fugindo dos tiros e mísseis. Kim pegou o binóculo no console do veículo e ajustou o foco.

— Não.

Podia ver sombras em movimento, dedos escuros se esticando e puxando pessoas para o triturador. Homens, mulheres e crianças corriam e gritavam. O caça e os helicópteros não estavam disparando contra os civis.

— Elas chegaram — disse Kim.

Ela não gritou. Falou com o tom de voz normal. Quase casual. Ela se sentia... calma. Estava assustada. Podia admitir isso. Como não ficar assustada? Mas Kim também entendia que estava onde tinha que estar. Ela olhou para Duran e Punhos. Levantou a cabeça e olhou para Elroy, que estava com os dedos no gatilho borboleta da calibre .50. Kim nunca havia pensado que operaria em solo americano, mas entrar para os fuzileiros navais era algo que ela quis fazer a vida inteira, e estava pronta. Precisava estar pronta. Os homens confiavam nela.

O rádio chiou.

— Todas as unidades, disparar à vontade. Não permitam, repito, não permitam que a zona de quarentena seja rompida. Disparar à vontade.

Kim queria perguntar contra o que eles deveriam disparar, as pessoas ou as aranhas, mas os fuzileiros já haviam começado. Ela sentiu o veículo tremer conforme Elroy disparava a calibre .50 e ouviu o barulho surdo das balas cuspidas. Uma carreta que havia conseguido sair da rodovia para o deserto explodiu e tombou. Havia um caos enorme de carros andando, colidindo e tentando ir para qualquer lugar em vez de ficar parados. À direita, Kim viu o Hummer de Sue disparar a calibre .50 também, e um homem da equipe dela, talvez o soldado Capanga, tinha saído do veículo e atirava com a M16. Kim viu Duran pôr a mão na maçaneta ao lado dela, mas segurou o braço dele.

— Fique no carro — ordenou ela. — Podemos impedir carros e podemos impedir civis, mas de que adianta atirar contra aranhas? Quero que a gente esteja pronto para partir.

Kim pegou o binóculo outra vez. Sem ele, as aranhas eram uma massa preta, já a menos de quatrocentos metros, mas, pelas lentes, Kim viu uma mulher sacudir os braços, seu cabelo reluzindo com tranças negras. A mulher caiu de repente, e Kim não sabia se tinha sido por causa das aranhas ou de uma bala. A princípio, parecia que não havia nenhum padrão, mas Kim percebeu que a maioria das pessoas corria da direita para a esquerda. E parecia que os disparos dos fuzileiros não faziam diferença. As pessoas tinham mais medo das aranhas do que das armas.

— Kim? — Punhos se inclinou para a frente e colocou a mão no ombro dela. — Kim? O que a gente faz?

Ela não sabia, mas estava incomodada com alguma coisa. Algo a ver com o jeito como as aranhas se moviam. Lembrava uma espécie de dança. Líquido jorrando para a frente e para trás, ondas pretas avançando contra algumas pessoas e retraindo, como o mar arrastando areia para a parte funda. E algumas pessoas, sem nenhum motivo aparente, continuavam de pé, enquanto os bichos se afastavam delas, formando ilhas desertas. Menos de trezentos metros de distância; com o binóculo, Kim via as aranhas como pontos distintos, mas, sem o binóculo, elas eram uma única massa líquida avançando de uma só vez.

E aí o rádio ressoou:

— Recuar! Recuar!

Kim não hesitou. Ela engrenou o VTL e pisou no acelerador. Como eles estavam na ponta, o último carro da barreira, ela só precisou virar o volante todo para a esquerda para dar meia-volta com o veículo, arremessando terra, pedras e poeira para cima, e acelerar na direção contrária.

— Que porra é essa? — Elroy se abaixou e segurou firme nas beiradas da torre. — A gente tem ordens para...

— Eles mandaram todos recuarem. É tarde demais! — gritou Kim. — Fizeram merda. Não é gripe. A gente pode matar todos os civis, pode disparar até acabar a munição, mas as aranhas não vão parar. Não vamos conseguir sair dessa descendo chumbo. — Ela continuou pisando fundo no acelerador, e o VTL começou a ganhar velocidade agora que estava seguindo em linha reta. Na rodovia, ela poderia fazer aquele monstro de seis toneladas correr a cento e dez quilômetros por hora, mas, na areia e terra, seria ótimo chegar a cinquenta. Pelo retrovisor, ela viu o Hummer de Sue seguindo logo atrás, e o resto da fila estava um caos. Punhos mudou de lado no banco traseiro até a janela para olhar a barreira.

Ouviram mais uma explosão, maior desta vez. O VTL sacudiu, mas as rodas voltaram a pegar na terra e eles continuaram a avançar. Os caças rugiram no céu de novo, vindo de outra direção, descarregaram as bombas, e Kim deu uma última olhada no retrovisor. Só viu fumaça e fogo.

National Institutes of Health, Bethesda, Maryland

Melanie imaginou que teria mais uns dez minutos até o helicóptero chegar. Manny havia insistido. Apesar do discurso da presidente e de todos os sinais de que a infestação só tinha acontecido em Los Angeles, as pessoas estavam começando a sair da capital e ir... ir para onde? Para onde as pessoas achavam que iam fugir? Um hotel nos Hamptons? Mas não importava, porque o resultado foi que o trânsito normalmente congestionado nos arredores da capital ficou ainda pior, e a viagem de meia hora até a Casa Branca ia demorar muito mais do que isso. Portanto. Helicóptero.

Ela se aproximou um pouco mais da janela do outro lado da unidade de isolamento para tentar ver melhor o que o cirurgião estava fazendo. A princípio, Melanie achou que fosse ser um procedimento simples. Eles tinham aberto Tronco, a aranha morta tinha caído para fora e a bolsa de ovos aparecera. Era só cortar uns fios, tirar a bolsa e enfiá-la no insetário, fechar Tronco e ir para casa. Mas não foi tão fácil. As fibras de seda não estavam apenas presas em volta da bolsa. Elas estavam literalmente espalhadas pelo corpo de Tronco. E era pior. Os fios continham ovos, bolsas de ovos em miniatura distribuídas pelo corpo dele. Eram surpresinhas desagradáveis, e o cirurgião tinha que separar cada fio e pegar todos os ovos. A bolsa grande ainda estava lá; o cirurgião queria trabalhar em volta dela, para não deixar passar nenhum dos preciosos fios de seda. E, de bônus, a bolsa de ovos, toda a teia, era incrivelmente viscosa. Bem diferente da bolsa que tinha vindo do Peru. Aquela era rígida, feita para durar. Mas a bolsa ali dentro não era, e o cirurgião precisava tomar cuidado para não se embolar.

E para piorar, a bolsa estava vibrando e esquentando.

Nada daquilo fazia sentido para Melanie. Normalmente, uma bolsa de ovos demorava duas ou três semanas para eclodir, e as aranhas que nasciam eram filhotes e cresciam lentamente até o tamanho adulto. Mas aquelas coisas eram capazes de pôr ovos e gerar aranhas adultas em doze horas. Ou vinte e quatro? Na verdade, Melanie não sabia. Ela teria dito vinte e quatro com base no que estava acontecendo no resto do mundo, mas aquela bolsa de ovos parecia estar evoluindo mais rápido. Com certeza eclodiria em doze horas. Talvez até menos. Parecia que elas estavam acelerando. Uma geração se consumia rápido e a seguinte, ainda mais rápido. Talvez a descrição que Melanie tinha feito para Manny fosse a melhor: como um foguete se esgotando.

Mas isso também não fazia sentido. Qual era a vantagem evolutiva de uma vida curta? A parte do parasitismo fazia sentido. Ao pôr os ovos dentro de hospedeiros, as aranhas teriam uma fonte de alimento garantida quando nascessem. Mas o fato de elas comerem o hospedeiro também não era normal. A maioria das aranhas dissolvia as presas e as triturava com os pedipalpos, pois não têm dentes. Melanie já havia descrito para Manny que o processo era como estar com a mandíbula fraturada e precisar bater o alimento no liquidificador para ingerir tudo com auxílio de um canudo. Mas aquelas aranhas tinham mais elementos em comum com piranhas. Na verdade, Melanie considerou que essa comparação talvez não fosse tão ruim, embora ela não soubesse muito sobre esses peixes além do que havia visto em alguns filmes de terror ruins. As aranhas tinham um comportamento social e coordenado incomum e se aglomeravam de um jeito quase organizado.

Isso precisava ter alguma explicação. Não podia ser por acaso. Melanie tinha certeza. A resposta parecia uma coceirinha persistente. Ela sabia que descobriria se tivesse tempo, mas o problema era esse. Ela *tinha* tempo?

Dentro da unidade de contenção, o cirurgião continuava curvado sobre o corpo de Tronco, auxiliado por três enfermeiras e um anestesista. Patrick estava ali também. Ele tinha entrado com a câmera SLR cara do laboratório e com uma filmadora e estava se alternando entre tirar fotos e filmar. Melanie bateu no vidro para chamar a atenção dele. O vídeo já era suficiente. Era em alta definição. Ela queria ter trazido um tripé do laboratório. Com um tripé, Patrick poderia ter deixado a câmera filmando e se concentrado na SLR, mas isso foi outra coisa que eles esqueceram. Era um milagre eles não estarem filmando a cirurgia com um celular. Eles haviam saído do laboratório com

Tronco correndo feito loucos, pensando apenas em levá-lo até uma unidade de biocontenção. Ninguém se lembrou de trazer um laptop ou tablet, o que a princípio não parecia importante, mas aí eles perceberam que, conforme a bolsa de ovos começou a zumbir e esquentar, talvez fosse uma boa comparar os dados com os da outra bolsa de ovos. Quando saiu da unidade de isolamento para se preparar para o helicóptero enviado por Manny, Melanie mandou Julie ir atrás de algum computador para ver se conseguia acessar os dados remotamente. A grande questão era: qual era a temperatura máxima? Quando aquela porcaria ia eclodir? Ficar olhando até a bolsa no laboratório eclodir era uma coisa, mas ter os números à mão para comparar era outra história. Julie precisava voltar o mais rápido possível para que Melanie pudesse fazer as contas. Se necessário, ela queria poder tirar Patrick e a equipe cirúrgica daquela sala com alguma margem.

Melanie apoiou a cabeça no vidro, sentindo-se exausta de repente. Ainda havia muita coisa que ela não sabia ou entendia sobre aquelas aranhas, mas aquilo não era mais empolgante. Era só assustador. Sabia que podia ser insensível às vezes, que nem sempre se abalava como as outras pessoas, mas, ali, do outro lado daquela janela, deitado na mesa cirúrgica, com o tórax e o abdome abertos, estava um rapaz com quem ela havia dormido — tudo bem, namorado — até alguns dias antes. E Melanie tinha sido chamada pela Casa Branca para dizer a um monte de generais e secretários e à própria presidente como matar aranhas. Que tal um jornal enrolado? Será que eles iam gostar da piada? Achava que não. Melanie não tinha ideia do que ia dizer a eles.

Seria diferente se houvesse só algumas aranhas. Se ela estivesse no laboratório e tivesse tempo para estudá-las. Eram muitas perguntas. Para começar, as bolsas de ovos. Por que havia dois tipos? Uma para incubações mais longas e outra, viscosa, para entrega imediata? Como algumas das aranhas conseguiam procriar tão rápido? Parecia que algumas estavam turbinadas.

— Dra. Guyer?

Ela se virou, imaginando que veria um agente de terno, mas viu um homem vestindo um uniforme completo de combate do exército. Ou da marinha, ou dos fuzileiros navais. Melanie não sabia distinguir os uniformes. Ela assentiu.

— Sua carona está aqui, senhora.

— Sinto muito — respondeu ela —, não escutei o barulho do helicóptero. Só me deixe...

Ela se calou. Estava prestes a falar que precisava avisar a Patrick que ia sair, mas viu Julie correndo desabalada pelo corredor. *A toda.*

Não. Era cedo demais. Não tinham passado as vinte e quatro horas, nem mesmo as doze. Eles deveriam ter mais tempo! Mas Julie corria e gritava, e Melanie sabia que era indicação de que ela havia conseguido acessar os dados do laboratório. Melanie se virou para a janela e começou a esmurrar o vidro, para chamar a atenção das enfermeiras, do cirurgião, do anestesista, de Patrick, para mandar todo mundo sair.

Era tarde demais.

Minneapolis, Minnesota

Mike sabia que aquilo estava além de sua alçada. Mas, às vezes, quando chovia, o jeito era se molhar. Ou telefonar para amigos.

Eles haviam isolado o quarteirão todo, expulsado do armazém qualquer um que não tivesse um distintivo e chamado outros quatro agentes, além do chefe da seção. Mas, depois, para falar a verdade, ficaram ali parados. Ninguém sabia o que fazer. Todo mundo tinha olhado para as bolsas de ovos e feito cara de sério, falado com tom de sério, mas não havia nenhum procedimento padrão a seguir. Um dos agentes mais jovens voltou com um pote de vidro grande e pegou a aranha morta no chão, mas, fora isso?

E aí Mike se lembrou do cartão daquela cientista de Washington. Ele pegou na carteira. Melanie Guyer. Dra. Melanie Guyer. Ela havia anotado o número do celular no verso. Eram oito e meia da manhã em Minneapolis, então nove e meia em Washington, mas Mike imaginou que, no meio daquela situação toda e com um laboratório cheio daquelas porcarias, ela provavelmente estava acordada. O que ele não esperava era que ela estivesse em um helicóptero.

Mike precisou falar alto, e, no meio do silêncio do armazém — quem ficava meio quieto conseguia parecer sério com mais facilidade —, todo mundo olhou para ele. Ele levantou a mão em um pedido de desculpas constrangido e saiu do edifício.

— Agente Rich...
— Mike.
— Mike, olhe, agora não é um bom momento.

— Eu encontrei algumas... bem, acho que eram bolsas de ovos. Posso mandar uma foto para você. — Não houve resposta nenhuma durante alguns segundos. Ele ficou escutando o barulho tremido das pás do helicóptero. — Alô?

— Desculpe. Eu... eu acabei de ver aranhas eclodirem no corpo de um ser humano vivo.

Mike afastou o telefone da orelha e olhou para o aparelho. Ele sabia que era uma reação estranha, mas o que Melanie tinha falado também foi estranho, e ele precisava ter certeza de que não era fruto da sua imaginação. Levou o celular de volta à orelha.

— Em Washington?

— Maryland, na verdade, mas não importa.

— Elas se espalharam pela capital agora?

— Maryland. Mas não. Estávamos dentro de uma unidade de biocontenção. Tinha uma bolsa de ovos dentro do corpo dele. Eles tentaram extrair. Ela não devia... não devia ter eclodido tão rápido. Nada faz sentido.

— É, bom, eu estava pensando se você saberia me dizer o que fazer.

— Acho que ninguém sabe dizer o que você deve fazer — respondeu ela. — Você está em Minnesota?

— Em um armazém.

— Está tão ruim quanto em Los Angeles?

O telefone pareceu ficar abafado por um instante, e Mike ouviu Melanie gritar alguma coisa e voltar em seguida.

— Não — respondeu ele. — Não tem nada. Está tudo tranquilo. A única coisa que tem aqui é uma aranha morta e três casulos. Pelo que eu sei, não tem mais nenhuma aranha por aqui. Estamos a algumas quadras de onde o avião de Henderson caiu, então imagino que deve ter havido outra aranha sobrevivente, que veio até aqui e botou esses ovos.

— As bolsas de ovos estão mornas?

— Eu não, hã... — Mike hesitou. — Quer dizer, ninguém encostou nelas. Instalamos algumas barreiras e isolamos a área.

— Com fita de isolamento? — Ela chegou a dar risada. — Isso não vai adiantar muito.

— Acha isso engraçado? Até que é um pouco. Nós somos uma agência federal. Isso é meio o que a gente faz. Mas não, não sei se elas estão mornas.

— Tudo bem. Preste atenção, Mike, vou aterrissar daqui a alguns minutos, mas preciso que você encoste em uma das bolsas e me diga qual é a sensação.

— Só um minuto — Ele voltou para dentro do armazém, passou por baixo da fita de isolamento e foi até as estantes. Apoiou o celular entre a orelha e o ombro e pegou uma escada. Ele subiu alguns degraus, estendeu a mão e hesitou. — É só encostar?

— Qual é a sensação?

De longe, aquilo parecia liso e branco, quase um ovo, mas de perto Mike conseguiu distinguir as fibras, os fios de seda que se enrolavam em várias camadas para criar a bolsa. Ele estremeceu e colocou a mão na bolsa de ovos. Imaginou que seria pegajosa, mas não era. Parecia dura, talvez um pouco grudenta, mas não tinha nada a ver com o que ele temia que fosse. Parte dele tinha ficado apavorada com a possibilidade de que sua mão fosse ficar presa naquele negócio.

— Parece um pouco um pirulito seco.

— O quê?

— É, eu tenho uma filha. Sabe aqueles pirulitos duros? Minha filha fica chupando aquilo por um tempo e depois coloca em um prato e pega de novo mais tarde. É praticamente feito só de açúcar e substâncias químicas, por isso não estraga, mas, depois que seca, parece ao mesmo tempo meio liso e áspero.

— Isso é nojento.

— Moça, você trabalha com aranhas.

Mesmo com o barulho do helicóptero e tudo o mais, Mike imaginou que dava para ouvi-la sorrir. Com certeza. Se eles conseguissem sobreviver àquilo, ele ia voltar para Washington e chamá-la para jantar. Dane-se.

— Não está viscosa?

— Não. Um pouquinho grudenta, como se, sei lá...

— Como se estivesse calcificada?

— Isso. Boa palavra. E não está nem um pouco morna. Na verdade, está fria.

Casa Branca

Melanie continuou com o telefone grudado na orelha e tapava a outra com a mão livre. Ela falava com um tom entre a voz alta e o grito. Mais abaixo, ela viu o gramado da Casa Branca se aproximando. Eles estavam aterrissando.
— Acompanhe a temperatura. Até onde sabemos, ela está pronta para eclodir quando fica quente. Enquanto isso, não encoste nela — disse Melanie. — Não. Espere. Esqueça. Procure uma das universidades daí que tenha um programa de entomologia e mande levarem alguns insetários. Ponha as bolsas de ovos dentro deles e instale algum esquema de contenção. Alguém deve ter um laboratório na região que sirva. Acho que por enquanto vocês estão bem, mas não posso dar certeza.
Melanie sentiu o baque de quando os trens de pouso tocaram o solo, e o homem com uniforme ao lado dela segurou seu braço.
— Precisamos ir, senhora.
Ela abaixou a cabeça por instinto ao sair de debaixo das pás da aeronave.
— Avise se alguma coisa mudar — gritou ela ao celular. Fazia ainda mais barulho do lado de fora do helicóptero. — E boa sorte.
O soldado a deixou com dois agentes do Serviço Secreto, e eles a conduziram às pressas pelos corredores, rumo à Sala de Situação. Foi intenso, e, quando eles passaram por um banheiro, Melanie parou.
— Preciso usar o toalete.
O agente, um rapaz latino, não soltou o bíceps dela.
— Temos ordens para levá-la imediatamente ao sr. Walchuck.
Ela afastou a mão dele com delicadeza.

— Eu tenho quarenta anos e um doutorado. Sou eu quem decide quando preciso urinar.

O corredor estava cheio de gente indo de um lado para outro, algumas pessoas correndo, todas com cara de cansaço, e o banheiro parecia fresco e silencioso. Ela entrou em uma cabine e urinou. O alívio foi surpreendente. Aliás, quando tinha sido a última vez que ela comeu ou bebeu alguma coisa? Precisava de café ou de uma Coca Diet. Precisava de alguns minutos para se recompor antes de encarar Manny, a presidente e uma sala cheia de militares.

Aranhas mortas no insetário. Ressecadas. Consumidas. E as outras aranhas. Máquinas de comer. A bolsa de ovos em Tronco, viscosa e pronta para eclodir, e agora a bolsa de ovos em Minneapolis. Mike disse que ela estava fria. Um pouco áspera. Ela tentou fazer os cálculos de cabeça, repensar os dados. Era... algo. Ela estava deixando passar alguma coisa. Mas estava muito perto. Precisava do laboratório. Precisava dormir um pouco.

Melanie fechou os olhos e ouviu a porta do banheiro se abrir. Então abriu os olhos e encarou os joelhos, continuou sentada no vaso por mais alguns segundos, aproveitando o tempo, até terminar e sair da cabine. Sair da cabine e ver Manny apoiado na pia, esperando-a.

— Nossa, Manny. Qual é.

— Fomos casados por onze anos — disse ele, dando de ombros. Sua versão de um pedido de desculpas. — Preciso falar com você antes de entrarmos lá.

Ela passou por ele para lavar as mãos.

— O que é que estou fazendo aqui, Manny? Isso aqui é muito além da minha alçada. Eu trabalho em um laboratório. O que você espera que eu faça?

— Espero que você faça seu trabalho — respondeu ele. — Você entende de aranhas. Nós só precisamos de um especialista. Explique para nós, da melhor forma possível, o que é que estamos enfrentando.

— Minnesota — disse ela.

— O quê?

— Elas estão em Minnesota agora. Você já sabia, não é? — Manny ficou pálido, e Melanie viu em seu rosto a resposta à sua pergunta. — Mike... o agente Rich, o homem que trouxe a aranha de Minneapolis, ele me ligou quando eu estava no helicóptero. Eles acharam uma aranha morta em um armazém perto do lugar onde o avião caiu, junto com algumas bolsas de ovos.

Manny respirou fundo.

— Quantas? Quantas bolsas?

— Acho que ele disse três. Três? Mas a boa notícia é que elas estão frias, e talvez a gente tenha um pouco de tempo até eclodirem.

— Você precisa ver algo — disse Manny.

Ele saiu do banheiro com ela e a acompanhou pelo corredor. Quando passaram pela Sala de Situação, uma moça de farda saiu pela porta, seguida de uma cacofonia de vozes. Manny não olhou para dentro da sala. Continuou em frente, passou por mais quatro portas e conduziu Melanie para uma sala muito menor e menos barulhenta. Ela estava quase vazia. Apenas Billy Cannon, Alex Harris e alguns assessores estavam presentes.

— Mostre o vídeo para ela — pediu Manny.

Melanie se sentou em uma das cadeiras em volta da mesa. Todo mundo estava olhando para a mesma tela grande do outro lado da sala. Um dos assessores apagou as luzes, e a tela se acendeu.

— Gravamos isso há quarenta minutos. Fuzileiros em Los Angeles.

— Não se preocupe — disse Billy com um tom seco —, não vamos mostrar o letreiro de Hollywood coberto de aranhas.

O vídeo era tremido e escuro. Havia muita sombra, e a pessoa que estava filmando mexia a câmera para a frente e para trás. Melanie percebeu que devia ser uma câmera instalada no capacete. Ela viu de relance alguém de farda — um dos outros fuzileiros, provavelmente — e um objeto no chão, um corpo. A câmera parou de se mexer, e a luz mostrava um tapete escuro. Não, não era um tapete. Era uma camada de aranhas mortas. Um pé apareceu e cutucou as aranhas, afastando-as.

— Elas estão morrendo?

— Algumas. A maioria. Mas o vídeo não é para isso — respondeu Manny. — Aquilo. Veja aquilo.

O vídeo avançou também, saiu do corredor e se abriu para um espaço cavernoso. Havia conjuntos de assentos. A câmera se virou, e ela viu a logo do Los Angeles Lakers.

— Isso é o Staples Center?

— Melanie joga basquete. Eu falei que ela ia reconhecer — disse Manny para Alex, mas Melanie mal escutou. Ela se inclinou na direção da tela e apontou com o dedo.

— Ai, meu deus.

As bolsas de ovos mais próximas da luz da câmera eram brancas, pareciam poeirentas e faziam sombra nas de trás. O que era para ser o piso de madeira de uma quadra estava coberto de bolotas brancas, e havia mais nas arquibancadas do outro lado, até onde a luz se transformava em escuridão. Milhares de bolsas de ovos. Talvez dezenas de milhares.

— Pelo que a gente sabe — disse Manny —, todas as aranhas estão morrendo. Tivemos uma trégua ontem à noite, bem tarde, e depois mais uma leva, que durou até o meio da noite, e depois uma terceira leva, mas elas estão morrendo. Estamos com soldados no local, e vários estão dizendo o mesmo. As aranhas estão batendo as botas. Tem aranhas mortas por toda a parte.

O celular de Melanie começou a tocar, mas ela o ignorou.

— Todas?

— Todas — respondeu Manny. — Mandamos trazerem alguns *coolers* com aranhas no gelo para você dar uma olhada. Mas, no momento, está tudo uma tranquilidade esquisita. Então a pergunta é: o que fazemos com um estádio de basquete cheio de ovos de aranhas?

— Para começar — disse Billy —, é bom cancelarmos o jogo de hoje. Não que fosse fazer muita diferença, já que os Lakers provavelmente perderiam de qualquer jeito.

Ninguém riu.

Alex tocou o braço de Melanie.

— Estamos fodidos?

Vindo da conselheira de segurança nacional, que parecia muito uma pessoa que podia fazer o papel de avó em um comercial natalino, a pergunta foi quase engraçada. Quase.

— Depende — respondeu Melanie.

O telefone parou de tocar e entrou na caixa postal, mas depois apitou com uma mensagem de texto. E outra. E mais uma.

— Eu diria que provavelmente não depende — disse Billy Cannon. — Posso fazer várias piadas sobre os Lakers, mas, quando aquelas coisas eclodirem, com quantas aranhas vamos ter que lidar? Milhões? E o que significa isso de um dia termos uma infestação em Los Angeles e, no dia seguinte, elas estarem todas mortas ou quase? — Ele afastou a cadeira e arremessou o copo de café na lixeira, mas errou por mais de meio metro. — Merda. O que aconteceu com as boas e velhas guerras?

Melanie tirou o celular do bolso para ler as mensagens assim que se deu conta de que elas deveriam ser de Mike em Minneapolis. Se as bolsas de ovos estavam esquentando, preparando-se para eclodir, então... Mas não. As mensagens eram de Julie.

Ela havia deixado uma Julie histérica na frente da unidade de biocontenção do National Institutes of Health. Não era culpa dela. A visão das enfermeiras e do cirurgião soterrados pela infestação de aranhas, sem contar Tronco, ainda aberto na mesa, e Patrick... Em algum momento, Melanie sabia que sua parte cientista ia ceder e ela também ia começar a chorar de soluçar.

Aranhas no NIH morrendo. Dizia a primeira mensagem.

Ligue para mim! Dizia a segunda mensagem de Julie.

E a terceira, maior: *As aranhas do outro lado do vidro estão todas morrendo. Caindo do nada. Quase todas. Ao mesmo tempo. Liguei para o laboratório. Algumas mortas. Algumas vivas. Mas Melanie: bolsa de ovos no laboratório! Precisamos ver.*

— Não — disse Melanie. — Não estamos fodidos. Ou talvez estejamos. Como eu disse, depende. Manny, você está enganado. O problema não é o que fazer com um estádio cheio de ovos, embora vocês precisem começar a procurar outros focos de infestação em Los Angeles. Mas a questão que importa mesmo não é *o que* vocês têm que fazer, mas *quando*. Por enquanto, precisam mandar alguém no Staples Center para medir a temperatura das bolsas. Elas atingem um pico de temperatura antes de eclodir. Talvez isso me dê uma noção de quanto tempo temos. Ah, e também precisamos mandar alguém para Minneapolis.

— Minneapolis? — Alex Harris parecia preocupada. — Por que Minneapolis?

EPÍLOGO
Los Angeles, Califórnia

Andy Anderson nunca imaginou que ficaria feliz de ver o cachorro cagar no chão da cozinha, mas, naquelas circunstâncias, ele estava feliz de não sair para o passeio matinal com Sparky. Havia passado a noite toda enrolado nas cobertas com o cachorro, ouvindo as sirenes, os tiros e os gritos. Mas, na última hora, tudo tinha ficado quieto.

 Ele decidiu arriscar. Prendeu a guia na coleira de Sparky, abriu a porta com cuidado e saiu. O sol estava forte, mas uma brisa agradável aliviava o calor. Ele deu mais uns passos até chegar à calçada. Sparky parecia tranquilo, então Andy decidiu caminhar por algumas quadras. Não havia ninguém na rua, mas ele viu uma perua que tinha batido em uma árvore e, mais adiante, dois volumes no meio do asfalto. Ele começou a se aproximar, mas parou ao perceber o que os volumes eram. A brisa ficou um pouco mais forte, e ele ouviu algo farfalhando atrás de si.

 Andy tropeçou e se torceu, tentando se virar, e soube que tinha cometido um erro idiota, que as aranhas ainda estavam à solta, mas não havia nada. Só algumas folhas rolando no chão. Uma delas caiu no sapato de Andy, e ele percebeu que não era uma folha. Era uma aranha morta. Uma casca. Ele olhou à sua volta com mais atenção. Havia carcaças por toda a parte.

Minneapolis, Minnesota

Mike nunca havia visto tantas pessoas uniformizadas em um único lugar. Parecia que todo policial, bombeiro, paramédico, guarda nacional e agente federal de três estados vasculhava meticulosamente cada centímetro no perímetro de cinco quilômetros quadrados em torno da área onde o jatinho de Henderson tinha caído. Mas, até então, nada. Nadinha. Só aquelas três bolsas de ovos no armazém, que já estavam dentro de insetários e a caminho de Washington e do laboratório de Melanie.

Ele conferiu com o chefe da seção para saber se estava liberado, disse para Leshaun ir para casa descansar um pouco e começou a dirigir para o norte.

American University, Washington, D.C.

E lá estava ela, no insetário do laboratório. Uma bolsa de ovos. Com aspecto de giz, uma versão mais recente da que tinha sido enviada do Peru. Ela queria colocar a mão para sentir e ver se estava mesmo fria como ela imaginava, mas ainda havia duas aranhas vivas e em atividade dentro do insetário. As outras haviam morrido. As vivas não tinham as marcas, mas eram maiores — maiores que as mortas —, e, depois do que havia acontecido com Tronco, ela ia deixar a maldita tampa fechada. Havia mais bolsas a caminho, do microfoco em Minneapolis e da grande infestação em Los Angeles, além de amostras de aranhas mortas do mundo inteiro. Manny prometeu que tinha mandado aviões para todos os cantos para pegar tudo o que ela precisava.

Mas não fazia diferença. Melanie havia descoberto.

Era pior do que ela havia imaginado. Muito, muito pior.

Alex Harris tinha acertado: eles estavam fodidos.

Ilha Càidh, Enseada Ròg, Ilha de Lewis, Hébridas Exteriores

Aonghas pôs a mão no ombro de Thuy. Ela estava tomando uma xícara de chá e fingindo ler um livro de detetive. Era uma história fraca, na opinião de Aonghas, mas ele sabia que sua opinião era suspeita. Não que Thuy estivesse lendo de verdade. Ela estava fazendo a mesma coisa que ele: prestando atenção na BBC e espiando pela janela para observar o velho que ficava circulando a ilha.

Desperation, Califórnia

Gordon tinha certeza de que Amy havia deixado que ele ganhasse a última partida de Catan. Fred nunca vencia, mas ainda assim parecia extremamente satisfeito. Os quatro estavam felizes com a distração.
    Espingarda tocou no tablet e mudou a música para Lyle Lovett enquanto Gordon enchia um balde de gelo e cerveja. Amy e Fred reorganizaram o tabuleiro. No canto, Claymore dava uns grunhidos no meio do sono e sacudia as pernas, fugindo de alguma coisa em seus sonhos.

Centro da CNN, Atlanta, Geórgia

— Não sei, não, Teddie. — Don rodou o vídeo de novo. — Não sei se podemos transmitir isso. Mal se passaram vinte e quatro horas desde que a infestação em Los Angeles se acalmou, e agora temos que começar a pensar em histórias sobre o futuro. Tem aranhas mortas por todos os cantos. As pessoas querem ver histórias positivas. Histórias de sobrevivência. Acabou.

— Caramba — disse ela ao chefe. — Você não está mesmo vendo o padrão?

Ele balançou a cabeça.

— Não é isso. É que... O que isso significa?

Teddie relaxou na cadeira. Ele era o único chefe de verdade que ela já tivera e tinha falado para ela se jogar, mas Teddie sabia que estava ultrapassando um pouco o limite. Mesmo assim. Ela tinha certeza. Tinha razão.

— O movimento delas não é aleatório. Não são como insetos idiotas.

Don apertou o botão de novo, e o vídeo rodou na tela mais uma vez.

— Tudo bem. Mas o que isso significa?

— Elas estão caçando.

— A gente já sabe que elas estão matando as pessoas e...

— Não — interrompeu ela. — Preste atenção no jeito como esse grupo vem para o lado e esse outro cerca. Não é só um monte de aranhas atacando pessoas. Elas estão caçando em bando. Como uma matilha. É coordenado.

Base do Corpo de Fuzileiros Navais
Camp Pendleton, San Diego, Califórnia

Kim não estava conseguindo dormir. Ela se levantou da cama e saiu. Imaginou que seria a única acordada naquela hora, além das sentinelas, mas Punhos estava apoiado na parede da caserna, bebendo cerveja. Ele a cumprimentou com a cabeça, se abaixou para o pacote de cerveja a seus pés e lhe ofereceu uma garrafa. A cerveja estava quente, mas era boa.

Kim deu uns goles, e nenhum dos dois falou nada. Nenhum dos dois estava disposto a falar sobre a quantidade de camas vazias ali dentro. Depois de alguns minutos, Kim se apoiou nele, e ele a abraçou, calado.

Casa Branca

Menos de vinte e quatro horas desde que as aranhas em Los Angeles começaram a morrer, e tinha acabado. Quantos milhões de pessoas morreram no mundo todo? Mas tinha acabado. Manny estendeu a mão para pegar a Coca Diet e percebeu que estava tremendo. Ele não sabia quando tinha sido a última vez em que havia dormido. Três dias? Quatro? Mas o que ele sabia era que as informações no mundo todo — Índia, China, Escócia, Egito — relatavam que todas as aranhas estavam mortas. Só restava a faxina. Por que não podia ser uma questão simples de lidar só com a porra do Staples Center?

— Sinto muito — disse Melanie. — Você sabe tão bem quanto eu que o Staples Center é só o óbvio. Você acha que, só porque matou uma aranha no banheiro da sua casa, não vai ter mais nenhuma escondida?

Steph estava deitada no sofá. Não era exatamente uma postura digna de uma presidente no Salão Oval, mas só os três estavam ali dentro. Ela estava de olhos fechados, mas era nítido que não estava dormindo.

— Por favor, diga que você não falou isso.

— Mas não podemos, sei lá, jogar gasolina em tudo e atear fogo? — perguntou Manny. — Tudo bem, a ideia de espalhar inseticida por Los Angeles foi um fiasco...

— Na verdade — disse Melanie —, não foi uma péssima ideia.

— Claro, se tivéssemos uma quantidade suficiente de inseticida e aviões para espalhar por mais do que alguns quarteirões, e se o inseticida que usamos tivesse funcionado. Mas fogo? Que tal? — disse Manny. — E se tacarmos fogo no Staples Center? Isso deve dar conta das que não vimos.

— Não estou falando do Staples Center.

— Então o que...

— As aranhas não são todas iguais — explicou Melanie. — Só parecem iguais porque estamos olhando para elas como um grupo. Vemos uma massa de aranhas, uma infestação, e parece um grupo unificado. Estávamos pensando nisso do jeito errado, tentando descobrir que tipo de aranha elas são, e aí pensamos, ah, elas estão morrendo e só sobraram as bolsas de ovos. Mas não é só um tipo de aranha. São aranha*s*. No plural.

Steph se sentou e pôs os pés no chão.

— Não entendi.

— As aranhas exibem padrões de eussocialidade semelhantes aos himenópteros e isópteros, e acho que, da mesma forma, essas aranhas também têm castas diferentes.

— Melanie — interrompeu Steph —, eu sei que você acha que isso que você está falando faz sentido, mas, por favor, entenda que não durmo desde que isso começou, e nada do você acabou de falar fez o *menor* sentido para mim. Não somos cientistas, tudo bem?

— As aranhas costumam ser solitárias. Existem cerca de trinta e cinco mil espécies conhecidas, e a maioria vive isolada, mas existe um punhado de espécies que exibem características de eussocialidade. O que só quer dizer que elas trabalham juntas. Todas ajudam a cuidar da ninhada e compartilham os recursos, esse tipo de coisa. Então, quando falo de himenópteros e isópteros, pense em formigas, abelhas e cupins. Colônias. Elas trabalham juntas e assumem funções específicas. Tipo abelhas operárias e rainhas etc.

Manny se inclinou para a frente.

— Quer dizer que elas têm rainhas? Que só precisamos matar a rainha?

— Não, eu... — Ela hesitou. — Bom, talvez. Merda. Certo. Preciso pensar *nisso*. Mas não é disso que eu estou falando. Me deixem terminar. Estamos com uma aranha que é diferente de todas as outras que já vimos, mas não é só uma aranha. No laboratório, já descobrimos como distinguir entre comedoras e procriadoras, mas parece que também tem mais de um tipo de procriadora. Existem as aranhas que usam hospedeiros para transportar os ovos, as que depositam os ovos dentro das pessoas e as que depositam bolsas de ovos em lugares que já foram dominados. Algumas bolsas de ovos eclodem rápido, e outras parecem mais lentas. Talvez sejam as mesmas procriadoras, que só escolhem que tipo de bolsa fazer de acordo com as circunstâncias, mas acho que não. É como se elas seguissem em trilhos diferentes, porém paralelos. Existem algumas que se comportam como aranhas normais e parecem se desenvolver em um ritmo normal, e existem as do tipo relâmpago.

— Blitzkrieg — disse Steph.

— O quê?

— Nem tudo pode ser comparado aos nazistas — disse Manny.

— Guerra-relâmpago — explicou Steph para Melanie. — Blitzkrieg. Uma doutrina militar de ataques rápidos e devastadores.

— É. Acho que sim. Elas nascem e crescem a uma velocidade absurda e morrem tão rápido quanto.

Melanie olhou para Manny e Steph, mas parecia que eles não tinham entendido.

— Estou explicando do jeito errado. Estou falando de algumas aranhas que são comedoras e outras que são procriadoras, mas esse é um jeito errado de pensar. Tem a ver com tempo. Essas, as que estamos vendo por aí, são as colonizadoras. — Ela se inclinou e apoiou as mãos espalmadas na mesa. — São pioneiras, estão preparando o território.

Steph olhou para ela em dúvida.

— Preparando o território? Para quê?

Melanie sentiu um embrulho no estômago. Não queria responder.

— Para o restante. Essas aranhas, as que nós vimos, são só a primeira leva.

Steph apoiou os cotovelos nos joelhos e recostou a cabeça.

— Quer dizer que isso é só o começo?

— Faz parte da vantagem evolutiva delas. As aranhas saem com uma leva inicial e eliminam quaisquer predadores em potencial. São feitas para procriar rapidamente e comer qualquer coisa que aparecer no caminho, mas elas se consomem com esse crescimento acelerado. É isso o que estamos vendo agora. A primeira leva procriou e abriu espaço para a próxima fase.

— Então o que vem agora? — perguntou Steph.

— Mais — disse Melanie. — Pior. As próximas são as que valem. São as que vêm para ficar.

— Quanto tempo temos? — perguntou Manny. — Quanto tempo até elas voltarem?

— Repito, e isso é muito importante, eu estou falando em termos especulativos. Nunca vi aranhas assim e não tenho muitos dados. Mas, olhando para as bolsas de ovos, para as variações nas aranhas... — Ela hesitou. — Não tenho certeza absoluta...

— Melanie — disse Steph. — Só diga um número. Quanto tempo?

— Duas semanas. Com sorte, três.

Lago Soot, Minnesota

A cada quinze minutos, mais ou menos, Annie colocava o pé no lago. Com o sol a pino, fazia calor o suficiente para dar vontade de nadar, mas, em abril, no norte de Minnesota, por mais que o ar estivesse quente, a água era quase um gelo. Ela suspirou e continuou colorindo. Era melhor ficar ali, no atracadouro, do que dentro da cabana do padrasto. A mamãe e Rich só queriam saber de ficar ouvindo o rádio e lendo as notícias naqueles tablets idiotas.

    Ela agitou a mão em volta da cabeça. As moscas pretas ainda não estavam ruins, mas já havia mosquitos. O zumbido delas era constante na vida no campo. Ela sacudiu a mão algumas vezes até perceber que o zumbido não era por causa dos mosquitos. Era um motor. Ela se levantou de repente. Dava para ver o papai no leme de um barco. Ele estava indo buscá-la. Estava indo dizer que eles podiam voltar para casa.

Agradecimentos

Escrever um livro é um trabalho solitário, mas prepará-lo para o mundo requer muita ajuda.

Emily Bestler na Emily Bestler Books/ Atria Books é uma editora incrível, superesperta, e ótima para se trabalhar. E enquanto a maioria dos escritores tem sorte de arrumar uma editora como Emily durante toda a carreira, eu sou o cara mais sortudo do mundo, porque também trabalho com a maravilhosa Anne Collins da Penguin Random House Canada, e, no Reino Unido, com o excelente Marcus Gipps da Gollancz, um selo do Orion Publishing Group.

Bill Clegg da Clegg Agency é meu incrível agente literário. Não tenho como te agradecer o suficiente, mas vou continuar tentando.

Erin Conroy da William Morris Endeavor Entertainment. Arrasando, como sempre.

Da Emily Bestler Books/ Atria Books, obrigado a: David Brown, Judith Curr, Suzanne Donahue, Lara Jones, Amy Li, Albert Tang e Jin Yu. Da Penguin Random House Canada, obrigado a: Randy Chan, Josh Glover, Jessica Scott e Matthew Sibiga. Da Gollancz, obrigado a: Sophie Calder, Craig Leyenaar, Jennifer McMenemy, Gillian Redfearn e Mark Stay.

Da Clegg Agency, obrigado a: Jillian Buckley, Chris Clemans, Henry Rabinowitz, Simon Toop e Drew Zagami. Obrigado também a Anna Jarota e Dominika Bojanowska da Anna Jarota Agency, Mònica Martín, Inés Planells e Txell Torrent da MB Agencia Literaria, e Anna Webber da United Agents.

Vocês não fizeram nada, na verdade, mas obrigado a Mike Haaf, Alex

Hagen, Ken Rassnick e Ken Subin. Shawn Goodman, você até que ajudou, então obrigado também.

    E, claro, obrigado ao meu irmão e sua família, à família da minha esposa, aos amigos que são a família que eu escolhi, e à minha esposa e minhas filhas. Mas nenhum agradecimento aos meus cachorros. Os dois não são nada prestativos.

Agradecimentos

Escrever um livro é um trabalho solitário, mas prepará-lo para o mundo requer muita ajuda.

Emily Bestler na Emily Bestler Books/ Atria Books é uma editora incrível, superesperta, e ótima para se trabalhar. E enquanto a maioria dos escritores tem sorte de arrumar uma editora como Emily durante toda a carreira, eu sou o cara mais sortudo do mundo, porque também trabalho com a maravilhosa Anne Collins da Penguin Random House Canada, e, no Reino Unido, com o excelente Marcus Gipps da Gollancz, um selo do Orion Publishing Group.

Bill Clegg da Clegg Agency é meu incrível agente literário. Não tenho como te agradecer o suficiente, mas vou continuar tentando.

Erin Conroy da William Morris Endeavor Entertainment. Arrasando, como sempre.

Da Emily Bestler Books/ Atria Books, obrigado a: David Brown, Judith Curr, Suzanne Donahue, Lara Jones, Amy Li, Albert Tang e Jin Yu. Da Penguin Random House Canada, obrigado a: Randy Chan, Josh Glover, Jessica Scott e Matthew Sibiga. Da Gollancz, obrigado a: Sophie Calder, Craig Leyenaar, Jennifer McMenemy, Gillian Redfearn e Mark Stay.

Da Clegg Agency, obrigado a: Jillian Buckley, Chris Clemans, Henry Rabinowitz, Simon Toop e Drew Zagami. Obrigado também a Anna Jarota e Dominika Bojanowska da Anna Jarota Agency, Mònica Martín, Inés Planells e Txell Torrent da MB Agencia Literaria, e Anna Webber da United Agents.

Vocês não fizeram nada, na verdade, mas obrigado a Mike Haaf, Alex

Hagen, Ken Rassnick e Ken Subin. Shawn Goodman, você até que ajudou, então obrigado também.

E, claro, obrigado ao meu irmão e sua família, à família da minha esposa, aos amigos que são a família que eu escolhi, e à minha esposa e minhas filhas. Mas nenhum agradecimento aos meus cachorros. Os dois não são nada prestativos.

ESTA OBRA FOI COMPOSTA PELA VERBA EDITORIAL EM CAPITOLINA
E IMPRESSA PELA PROL EDITORA GRÁFICA EM OFSETE SOBRE PAPEL PÓLEN SOFT
DA SUZANO PAPEL E CELULOSE PARA A EDITORA SCHWARCZ EM AGOSTO DE 2016

A marca FSC® é a garantia de que a madeira utilizada na fabricação do papel deste livro provém de florestas que foram gerenciadas de maneira ambientalmente correta, socialmente justa e economicamente viável, além de outras fontes de origem controlada.